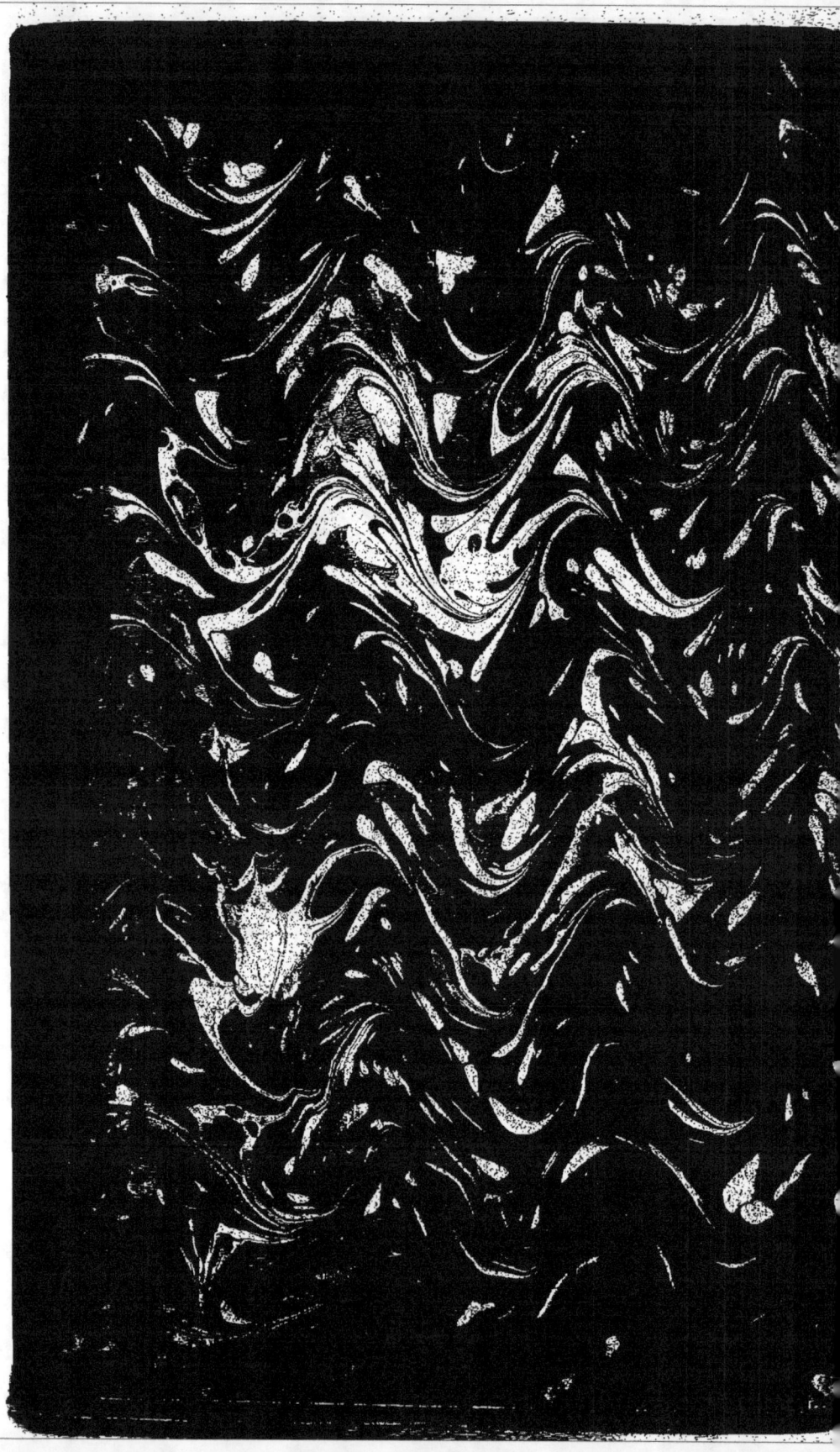

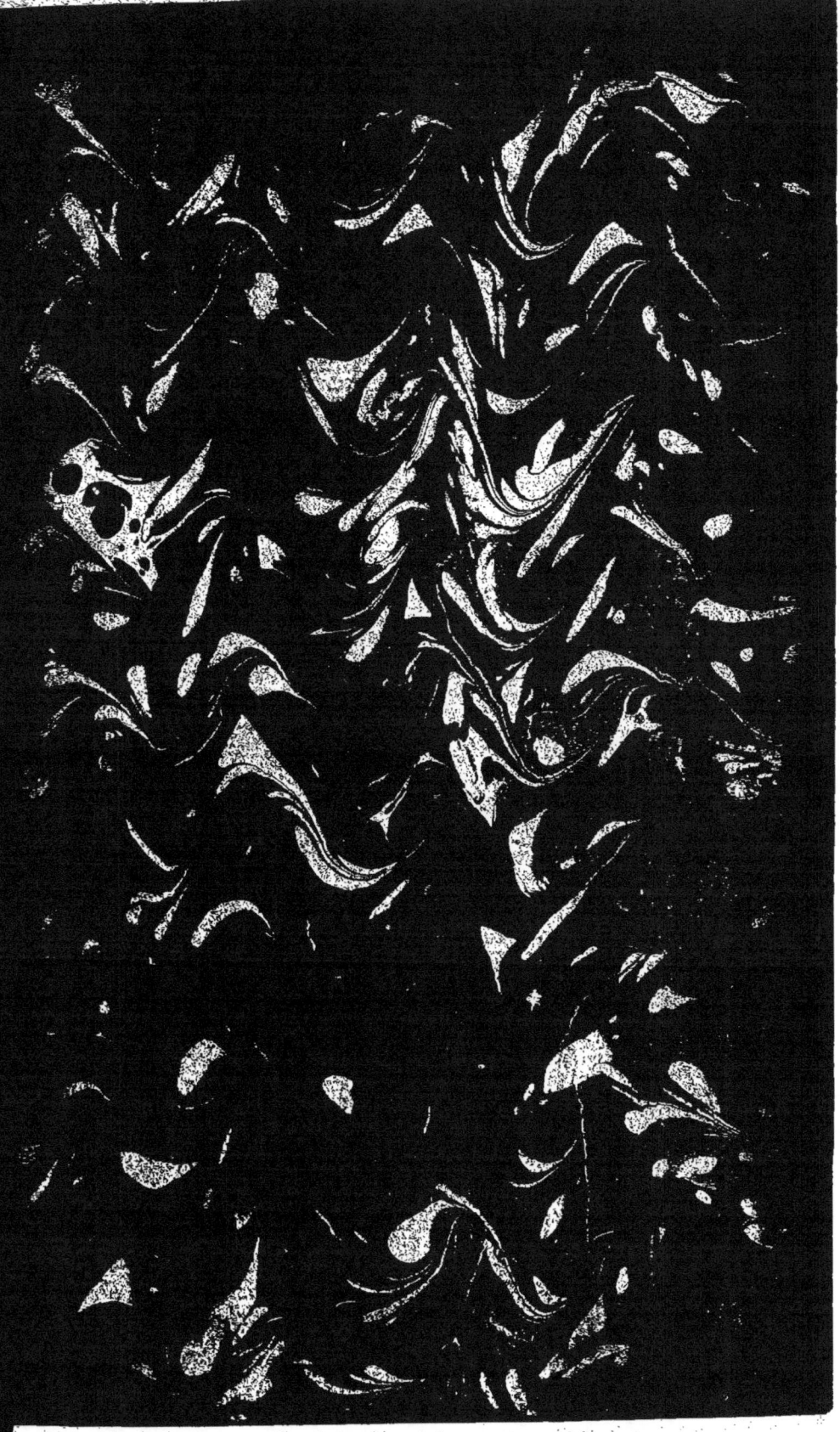

7405.

B. L.

Descends du haut des Cieux, auguste Vérité,
Répands sur mes écrits ta force et ta clarté. *H. Ch.* I.

ENCYCLOPÉDIE
POÉTIQUE,

ou

RECUEIL COMPLET DE CHEF - D'ŒUVRES
de Poésie sur tous les sujets possibles, depuis
Marot, *Malherbe*, &c. jusqu'à nos jours,
présentés dans l'ordre alphabétique;

DÉDIÉE

A M. DE VOLTAIRE,

Gentilhomme ordinaire du Roi, de l'Académie Françoise,
&c. &c.

Par M. DE GAIGNE.

A PARIS,

Chez l'Auteur, rue de Grenelle, près celle des SS. Peres;
Et chez MOUTARD, Imprimeur-Libraire de la REINE,
rue des Mathurins, à l'Hôtel de Cluni.

M. DCC. LXXVIII.

Avec Appobation & Privilége du Roi.

AVERTISSEMENT.

TOUTES les nouveautés que l'Éditeur recueillera, seront placées successivement, autant qu'il sera possible de le faire, dans le corps de l'Ouvrage. Lorsqu'une lettre sera fermée, les articles qui en dépendront, suivront les volumes par Supplément, & jamais autrement.

Chaque envoi sera très-exactement coté & signé de la main de l'Éditeur.

EXPLICATION DE L'ALLÉGORIE
qui orne ce Volume.

Au côté droit de l'Estampe, la Renommée ailée s'élève dans les nues, tenant à la main gauche le Médaillon de M. de Voltaire, soutenu sur son genou droit.

Au bas du Médaillon sont les trois lettres suivantes, H. V. C.

La Renommée ailée a dans la main droite une trompette ornée d'une banderole, sur laquelle on lit ces mots:

Mortem cum vita commutabit.

Au côté gauche du Médaillon, s'élève aussi une femme ayant la tête nue & la poitrine découverte jusqu'à l'endroit du cœur, où elle porte la main droite. Cette femme qui désigne l'amitié, tend avec beaucoup d'empressement l'autre main à un petit Génie ailé, qui se précipite vers elle, & lui apporte une couronne de laurier, destinée à en ceindre le front de M. de Voltaire. Ce petit Génie laisse tomber son flambeau aussi-tôt qu'il apperçoit le Médaillon. On lit sur la frange de la robe de l'Amitié, ces deux mots :

Longè & propè.

Vers le bas de l'Estampe, on voit une table ovale posée sur un seul pied, sur laquelle est un tapis en désordre avec plusieurs manuscrits.

Un Génie ailé assis au côté gauche de la table, & couronné de laurier, tient un grand livre entr'ouvert sur ses genoux, sur lequel on lit ces mots, *la Henriade*. Ce Génie est revêtu d'une robe fort simple, agraffée au cou, & dont les manches sont retroussées ; son manteau parsemé de fleurs de lys, tombe négligemment : il foule à ses pieds deux figures, dont l'une représente la Satyre avec son ris moqueur, tenant un fifre d'une main & deux

A ij

dards. L'autre figure eſt l'Envie, ſous un regard farouche, ayant la chevelure treſſée de couleuvres, la bouche ouverte, les dents noires, des ſerpens dans les mains, les mamelles pendantes, les yeux louches & enfoncés. Le Génie porte ſes regards du côté du Médaillon ; il tient une plume dont le cours ſemble ſuſpendu par l'apparition de la vérité.

A l'oppoſite du Génie, eſt aſſiſe une femme magnifiquement habillée, ayant un air majeſtueux : elle a un grand livre devant elle, & des tablettes ; elle tient de la main droite un *ſtyle*, & jette les yeux en arrière pour déſigner qu'elle travaille pour la poſtérité.

Derrière cette femme eſt repréſentée la figure du Temps, par un vieillard ſec & décharné, ayant la barbe & les cheveux blancs, deux grandes ailes, la tête entourée d'un l'inceuil, l'air triſte, le coude droit appuyé ſur une colonne briſée, un ſablier ſur la tête, & ſerrant dans le bras une faux, ſur laquelle on lit ces deux mots :

Me me obtundit.

Ceci déſigne le déſeſpoir du Temps qui ne peut trancher le fil des jours de M. de Voltaire.

Au bas de la table pluſieurs petits Génies jouent avec les attributs de la Poéſie : une ſphère & pluſieurs livres, qui indiquent les Œuvres de M. de Voltaire, ſont épars.

Le fond de l'Eſtampe repréſente un portique dont les arcades ſont ornées de piédeſtaux ſur leſquels ſont placés les buſtes du *Grand Corneille*, de *Racine*, de *Crébillon*, & de *Molière*.

Une forêt épaiſſe de chênes paroît à travers les arcades, & ſurmonte le faîte du portique.

Au bas du cadre de l'Eſtampe, on lit le diſtique ſuivant :

Deſcends du haut des cieux, auguſte Vérité,
Répands ſur mes écrits ta force & ta clarté.

Vol. de la H. Cht. premier.

A MONSIEUR

DE VOLTAIRE,

GENTILHOMME ORDINAIRE DU ROI,

DE L'ACADÉMIE FRANÇOISE, &c. &c.

MONSIEUR,

Agréez la dédicace d'un Livre
en vertu de ce que son Préambule
porte en termes exprès, que la

Religion et les Mœurs seront respectées dans tout le corps de l'Ouvrage avec la plus scrupuleuse attention : fonder son acceptation sur le témoignage d'un Examinateur aussi délicat que sévère et judicieux ; voilà, Monsieur, des armes bien puissantes contre vos ennemis. Un grand nombre d'hommes enfin dissuadés, s'empresseront sans doute de vous accorder la justice qu'ils ne vous ont refusée que parce qu'ils se sont rendus avec trop de facilité les échos de la basse jalousie, de l'envie, & peut-être de l'ignorance.

Je croirois, Monsieur, vous offenser, si je vous faisois des

remercîmens sur l'honneur que
vous daignez me faire en me
permettant de placer votre nom en
tête de cette immense Collection:
l'hommage de cette dédicace vous
étoit dû, & vous ne pouviez le
refuser, puisque je ne suis que
l'organe des Hommes célebres,
des Hommes immortels dont les
Manes sacrés viennent à l'envi
vous présenter une Couronne qui
vous étoit décernée dans l'Olympe
depuis la premiere époque de
notre Littérature.

Mais que ne vous dois—je
pas, Monsieur! pour avoir bien
voulu étendre votre indulgence jusqu'à
prendre lecture de l'Ouvrage

par lequel j'ai eu le bonheur de vous inspirer quelque confiance en mes foibles talens.

Il ne me reste plus, Monsieur, qu'à vous témoigner combien il est glorieux et flatteur pour moi de vous avoir paru digne de l'estime & de la considération du plus grand homme des deux siècles.

Je suis avec un très-profond respect,

Monsieur,

Votre très-humble & très-obéissant serviteur DE GAIGNE, ancien Officier d'Infanterie.

AVANT-PROPOS.

L'ÉDITEUR de ce Dictionnaire encyclopé-
dique-poétique *ne demande aucune grace à* MM.
*les Journalistes ; mais il sollicite toute l'indul-
gence de ses Lecteurs : il respectera les critiques
des premiers, & s'ils veulent bien prendre la
peine de relever les fautes qui lui seront échap-
pées, il leur en prouvera sa reconnoissance autant
qu'il pourra dépendre de lui dorénavant, en mettant à profit leurs savantes & judicieuses observa-
tions. C'est la seule & unique réponse qu'il se
propose, une fois pour toutes, de faire à ceux
qui pourroient le censurer avec amertume ou avec
trop de rigueur.*

M. de Gaigne *croit que, si on ne peut avec
justice hasarder un sentiment qui lui devienne
favorable, qu'après avoir pris connoissance d'une
grande partie de l'ouvrage, on doit par la
même raison suspendre un jugement qui pourroit
être trop sévère.*

*Son intention est de donner un Recueil qui de-
vienne utile & nécessaire daus toutes les biblio-
theques, & il est en même temps dans la véri-*

*table perfuafion qu'il eft impoffible de plaire à
tout le monde. Il ofe prendre la liberté de ren-
voyer le Lecteur à la Préface de l'Ouvrage, &
de-là à l'approbation générale. Il ne prétend
pas que l'on confidère fon examinateur comme
un homme infaillible* (M. de Sancy ne le préten-
droit pas lui-même) : *mais pourroit-on ima-
giner qu'un homme délicat, & jaloux de con-
ferver les fuffrages honorables du Public, qui
a été occupé pendant deux années de la lecture
d'un manufcrit, s'expofe à faire fans fondement l'éloge d'un Livre qui ne doit paroître que
par partie, & qui fera par conféquent expofé
à une cenfure continuelle ?*

    *Pourra-t-on accufer l'Éditeur d'avoir choifi de
fes plus beaux morceaux pour être intercalés en
tête de cette collection? Pourra-t-on feulement l'en
foupçonner ? Il prendroit alors la liberté de faire
remarquer que l'ordre des articles, qui doivent
être placés dans un Dictionnaire, eft fixé même
avant la compofition du manufcrit, de manière
à ne fupporter aucun dérangement.*

    *Ne pourroit-on pas fe figurer qu'il peut en
être du recueil le plus complet, de même que d'un
bal paré ?*

PRÉFACE.

Encore un *Recueil*, dira-t-on? Encore un *Dictionnaire*? Ce n'eſt pas à moi à apprécier mon travail : c'eſt au Lecteur éclairé & non prévenu contre ces ſortes d'ouvrages, à prononcer ſur la marche de celui-ci, & ſur le choix des morceaux qui le compoſent. Lorſqu'il m'aura jugé, ſi j'ai tort, j'aurai du moins le mérite d'avoir voulu lui offrir une Collection tout-à-la fois utile & agréable ; s'il applaudit à mon zèle, il m'encouragera pour les volumes qui ſuivront.

Nous avons bien la *Pléïade Françoiſe*, *le Tréſor du Parnaſſe*, *l'Abeille du Parnaſſe*, *le Porte-feuille d'un homme de goût*, &c. &c. Mais ces ouvrages rempliſſent-ils l'objet d'utilité que les Auteurs s'étoient vraiſemblablement propoſé ? Ne ſont-ce pas de ſimples ébauches, des commencemens de *recueils*, pour ainſi dire, plutôt que des recueils complets ? Parmi la foule d'excellens morceaux de

Poéfie qu'on y trouve, & dont l'application
eft jufte, n'en remontre-t-on pas un trop grand
nombre qui ne répondent nullement aux titres
fous lefquels on les annonce ? Il en eft qui
font fufceptibles de différentes applications,
d'autres qui ne pourroient s'adapter à leur
titre, qu'autant qu'on en élagueroit tous les
détails qui y font étrangers ; d'autres enfin
plus vagues encore, qui ne peuvent s'adapter
à rien. Le Théatre en général m'a fourni auffi
un grand nombre de fujets, parce qu'il abonde
en traits de caractère qui peuvent former autant de petits cadres particuliers : mais dans
la collection que j'en ai faite, je me fuis
arrêté dans les bornes de chaque fujet ; je
n'ai pris que ce qui lui appartenoit. J'ai faifi,
avec autant de précifion qu'il m'a été poffible, l'inftant où le tableau commence, & je
me fuis arrêté où le Peintre a quitté fon pein-
ceau. Je me fuis gardé de placer des fcènes en-
tières, parce que, détachées de leur enfemble,
elles perdent prefque toute efpèce d'intérêt.

On fera peut-être étonné de trouver dans
une Collection que je femblois annoncer fous
le titre de Chef-d'œuvres de Poéfie, des

noms dont les hommes célèbres n'ont pas
généralement une haute idée : mais après
la lecture immenfe que j'ai faite de tous les
Poëtes qui ont exifté depuis Marot, jufqu'à
nos jours, j'ai cru que, fi je me bornois
uniquement au choix des morceaux recon-
nus pour des chef-d'œuvres, ma Collection feroit à coup fûr fort fuccinte, &
qu'elle ne viendroit peut-être jamais fufcep-
tible d'augmentation. De plus, en fuppofant
même que j'euffe en effet ufé de cette rigueur, feroit-il poffible que je puffe me flatter de plaire à tous les différens efprits : les
hommes même du plus grand mérite, quelque
juftes qu'ils femblent être, ont toujours en eux
certains motifs d'approbation & de dégoût qui
leur font particuliers; de ces motifs naiffent
l'enthoufiafme, ou bien, une condamnation
précipitée.

Il n'eft pas néceffaire de prouver que les perfonnes de goût ont généralement de l'aver-
fion pour ce qui eft mauvais. Mais ne pourroit-on pas avancer qu'elles n'ont pas toujours un amour exclufif pour le fublime ? On
peut, au défaut de chef-d'œuvres, faire une

collection fuivie de piecès très-agréables &
fort intéreffantes, avec la certitude d'être
utile.

Tel Auteur a fouvent excellé dans un morceau, qui n'a pas également réuffi dans
d'autres. On fait que le Tyran (*a*) de Pherès (*b*)
n'avoit qu'un œil ; fon Peintre le peignit de
profil : c'eft ainfi que je n'ai pris des Auteurs que le côté qui leur étoit avantageux.

Les noms ne m'ont pas féduit ; lorfque j'ai
douté de mon fentiment, j'ai confulté les meilleurs Critiques : le jugement d'un feul n'a pas
toujours fixé ma décifion, parce que j'ai re-
marqué que des Critiques de beaucoup de favoir, fe font moins attachés à cenfurer des
hommes célèbres qu'à dénigrer leurs talens &
à dégoûter la poftérité de leurs ouvrages.

Je ne me permettrai aucun jugement fur
les différens recueils qui fe font fuccédés jufqu'à préfent. Dans un ouvrage qui n'exige
qu'un goût fûr & éclairé par une étude appro-
fondie des Auteurs, & où l'on n'a d'autre

(*a*) Alexandre le Cruel fe rendit redoutable par fes cruautés,
& s'attira la haine des gens de bien.

(*b*) Ville de Theffalie.

mérite que celui d'avoir fu choifir, on ne doit faire le procès à perfonne fur la manière de fentir & de voir. J'ofe avancer néanmoins que cette tâche fi facile en apparence, & à laquelle les *Bouhours*, de *Fontenelle*, de la *Monnoye*, & de la *Martinière*, ont bien voulu facrifier leurs loifirs autrefois, ne l'eft pas du tout autant qu'on fe l'imagine : rien en effet de plus aifé que de faire une collection ; mais n'y auroit-il pas quelque mérite d'avoir effuyé l'ennui de la lecture de plus d'un million de vers, pour en extraire les meilleurs? N'en feroit-ce pas un, que d'avoir rendu nombre de morceaux doublement intéreffans, en ne laiffant rien à defirer à la curiofité fur l'explication d'une note (*a*) quelconque?

Avant de m'étendre fur l'utilité de ce Dictionnaire, je vais donner en peu de mots une idée de mon travail.

J'ai profcrit tout ce qui fort des bornes du refpect dû à la Religion & aux Mœurs, tout

---

(*a*) Afin de rendre ces notes plus exactes, je les ai tirées de différens Auteurs anciens & modernes, que j'ai confultés quelquefois très-fcrupuleufement l'un après l'autre, fur la recherche d'un feul mot.

ce qui semble attaquer, sans ménagement, des nations dont le système politique se trouve lié au nôtre, tout ce qui pourroit flétrir la mémoire de gens respectables, soit par leur talens, soit par leurs vertus, soit par le rang où ils sont élevés, tout ce qui porte enfin avec soi le caractère de la licence, de l'injustice, ou d'une critique trop amère. Je n'ai point banni, toutefois, de ce Recueil, ces graces innocentes, badines & légères qui doivent parer un ouvrage d'agrément.

Celui-ci peut être de tous états & de tous les âges. Quel que soit le sujet sur lequel on desire une pièce de vers, on est sûr de l'y trouver en cherchant le mot principal par sa syllable initiale ; on n'aura guère que l'embarras du choix, parce qu'il n'y a point de sujet intéressant qui n'ait été traité par différens Auteurs, les portraits des Héros, des Grands Hommes : les caractères des vertus & des vices de tous les siècles s'y présentent aussi dans l'ordre alphabétique. Comme il seroit peut-être ennuyeux, ou du moins rebutant d'être obligé de lire un morceau entièrement pour y trouver quelque chose de relatif à ses

idées,

idées, chaque titre qui indiquera un fujet par un *renvoi*, fera toujours accompagné d'une lettre en *parenthèfes*, qui fera répétée dans le corps du morceau en queftion, pour défigner le fujet defiré. Ceux qui fe piquent de con-fulter les bons Auteurs, peuvent y puifer d'ex-cellens principes de goût, & ils y découvri-ront en même temps fi le fujet qu'ils auront envie de traiter ne l'a pas été déjà.

Les jeunes gens, dominés par un penchant pour la Poéfie, y étudieront les regles auxquelles doit s'affùjettir le génie dans les chef-d'œuvres du génie même. Peut-être feront-ils effrayés de la fupériorité de leurs maîtres; & fi, par un jufte retour fur eux - mêmes, ils font affez heureux pour guérir de la métromanie, je m'applaudirai d'avoir contribué à leur fauver des ridicules, & à la fociété des fléaux : ils y trouveront des exemples raifonnés, qui leur fa-ciliteront les moyens de fe faire honneur de leurs talens. C'eft ici qu'il me femble à pro-pos d'exhorter les jeunes gens, qui, *comme je dis plus haut*, font dominés par un penchant *pour la Poéfie*, de ne fe point laffer de lire l'immortel *Racine*. Cet homme célèbre étoit

B

bien éloigné d'accorder le titre de *Poëte* à un simple faifeur de vers. Ses réflexions nous prouvent combien ce titre *glorieux* eft diffi- cile à acquérir ; & combien nous compromet- tons notre jugement, en prodiguant, avec au- tant de facilité, ce titre à ceux qui fe bornent à des fictions écrites en vers. Je rapporterai mot à mot ce que ce grand homme avance fur la verfification. ›› *La Science de renfermer des mots dans une certaine mefure,* (dit ce célèbre Au- ›› teur) *n'a rien de grand ni d'admirable ; quel-* ›› *que étroite que foit la gêne de la verfification,* ›› *elle ne procure aucune gloire à celui qui fait* ›› *uniquement s'y affervir : l'Écrivain le plus* ›› *médiocre s'y habitue fans peine ; le Poëte le* ›› *plus fublime s'y foumet auffi, parce qu'on* ›› *eft toujours obligé de fe foumettre aux loix* ›› *de fon art : mais ce n'eft pas à cette obéif-* ›› *fance qu'il doit fa grandeur.*

Je n'entreprendrai pas de diftinguer ici les véritables Poëtes d'avec ceux qui ufurpent ce nom ; j'ai déclaré plus haut que je ne me per- mettrois aucun jugement, & je ne m'écar- terai jamais de la loi que je me fuis faite ; je-

continuerai feulement d'exhorter les nourriffons des Mufes qui afpirent au titre de Poëte,
de s'attacher aux excellentes leçons du fameux
& de l'immortel *Boileau*, qui enfeigne fi par-
faitement l'art de captiver les penfées dans
l'étroite prifon d'une mefure prefcrite. Ils réuf-
firont infailliblement, fi, avec des difpofitions
naturelles, ils fe foumettent aux réflexions des
Auteurs que je leur cite ; ils apprendront à
connoître *l'effence & le ftyle de la Poéfie*, la
vraifemblance en Poéfie, la *conformité à ce que la
Géographie, l'Hiftoire & la Chronologie apprennent pofitivement ; le langage figuré ; la comparaifon & la langue poétique ; la verfification ;
l'harmonie mécanique ; l'harmonie imitative &
la rime ; ils connoîtront enfin le génie qui fait
les Poëtes.* Les meilleurs Auteurs, en lifant ces
réflexions, doivent demeurer convaincus, que
tout Poëte n'eft rendu qu'imparfaitement dans
une traduction en profe : ceux qui veulent le devenir, verront qu'ils doivent s'attacher à *l'imitation* des *mœurs* & des *caractères*, fans quoi
ils ne pourront jamais rendre le *vrai idéal* de
la *Poéfie*, que l'on doit trouver dans les fujets
les plus fimples ; de même le *vrai fimple* doit

être le fondement de *l'imitation* dans les plus
grands fujets.

Ce n'eft point encore affez de s'attacher à
un feul & unique Auteur, pour en faire fon
modèle ; il faut confulter tous les Auteurs
qui ont écrit fur la Poéfie : j'indiquerai, comme
de véritables modèles à fuivre pour fe perfec-
tionner dans cet Art merveilleux & divin,
les réflexions de *Remond*, de *Saint-Marc*,
qui, fans être Poëte par fes œuvres, a donné
d'excellens raifonnemens fur la Poéfie, s'eft attaché particulièrement dans les principes qu'il a
donnés, aux détails de *l'Églogue*, de la *Fable* (a), de *l'Ode*, de *l'Élégie*, & du *Sonnet*.
L'Abbé *Dubos*, ce favant fi eftimable par la
juftefe & le jugement qu'il a porté généralement dans tout ce qui eft forti de fa plume,
eft l'Écrivain qui eft entré dans les plus longs

(a) Pour ce qui regarde la Fable en particulier, il n'y a pas
& il n'y aura peut-être jamais, même dans tous les fiècles à
venir, de meilleur maître à citer que le charmant, l'inimitable
La Fontaine : j'en ai trouvé d'excellentes & de fort ingénieufes
parmi toutes celles que j'ai lues, des *la Motte*, des *Richer*, des
le Noble, des *le Brun*, des *d'Ardene* ; mais, je le répète avec
affûrance, je ne crois pas que l'on puiffe donner aucun rival à ces
hommes immortels, à qui on n'a jamais pu faire d'autre reproche
que celui de ne pas avoir le mérite de l'invention.

détails fur la Poéfie, détails qu'il a enchaînés avec ceux de la Peinture, parce qu'il a cru, avec raifon, que ces deux Arts, fi différens l'un de l'autre, quant au jugement & à la définition de leurs beautés, n'en faifoient pour ainfi dire qu'un, par leurs principes & leurs regles. Pour devenir Poëte, il faut fuivre M. du Bos pas à pas, & ne le quitter que pour le reprendre avec plus de confiance. Cet illuftre Académicien ne laiffe rien à defirer dans fes leçons & dans fes principes.

Un de nos plus grands Écrivains, qui fera immortel à tant d'égards, nous a auffi enrichis de fes réflexions fur la Poéfie; elles font concifes à la vérité; au furplus, l'ufage auquel il les deftinoit ne permettoit pas qu'elles fuffent plus étendues : mais auffi quel mérite ne renferme pas cette précifion ? Ce que je vais citer de cet homme célèbre, eft bien fait pour fixer le goût naturel que l'on peut avoir pour la Poéfie, ou pour en guérir à jamais, fi on fent la force du paffage qui va fuivre.

M. d'Alembert, en parlant des entraves prefque infurmontables dans la Poéfie, donne fon fentiment d'une manière trop modefte fur les regles de cet Art, pour que les gens d'esprit n'en soient pas aisément convaincus. *Voici, ce me semble* (dit-il), *la loi rigoureuse, mais juste, que notre siècle impose aux Poëtes : il ne reconnoît plus pour bon en vers que ce qu'il trouveroit excellent en prose ; ce n'est pas à dire pour cela que des vers prosaïques, fussent-ils d'ailleurs bien pensés, puissent obtenir son suffrage. L'homme de goût est encore bien plus difficile sur la diction dans les vers que dans la prose. Il se contente presque dans celle-ci d'un style coulant & naturel, qui n'ait rien de bas ni de choquant ; il exige de plus dans les vers une expression noble & choisie sans être recherchée, une harmonie facile, & où la contrainte ne se fasse point sentir ; il veut enfin que le Poëte soit précis sans être décharné, naturel & aisé sans être froid & lâche, vif & serré sans être obscur. Il ne donne pas même le nom de Poëte au Versificateur qui a souvent rempli ces conditions, s'il ne les a remplies beaucoup plus souvent qu'il ne les a violées ; & tel de nos Écrivains qui a excellé dans la Prose, qui a beaucoup pensé dans ses vers, qui en a fait beaucoup de bons, auroit doublé sa réputation en jettant au feu les trois quarts de ses Poésies,*

& en ne donnant le reſte que par fragmens.

De tous les Auteurs qui ont donné des regles, proprement dites principes de la Poéſie, le
P. Mourgues, que j'ai lu pluſieurs fois, eſt celui
qui me paroît raiſonner avec le plus de préci-
ſion & de juſteſſe, & qui s'eſt mis à la portée
de tous les génies.

Je reviens ſur l'utilité de ce Dictionnaire.

Ceux qui veulent ſuivre la carrière drama-
tique, trouveront, dans cette Collection, les
meilleurs modèles de caractères, avec des ob-
ſervations ſur les regles de l'Art.

Les Inſtituteurs auront à leur choix des ſujets d'une morale douce, inſinuante & per-
ſuaſive pour leurs élèves; les peres & mères pour
leurs enfans.

Les Amateurs de la Comédie & qui s'exer-
cent quelquefois par pur amuſement & pour le
plaiſir de la ſociété, ne feront certainement pas
fâchés de trouver, dans ce *Recueil*, des leçons
ſur les rôles dont ils voudront s'acquitter.

Peintres, Sculpteurs, Graveurs, tous pourront également avoir recours à ce Dictionnaire: il n'en eſt peut-être pas qui, dans le
cours de ſes études & de ſes travaux, ne ſe

soit surpris quelques-uns de ces momens perdus pour la renommée, où la mémoire infidèle se refuse à toutes les recherches, & où l'imagination réfroidie n'enfante qu'avec peine les idées pathétiques ou sublimes qu'un sujet exige. Qu'ils ouvrent ce Recueil, qu'ils consultent alors *Corneille, Racine, Crebillon, Voltaire, &c. &c.* Qu'ils les consultent encore, qu'ils les dévorent, pour ainsi dire ; tous les Arts, tous les Talens se tiennent & s'enchaînent ; ils ont un foyer commun, & l'on ose répondre, qu'une étincelle échappée de la cendre de ces Grands Hommes, suffira pour rallumer entre leurs mains le flambeau du génie.

Pour rendre ce *Dictionnaire* véritablement utile, j'ai cru ne pas devoir m'occuper de ces morceaux isolés, qui, quoique travaillés avec soin, ne peuvent conserver d'intérêt qu'auprès des personnes à qui ils sont adressés : tels sont des Bouquets, des Impromptus, des Madrigaux, des Épîtres, &c. On n'en rencontrera quelques-uns de ce genre, que parce qu'ils donnent une idée du caractère de certaines personnes qui jouissoient d'une réputation & d'un mérite distingués dans les Lettres :

tels font le *Teftament du Caméléon*, qui fut dédié à Mlle *Ninon de Lenclos* ; la *Souris* en difpute avec *l'Amour*, dédiée à Mlle de *Scudery* ; la *Batrachomyomachie d'Homere*, &c. &c.

Il fera facile à préfent de rapprocher les différens morceaux concernant un même fujet, de les comparer entr'eux, de fe former par-là une idée de la manière de faire de chaque Auteur, & de les mettre à leur place. Je bornerai là le détail des avantages de ce *Dictionnaire*, que je pourrois étendre encore. Continué fur le même plan, il ne peut devenir que plus intéreffant.

Je donne à la fin de chaque volume la chronologie des Auteurs qui en ont fourni les différens morceaux ; j'y joins enfin, avec toute l'exactitude poffible, à chaque pièce qui l'exige, des notes hiftoriques, géographiques, mythologiques, &c., que j'ai puifées dans les meilleurs & dans les plus anciens Dictionnaires, ainfi que dans les anciennes éditions des Tacite, & des Tite-Live.

J'ai annoncé dans mon Profpectus, qu'il fe rencontreroit peut-être des paffages auxquels

je ferois forcé de faire un léger changement,
foit en fubftituant à une épithète une autre
épithète plus expreffive, foit en ajoutant ou
retranchant une hémiftiche, foit enfin en
tranfpofant un vers, ou un feul mot. Ces
changemens ont eu lieu en effet, mais ils
font très-rares, & ils font toujours annoncés
par une étoile.

Je devois à la mémoire des Maîtres immortels, dans les chef-d'œuvres defquels j'ai
puifé, de ne jamais me permettre d'y faire la
plus legère correction fans une extrême néceffité ; & lorfque j'y ai été contraint, je devois au Public de l'en avertir, & de m'en juftifier
auprès de lui.

APPROBATION.

J'AI lu, par l'ordre de Monfeigneur le Garde des
Sceaux, un Manufcrit ayant pour titre : *Encyclopédie
poétique, par M. de Gaigne*. C'eft un Recueil complet de
morceaux choifis dans nos meilleurs Poëtes fur tous
les fujets poffibles, préfentés dans l'ordre alphabétique. Ce que promet la Préface y eft exactement ob-
fervé : cette immenfe Collection fera très-intéreffante
pour les Amateurs de la faine morale & de la belle
Poéfie. A Paris, ce 16 Avril 1778.

DE SANCY, Secrétaire général de la Librairie.

PRIVILEGE DU ROI.

LOUIS, par la grace de Dieu, Roi de France &
de Navarre : A nos amés & féaux Confeillers, les
Gens tenans nos Cours de Parlement, Maîtres des Requêtes ordinaires de notre Hôtel, Grand Confeil,
Prévôt de Paris, Baillifs, Sénéchaux, leurs Lieute-
nans Civils, & autres nos Jufticiers qu'il appartien-
dra : SALUT. Notre amé le fieur DE GAIGNE, Nous a
fait expofer qu'il défireroit faire imprimer & donner au
Public l'Encyclopédie Poétique, s'il Nous plaifoit
lui accorder nos Lettres de Privilége pour ce néceffaires. A CES CAUSES, voulant favorablement traiter
l'Expofant, Nous lui avons permis & permettons, par
ces préfentes, de faire imprimer ledit Ouvrage autant
de fois que bon lui femblera, & de le vendre, faire
vendre & débiter par-tout notre Royaume, pendant le
temps de fix années confécutives, à compter du jour de la
date des Préfentes. FAISONS défenfes à tous Imprimeurs,
Libraires, & autres perfonnes, de quelque qualité &
condition qu'elles foient, d'en introduire d'impreffion
étrangere dans aucun lieu de notre obéiffance ; comme
auffi d'imprimer ou faire imprimer, vendre, faire vendre, débiter, ni contrefaire ledit Ouvrage, ni d'en
faire aucun extrait, fous quelque prétexte que ce puiffe
être, fans la permiffion expreffe & par écrit dudit Expofant, ou de ceux qui auront droit de lui, à peine de
confifcation des Exemplaires contrefaits, de trois mille
livres d'amende contre chacun des contrevenans, dont
un tiers à Nous, un tiers à l'Hôtel-Dieu de Paris, &
l'autres tiers audit Expofant, ou à celui qui aura droit de
lui, & de tous dépens dommages & intérêts ; à la charge
que ces Préfentes feront enregiftrées tout au long fur
le Regiftre de la Communauté des Imprimeurs & Libraires de Paris, dans trois mois de la date d'icelles ;
que l'impreffion dudit Ouvrage fera faite dans notre
Royaume & non ailleurs, en beau papier & beau ca-
ractere, conformément aux Réglemens de la Librairie,
& notamment à celui du dix Avril mil fept cent
vingt-cinq, à peine de déchéance du préfent Privilege ;
qu'avant de l'expofer en vente, le Manufcrit qui aura
fervi de copie à l'impreffion dudit Ouvrage, fera remis

dans le même état où l'Approbation y aura été donnée, és mains de notre très-cher & féal Chevalier, Garde des Sceaux de France, le fieur HUE DE MIROMESNIL ; qu'il en fera enfuite remis deux Exemplaires dans notre Bibliotheque publique, un dans celle de notre Château du Louvre, un dans celle de notre très-cher & féal Chevalier Chancelier de France, le fieur DE MAUPEOU ; & un dans celle dudit fieur HUE DE MIROMESNIL, le tout à peine de nullité des Préfentes : du contenu defquelles vous mandons & enjoignons de faire jouir ledit Expofant, & fes ayant caufes, pleinement & paifiblement, fans fouffrir qu'il leur foit fait aucun trouble ou empêchement. Voulons que la copie des Préfentes, qui fera imprimée tout au long, au commencement ou à la fin dudit Ouvrage, foit tenue pour duement fignifiée, & qu'aux copies, collationnées par l'un de nos amés & féaux Confeillers-Secrétaires, foi foit ajoutée comme à l'original. Commandons au premier notre Huiffier ou Sergent fur ce requis, de faire, pour l'exécution d'icelles, tous actes requis & néceffaires, fans demander autre permiffion, & nonobftant clameur de Haro, Charte Normande, & Lettres à ce contraires : Car tel eft notre plaifir. DONNÉ à Paris, le vingt-huitieme jour du mois de Mai, l'an de grace mil fept cent foixante-dix-fept, & de notre Regne le quatrieme. PAR LE ROI EN SON CONSEIL. Signé, LE BEGUE.

Regiftré fur le Regiftre XX de la Chambre Royale & Syndicale des Libraires & Imprimeurs de Paris, N°. 604, fol. 384. conformément au Réglement de 1723, qui fait défenfes, Article IV, à toutes Perfonnes, de quelque qualité & condition qu'elles foient, autres que les Libraires & Imprimeurs, de vendre, débiter, faire afficher aucuns livres pour les vendre en leurs noms, foit qu'ils s'en difent les Auteurs ou autrement, & à la charge de fournir à la fufdite Chambre huit exemplaires, prefcrits par l'Article CVIII du même Réglement. A Paris, ce 12 Juillet 1777. A. M. LOTTIN, l'aîné, Syndic.

ENCYCLOPÉDIE
POÉTIQUE.

N.º 1.

'ABANDON FORCÉ (l'), ou *l'Amant doublement chagriné.*

Par l'ordre d'une mère, à la fleur de nos ans,
Corinne, il faut quitter la ville pour les champs,
Dans le temps où vos yeux commencent à comprendre
Comment par les regards les cœurs se font entendre;
Quand vous en ignorez le trouble & le danger,
D'un attrait si charmant il faut vous dégager,
Et quitter sans retour l'Amant qui vous adore,
Après un doux baiser qu'il vous dérobe encore;
Abandonner le cours, le bal & les concerts,
Pour un château gothique & des jardins déserts;
Dîner juste à midi, se coucher à dix heures,
N'avoir pour passe-temps, dans ces sombres demeures,

Que des nœuds, du café, des romans, un miroir,
S'y parer sans projets, desirer sans espoir.
Quel état à quinze ans ! Quoi ! n'avoir pour ressource
Qu'un campagnard voisin, prêt à finir sa course,
Ou son fils sot & fièr, dont le triste entretien
Est de vanter son nom, son fusil & son chien;
Qui mêle à tout propos de grands éclats de rire,
Vous baise brusquement, promet de n'en rien dire;
A table fait l'amour en poussant vos genoux,
Et, hormis son cheval, n'aime rien tant que vous.
Les songes, qui souvent charment dans la retraite,
Vous peindront les objets que votre cœur regrette,
Et votre souvenir vous rendra dans ces lieux
Le spectacle brillant qui plaisoit à vos yeux.
Des Comtes, des Barons, des Ducs imaginaires,
Passeront devant vous: dans vos bois solitaires,
Vous croirez leurs regards fixés dans vos attraits;
Mais le jour au réveil confondra ces portraits.
Vous les verrez bientôt s'éteindre & disparoître;
Au fond de votre cœur vous sentirez renaître
L'ennui, le désespoir, la foule des desirs :
Ainsi se détruiront vos honneurs, vos plaisirs.

Tel est de votre Amant le destin déplorable.
L'autre jour, pour charmer la douleur qui l'accable,

Mon efprit égaré s'envola près de vous.

Pour jouir plus long-temps d'un entretien fi doux,

Je cherchai dans les bois un féjour plus tranquille.

Quel malheur ! à l'inftant un fâcheux de la ville

Frappe fur mon épaule & rappelle mes fens.

Corinne ! fans pitié pour mes tendres accens,

Votre ombre difparut. Tranfporté de colère,

Je maudis l'importun qui m'ôta ma chimère,

Et reftai, comme vous, plongé dans le chagrin

D'avoir, en un moment, vu changer mon deftin.

Mad. du Boccage.

N.º 2.

ABEILLE ET L'ÉCOLIER (l'), ou *Leçon allégorique aux gens d'un état peu relevé* (1).

L A diligente Abeille, au lever de l'aurore,
Careſſoit tour-à-tour la jonquille & le thin,
Quand un jeune Écolier, en qui l'on cherche encore
Ce qui put le porter à ce coup inhumain,
     Froiſſa l'aile de la pécore,
Et l'étendit ſans force au pied d'un romarin.
     Hélas ! un peu de patience
Eût avec le ſoleil ranimé ſes eſprits ;
Ou l'une de ſes ſœurs, ſenſible à ſa ſouffrance,
     L'eût avant peu reportée au logis.
     Mais l'indiſcrette oſa ſe plaindre :
     L'Écolier s'en formaliſa.

---

(1) Cet article ſuffiroit déjà pour donner une idée fort étendue de l'arrangement des différens tableaux qui compoſent ce Recueil. En recourant au titre du ſujet que l'on deſire avoir, s'il a été traité ſous le titre réel du tableau, on le trouvera à l'inſtant ; ſi-non, on ſera renvoyé à celui ſous lequel il aura été fait. Par exemple, pour trouver le ſujet moral de M. l'Abbé Mangenot, il faut recourir à la lettre E, & chercher le mot *Etat*, qui ſe trouve en effet ſous le N.º 1129, avec un renvoi au N.º 2, qui indique L'ABEILLE & L'ÉCOLIER, ou Leçon aux gens d'un état peu relevé, &c. &c.

Tu murmures, dit-il, & crois te faire craindre !
Tu mourras. *Aussi-tôt* le cruel l'écrasa.

Ceci s'adresse à vous, Petits qu'on tyrannise :
Dissimulez les maux que les Grands vous ont faits ;
    La plainte, hélas ! la plus permise,
Excite les méchans à de nouveaux forfaits.
           L'Abbé de Mangenot.

N.º 3.

ABEILLE ET LA POULE (1), ou *Leçon aux Censeurs pédans.*

QUE fais-tu ? Rien du tout ! Tu perds tous les instans,
    Disoit la Poule nonchalante :
    Abeille, vrai Roger-bon-temps,
    Ta diligence négligente
    N'a pour objet que le plaisir.
Va, respire à ton gré les parfums de la rose,
Plane sur l'anémone, ou sur l'œillet repose ;
Ce n'est pas un emploi difficile à remplir,
J'en ferois bien autant si j'étois à ta place.
    Réjouis-toi, grand bien te fasse,
    Et tu le peux, grace à mes soins :
L'homme de ton secours fait se passer encore,
    Il suffit que pour ses besoins

                    C

Je ponde chaque jour au lever de l'aurore.

L'Abeille répartit : Pourquoi m'injurier ?

Tu ne me connoîs pas & veux m'apprécier !

Mais tu fais plus de bruit & non pas plus d'ouvrage ;

A quoi bon clabauder, jaser autant que neuf,

Clapir, s'égofiller, & le tout pour un œuf ?

    Je hais le faste & l'étalage,

    La ruche parle assez pour moi ;

Elle montre combien je l'emporte fur toi :

Mon travail aux humains est-il moins nécessaire ?

Je compose pour eux & la cire & le miel ;

    Je les nourris, je les éclaire.

Ce n'est pas tout encor, & j'ai reçu du Ciel

  De quoi punir tout Censeur téméraire ;

  Crains l'aiguillon, laisse-moi vivre en paix.

    Cet avis étoit salutaire,

    Il rabattit tous les caquets.

De Rivry.

N.º 4.

ABEILLE et l'ÉCOLIER (l'), où *Morale fur les effets divins de la Providence.*

D e s fleurs nouvellement éclofes,
Pour compofer un nectar précieux,
Une Abeille cueilloit le fuc délicieux ;
Elle erroit fur le thin, l'amaranthe, les rofes,
Le ferpolet, le myrthe, ami des Dieux.
Un jeune adolefcent qui parcouroit ces lieux,
Immobile, craignant de lui porter obftacle,
Jettoit fur fon travail un regard curieux.
Il s'avance furpris : mais quel nouveau fpectacle
Vient encor étonner fon efprit & fes yeux !
Dans une ruche tranfparente,
Il voit une grande cité,
Cité nombreufe, où de chaque habitant
Il admire l'activité,
L'ardeur, la force & la dextérité.
La troupe toujours agiffante,
Ignore l'art d'ufer d'un fecours emprunté ;
Elle travaille & fe tourmente
Pour les divers befoins de la fociété.
Chacune a fa tâche : elle augmente

C ij

Selon l'âge, le temps & la néceffité.

L'une forme la cire, & l'autre la cimente,

Pour bâtir des maifons à la communauté.

   Dans un réfervoir apprêté

L'autre met en dépôt cette liqueur charmante,

  Dont on nourrit un jeune enfant gâté;

   Un Roi, difons mieux, une Reine,

   Leur dicte un ordre refpecté:

Elle parle, & l'on fuit avec docilité

   Les décrets de la Souveraine.

   L'Écolier étoit enchanté;

   Dieux, difoit-il, quelle merveille!

Filles du Ciel, quelle eft votre fagacité!

  Que j'aime à voir dans mon oifiveté

   Cette fageffe fans pareille,

Ce bel ordre, cet art, cette vivacité

   Et cette ardeur qui me réveille!

  Il louoit tout, lorfqu'une jeune Abeille,

   Après l'avoir bien écouté,

D'une voix bourdonnante & fans obfcurité,

   Lui fiffla ces mots aux oreilles:

   Dans cet ouvrage fi vanté

Adore & reconnoîs plutôt la Providence.

Son doigt nous a tracé le plan & l'ordonnance

   Des cafes que nous bâtiffons.

Il a marqué les fleurs, & nous les choififfons;

Sa voix parle dans nous, & nous obéiſſons.

Soumiſes au Très-Haut, à ſes décrets ſuprêmes,

Notre mérite eſt de ſuivre ſa loi.

Si nous formons le miel, ce n'eſt pas pour nous-mêmes,

C'eſt pour les hommes, c'eſt pour toi.

Ainſi, jeune mortel, qui que tu puiſſes être,

Remplis comme nous ton emploi,

Et ſaches qu'ici bas le Ciel ne t'a fait naître

Que pour ſervir les Dieux, ta Patrie, & ton Roi.

Anonyme.

N.° 5.

ABEILLE (les), ou *Morale aux Souverains pour leur ſervir à écarter toute partialité de leurs jugemens & punitions.*

Muscan, Roi d'un peuple d'Abeilles,

Surnommé Grand par ſes merveilles,

Fit dans tout ſon Etat publier un Edit,

Maint motif également dit,

Préparoit la défenſe expreſſe

Qu'il faiſoit à toute l'eſpece,

De toucher déſormais aux fleurs de mauvais goût,

Attendu que le miel ne valoit rien du tout.

C iij

Enjoint à ses portiers de refuser la porte
A tout contrevenant que l'odeur trahiroit.
     La défense est de droit-étroit ;
     Point de grace en aucune sorte.
     Fait en notre Louvre emmiellé,
Tel an, tel jour depuis notre séance au trône ;
     Et du grand sceau de cire jaune,
     Le tout scellé, contre-scellé.
Le peuple ainsi lié par la loi souveraine,
Choisissoit bien les mets, ne touchoit qu'au jasmin,
     A l'œillet, à la marjolaine ;
Disoit le plus souvent de roses & de thin.
Vous les eussiez vu tous savourer les fleurettes
     Dont les jardins sont parsemés ;
     Puis dans leurs utiles retraites,
     Ils revenoient tout embaumés.

Un jour pourtant une Abeille imprudente,
Favorite du Prince, & presque en droit d'errer,
Ayant fait son repas d'une mauvaise plante,
Se présente à la ruche & l'on vient la flairer.
Vous ne sentez pas bon.—Qu'importe que je sente ?
L'ordre n'est pas pour moi, dit la contrevenante.
Les portiers, là-dessus, la laisserent entrer.
     Mais le Prince en faisant sa ronde,

Sentit l'odeur coupable. Il appelle son monde :
Sur son trône de cire il s'assied gravement ;
Il interroge, il pese, & puis l'affaire instruite,
    Muscan condamne également
    Les portiers & la favorite.
Ah, Sire ! s'écria le peuple d'une voix,
Pardonnez-leur du moins pour la première fois.
Non : je n'accorde point votre aveugle demande,
    Leur dit Muscan ; sachez qu'un Roi
    Doit être esclave de sa loi,
Et qu'il doit obéir à tout ce qu'il commande :
Ma rigueur est clémence, & de l'impunité
    Prévient les suites redoutables.
Combien aurois-je un jour à punir de coupables,
Que je sauve aujourd'hui par ma sévérité !

De Lamotte.

N°. 6.

ABEILLES (le génie des), ou *la manière de les entretenir & de les multiplier.* Voyez le quatrieme Chant
des Géorgiques de Virgile, Traduction par M. l'Abbé
Delile (1).

---

(1) Quoiqu'on renvoye aux Œuvres de M. l'Abbé *Delile*, on
trouvera cependant, dans l'ordre naturel, les morceaux extraits de
ses Géorgiques, qui forment tableau, ou qui font allégorie.

N.° 7.

ABONDANCE (l'). *Source des vices & des désordres.*

Jadis l'homme vivoit au travail occupé,
Et ne trompant jamais, n'étoit jamais trompé :
On ne connoissoit point la ruse & l'imposture ;
Le Normand même alors ignoroit le parjure.
Aucun Rhéteur (1) encor arrangeant les discours,
N'avoit d'un art menteur enseigné les détours,
Mais sitôt qu'aux humains, faciles à séduire,
L'Abondance eut donné le loisir de se nuire,
La mollesse amena la fausse vanité :
Chacun chercha pour plaire un visage emprunté.
Pour éblouir les yeux, la Fortune arrogante
Affecta d'éclater une pompe insolente ;
L'or éclata par-tout sur les riches habits :
On polit l'émeraude, on tailla le rubis ;
Et la laine & la soie en cent façons nouvelles,
Apprirent à quitter leurs couleurs naturelles.
La trop courte beauté monta sur des patins :
La coquette tendit ses lacs tous les matins,

---

(1) RHÉTEUR. On ne comprend, par ce mot que ceux qui, chez les anciens Grecs, faisoient profession de donner des leçons d'éloquence.

Et mettant la cérufe & le plâtre en ufage ,
Compofa de fa main les fleurs de fon vifage.
L'ardeur de s'enrichir chaffa la bonne foi :
Le courtifan n'eut plus de fentiment à foi.
Tout ne fut plus que fard, qu'erreur, que tromperie :
On vit par-tout regner la baffe flatterie.
Le Parnaffe fur-tout fécond en impofteurs,
Diffama le papier par fes propos menteurs.
De-là vint cet amas d'ouvrages mercenaires,
Stances, Odes, Sonnets, Épîtres liminaires,
Où toujours le héros paffe pour fans pareil ;
Et, fût-il louche & borgne, eft réputé foleil.

Boileau.

N.° 8.

ABRICOT (l'). *De quel pays il tire fon origine.*
V. la lettre P. N.° 2258.

M. de Roffet.

N.° 9.

ABUS (les) *font produits le plus fouvent par l'abondance.*
V. la lettre A. N°. 7.

N°. 10.

ACADÉMIE FRANÇOISE (l').

Dieu des vers, pourrai-je suffire
A ce que tu viens m'inspirer?
Dois-tu confier à ma lyre
Tes favoris à célébrer?
Par eux les Filles de Mémoire
Aux mortels dispensent la gloire:
Que peut pour eux tout l'art humain?
Conduis toi-même mon ouvrage;
Ils en désavoueroient l'hommage,
S'il n'y reconnoissoient ta main.

❀

Malgré l'envie & l'ignorance,
C'est toi qui, sous le nom d'Armand,
Pris le soin d'embellir la France
De son plus durable ornement.
Tu relevas un sanctuaire,
Où, loin du profane vulgaire,
Tes nourrissons furent admis;
Et réunis par cette grace,
Merveille inouie au Parnasse!
Les rivaux devinrent amis.

Les uns à qui Clio (1) revèle
Les faits obfcurs & reculés,
Nous traçent l'image fidèle
De tous les fiècles écoulés.
Des états la fombre origine,
Les progrès, l'éclat, la ruine,
Repaffent encore fous nos yeux;
Et préfens à tous nous y fommes
Contemporains de tous les hommes,
Et citoyens de tous les lieux.

❊

Les autres du fecours des fables (2)
Appuyant leurs inftructions,
Ont orné les faits mémorables
D'ingénieufes fictions.
Notre âge retrouve un Homere (3)
Dans ce Poëme falutaire,
Par la vertu même inventé (4);
Les Nymphes de la double cime
Ne l'affranchirent de la rime,
Qu'en faveur de la vérité.

---

(1) *Clio*, la première des neuf Mufes. Son nom fignifie Gloire, Renommée : elle préfide à l'Hiftoire.
(2) Les Poëtes épiques.
(3) Télémaque.
(4) *Fénélon*, Archevêque de Cambrai, Précepteur des Enfans de France.

Des deux Souverains de la fcène
L'afpect à frappé mes efprits (1);
C'eft fur leurs pas que Melpomène (2)
Conduit fes plus chers favoris,
L'un plus pur, l'autre plus fublime;
Tous deux partagent notre eftime
Par un mérite différent.
Tour à tour ils nous font entendre
Ce que le cœur a de plus tendre,
Ce que l'efprit a de plus grand.

❀

D'un art encor plus difficile,
Mais du peuple moins refpecté,
Souvent plus d'une main habile
Nous a fait fentir la beauté (3).
Peintres de l'humaine folie,
C'eft vous qui prêtez à Thalie (4)
Le mafque qui couvre fon front.
C'eft vous, dont l'heureux artifice,
En nous expofant notre vice,
Fait nos plaifirs & notre affront.

(1) Corneille & Racine.
(2) *Melpomène*, une des neuf Mufes : celle qui préfide à la Tra-
gédie. *Melpomene tragico proclamat mæfta boatu.* Ce vers eft at-
tribué à Virgile. Elle préfide quelquefois à la Mufique.
(3) Les Comiques.
(4) *Thalie*, une des neuf Mufes : elle préfide à la Comédie, &
à la Poéfie lyrique.

Un nouveau spectacle m'appelle (1),
Qui dans l'Italie inventé,
Ici doit servir de modèle
A ceux dont il fut imité.
J'y vois quelle gloire mérite
Cet Auteur, dont le style invite
La musique à s'y marier (2) :
Ses vers sont riches, mais sans faste ;
Et la matière n'en est vaste
Que par l'art de la varier.

❀

Mais écoutons : ce Berger joue
Ses plus amoureuses chansons (3) ;
Du fameux Pasteur de Mantoue
Il imite les tendres sons.
Un autre à des chansons si belles,
En oppose de plus nouvelles (4) ;
Entr'eux j'aime à me partager.
Et Pan, inventeur de la flûte,
Arbitre de cette dispute,
N'osa lui-même les juger.

_____

(1) *L'Opéra.*
(2) *Quinault.* V. la Chronologie des Poëtes du second volume.
(3) *Segrais.* V. la Chronologie des Poëtes du second volume.
(4) *Fontenelle.* V. la Chronologie des Poëtes du premier volume.

Au gré de ce nouvel Esope (1),
Les animaux prennent la voix ;
Sous leurs discours il enveloppe
Des leçons même pour les Rois :
Une douceur simple, élegante,
En riant, par-tout y présente
La nature & la vérité.
De quelle grace il les anime !
Oui, peut-être que le sublime
Cède à cette naïveté.

Ici du Censeur du Parnasse (2)
Je ne crains point d'être repris. :
Au poids, dont ce servoit Horace (3),
Il fait peser tous les écrits.
Il connoît, critique équitable,
Quel est l'ornement convenable
Que chaque Auteur doit employer ;
Et toi-même, fils de Latone (4),
Dans les préceptes qu'il nous donne,
Tu ne trouves rien à rayer.

---

(1) *La Fontaine.* V. la Chronologie des Poëtes du premier volume.
(2) *Boileau.* V. la Chronologie des Poëtes du premier volume.
(3) *Horace* (Quintus Flaccus), Poëte latin, natif de Venuse.
(4) *Latone* étoit mère d'Apollon.

Quel agrément, quelle harmonie
Dans ces écrits ingénieux,
Où l'hyperbole & l'ironie
Disputent à qui plaira mieux (1)!
Ces discours privés qu'on s'adresse,
Tribut d'estime & de tendresse,
Y brillent des plus heureux traits,
Par une seconde présence :
C'est ainsi qu'en trompant l'absence,
On en suspendoit les regrets.

Les vers, les éloquens ouvrages,
M'enivroient de leur doux poison;
J'en oubliois presque les sages
Amis de l'exacte raison (2).
Sur mille erreurs, fruit de l'enfance,
Sur la Nature & sa puissance,
Ils s'efforcent d'ouvrir nos yeux;
Et tel d'entr'eux, avec les Graces (3),
Nous fait parcourir sur ses traces,
Tout l'espace effrayant des Cieux.

---

(1) Les Lettres de Balzac, & de Voiture.
(2) Les Philosophes.
(3) Les Mondes de Fontenelle.

Long-temps l'Antiquité favante
Nous recela mille Écrivains;
Mais des beautés qu'elle nous vante,
Nous avons lieu d'être auffi vains.
Les Plines (1) & les Démofthènes (2),
Les travaux de Rome & d'Athènes (3)
Deviennent nos propres travaux;
Et ceux qui nous les interprètent,
Sont moins, par l'éclat qu'ils leur prêtent,
Leurs traducteurs que leurs rivaux.

Après tant d'œuvres renommées,
Dont notre fiècle eft ennobli,
La langue qui les a formées
Peut-elle redouter l'oubli?
Non : fur cette langue chérie,
L'ignorance & la barbarie

---

(1) *Pline* (Cœcilius), Plinius fecundus, dit le Jeune, étoit de Vérone. Ses Lettres ont été traduites par M. de Sacy : elles font pleines d'efprit & de politeffe. Jean Marie Catené, qui a écrit fa vie, difoit de lui, *gloriæ appetitus & immortalitatis fummus occupator.* C'eft ce qui a fait dire à Martial :

    Sint Mæcenates, non deerunt, Flacce, marones.

(2) *Démofthènes,* célèbre Orateur, étoit *d'Athènes,* fils d'un Coutelier.

(3) *Athènes,* ville de Grece, célèbre dans l'antiquité pour les favans hommes, & pour les grands Capitaines qu'elle a produits.

Ne verferont point leur poifon ;
Et tous les peuples, d'âge en âge,
Y refpecteront l'affemblage
Des graces & de la raifon.

※

Vous que diftingue la naiffance,
Ou l'éclat d'un illuftre rang,
Soyez jaloux de la féance
Qu'ici le feul mérite prend,
Venez-y protéger Minerve (1) ;
Le prix qu'elle vous y réferve
Eft un nom vainqueur du trépas.
Loin des diftinctions ferviles ,
Il eft beau qu'avec les Virgiles (2),
Se confondent les Mécénas (3).

(1) *Minerve* étoit Déeffe de la fageffe & des beaux Arts.

(2) *Virgile*, Poëte latin, fils d'un Potier d'Ardes , dans le ter-
ritoire de Mantoüe. On mit ces deux vers fur fon tombeau :

Mantua me genuit , Calabri rapuere , tenet nunc
Parthenope : cecini pafcua , rura , duces.

(3) *Mécénas*, ou Mécène (C. Cilnius), Chevalier Romain, étoit
reconnu comme defcendant d'une maifon royale d'Etrurie ; il fut le
favori d'Augufte , & grand ami de Virgile. Le titre de Mécène eft
fouvent proftitué ; il ne doit fe dire que d'un homme qui encourage
les Sciences, les Lettres & les Arts.

D

Nº. II.

ACCORD (l') *de l'Esprit & de la Beauté.*

Un jour l'Esprit & la Beauté
  Disputoient de leurs avantages.
Je tourne, quand je veux, la tête de vos sages,
  Disoit-elle en sa vanité.
Celle de D... m'a même peu coûté;
  Sur tous les cœurs je regne en Souveraine;
  Les Grands Hommes sont mes sujets.
  Capoue a vengé Trasymene;
Le secret de l'Etat fut trahi par Turenne:
Je nomme les emplois, je dicte les arrêts,
Je déclare la guerre, & je signe la paix.
Vous n'êtes trop souvent que vain maître d'escrime.
Veut-on vous rendre utile ? On vous cache avec soin:
Vous pouvez quelquefois mériter de l'estime;
  Mais l'amour seul est un besoin.
  Pour montrer notre savoir-faire,

---

(1) On sait que les délices de Capoue perdirent Annibal, & que le lac de Trasymène fut très-fatal aux Romains.

Raſſemblons, j'y confens, dans la ſociété,

    Vous, Buffon, Nivernois, Voltaire,

    Moi, Chloé, Témire & Glicere,

Je me rends ſi la foule eſt de votre côté.

Je conviens, dit l'Eſprit, du pouvoir de vos charmes;

Mais vos yeux, pour bleſſer, n'ont que de foibles armes,

Quand au feu de l'amour je ne joins pas le mien:

Si je ne ſème pas de fleurs votre entretien,

En vain vous prodiguez & vos lis & vos roſes.

    Vous me devez, entre autres choſes,

Là phyſionomie, & même le maintien.

    C'eſt de moi ſeul que dépendent les graces:

Une belle qui n'a qu'un babil importun,

    Peut attirer quelques cœurs ſur ſes traces,

    Mais ne peut en fixer aucun.

    La diſpute s'échauffa fort:

    La Beauté, de colère émue,

    L'Eſprit, plein d'un jaloux tranſport,

    Tour à tour ont raiſon & tort;

Mais tout à coup Iſſé ſe préſente à leur vue,

    Et ſoudain les voilà d'accord.

                 Deſmahis.

N.° 12

ACCORD (de l') *des Couleurs.* V. la lettre P, N.° 2287.

                M. Watelet.

N°. 13.

ACCORD (pourquoi les Rois ne font jamais d').

D'où vient, difoit Lucas., qu'on voit, entre les Rois,
Toujours maille à partir, toujours quelque anicroche ?
Morgué, parmi nous fans reproche,
Je vivons mieux d'accord, nous autres Villageois:
Voici la raifon, ce me femble,
Lui répondit Grégoire, en efprit fort,
Le moyen qu'ils foyont d'accord ;
Ils ne buvont jamais enfemble.

Anonyme.

N.° 13 *a.*

ACCOUCHÉE (à une aimable).

ALPHABET de vieux complimens,
Longue affluence de vifites,
Libres propos, devis charmans,
Mais plus fouvent fades redites ;
Ce font-là des accouchemens
L'étalage & toutes les fuites :
Cela s'entend s'ils font heureux,

Ainsi que le font tous les vôtres.
Les accouchemens du cerveau
Maigriffent pour plus d'une année ;
Mais vous, en une matinée ;
Vous prenez congé du fardeau ,
Et la quinzaine terminée ,
Votre teint n'en eft que plus beau ;
L'Amour rallume fon flambeau ,
Et le préfente à l'Hyménée ;
Peut-être êtes-vous quelques jours
A n'en pas trop aimer la caufe :
Pour donner un frère aux amours ,
Il en doit coûter quelque chofe ....
Mais vous m'arrêtez à ces mots ,
Vous vous mettez toute en colère ;
Ceffez , dites-vous , ce propos.
Qu'ai-je donc fait pour vous déplaire ?
Je n'entre pour rien dans l'affaire ;
Si vous n'y trouvez point d'appas ,
Vous pouvez bien ne la pas faire ,
Je ne vous contredirai pas.
Qu'il me foit permis de vous dire ,
Malgré l'air dont vous me traitez ,
Que tout ce que mon cœur defire ,
Ce feroit d'être à vos côtés ,

D'y chanter, avec Calliope (1),
Votre accouchement fortuné,
Et de voir l'enfant nouveau né,
Pour lui tirer son horoscope.

M. Desmahis.

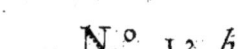

N.° 13 b.

ACQUÉRIR (à ceux qui veulent trop).

AU sein d'un asyle champêtre
Où Damis trouvoit le repos,
Le plus paisible des ruisseaux,
Parmi les fleurs qu'il faisoit naître,
Rouloit nonchalamment ses flots.
Au Campagnard il prit envie
D'emprisonner, dans son jardin,
Cette eau qui lui donnoit la vie.
Il prépare un vaste bassin,
Qui reçoit la source étonnée.
Qu'arrive-t-il? Un noir limon
Trouble bientôt l'onde enchaînée:
Cette onde se tourne en poison.

(1) Calliope, l'une des neuf Muses, ainsi appellée à cause de la douceur de sa voix. On la fait mère d'Orphée.

La tendre fleur, à peine éclofe,
Sur fes bords penche triftement :
Adieu l'œillet, adieu la rofe !
Flore s'éloigne en gémiffant.

M. le Chevalier de Parny.

N.º 14.

ACTEURS ET ACTRICES d'Opéra (aux), *fur la manière dont ils doivent fe conduire dans leurs rôles.*

Vous qui fur ce théâtre oferez vous produire
Reçûtes-vous des traits affortis pour féduire ?
N'allez point fur la fcène ufurpant un autel ,
Y faire huer un Dieu fous les traits d'un mortel.
Le monde où vous entrez eft peuplé de Déeffes ;
L'Amour, en folâtrant, y choifit fes Prêtreffes :
Avec des traits flétris, un teint jeaune & plombé,
Pourrez-vous, fans rougir, prendre le nom d'Hébé (1) ?
D'un œil indifférent verrai-je une mulâtre
Appliquer à Vénus (2) fa couleur olivâtre ;

(1) Hébé étoit fille de Jupiter & de Junon. Elle étoit regardée comme la Déeffe de la jeuneffe.

(2) *Vénus* étoit fille de Jupiter & de Diane. Elle étoit une des Divinités les plus célèbres de l'Antiquité Payenne. Elle préfidoit aux plaifirs de l'Amour : on la regarde comme la Déeffe de la beauté, & la mère de la galanterie ; elle fe rendit fort fameufe par fes amours avec le charmant Adonis.

D iv

Dans un char tranfparent, par des cygnes traîné,
Fendre les airs aux yeux de Paphos (1) étonné ;
Et rappeler en vain cet enfant volontaire,
Qui s'eft allé cacher à l'afpect de fa mère ?
Que Flore (2) à mes regards n'ofe jamais s'offrir,
Sans me faire envier le bonheur de Zéphyr (3) :
Sa bouche au doux fouris doit être auffi vermeille
Que les boutons de rofe épars dans fa corbeille.
L'Amante de Titon (4), pour fixer nos amours,
Doit avoir la fraîcheur du matin des beaux jours ;
Et, fous les pampres verds dont Bacchus (5) fe couronne,
Le plaifir doit briller dans les yeux d'Erigone (6).

---

(1) Paphos, ville de l'ifle de Chipre, confacrée particulièrement à Vénus.

(2) Flore, dont le vrai nom étoit *Cloris*, étoit une Nymphe des Ifles fortunées. Elle eft regardée comme la Déeffe des fleurs : Zéphyr l'enleva pour en faire fon époufe.

(3) Zéphyr, ou le vent d'Occident, étoit enfant des Dieux ; fa chaleur naturelle ranimoit les plantes.

(4) Titon avoit époufé l'Aurore. Il eft regardé comme le fymbole de la vieilleffe.

(5) Bacchus étoit fils de Jupiter & de Sémele : fa mère étant morte avant le terme de l'accouchement, fon père le prit & le renferma dans fa cuiffe, pour attendre la fin du terme. Le vin & la vigne étoient de fon gouvernement.

(6) Erigone étoit fille d'Egifte & de Clytemneftre : après la mort d'Orefte fon époux, elle fe conferva au fervice de Diane.

Que la taille & le port soient toujours adaptés,
Aux rôles différens que vous représentez.
Des Colosses hautains, dont l'Amour suit les traces,
Pourront-ils badiner sous le corset des Graces ?
La Naine pourra-t-elle, avec l'air enfantin,
Me retracer Pallas (1) une lance à la main ;
Et l'orgueil menaçant d'une Reine en colère,
Conviendra-t-il au front d'une simple bergère ?
Sachez, quand il le faut, varier votre ton,
Sévère dans Diane (2), emporté dans Junon (3).

Vous sur-tout qui voulez, dans vos fureurs lyriques,
Ressusciter, pour nous, ces Paladins antiques,
Tous ces illustres fous, ces héros fabuleux,
Soyez, à nos regards, gigantesques comme eux.
C'est peu de m'étaler une jeunesse aimable,
Je hais un Amadis (4), s'il n'est point formidable.
Quand Roland (5) déracine en ses fougueux accès,
Ces chênes orgueilleux, ornemens des forêts,

---

(1) Pallas : on la fait sortir du cerveau de Jupiter. Elle aimoit
le tumulte, le bruit, la guerre & les combats ; & c'est pour cela
qu'on la regardoit comme la Déesse de la guerre.

(2) Diane étoit fille de Jupiter & de Latone, & vierge blan-
che : on la regardoit comme la Déesse de la chasse.

(3) Junon, sœur & femme de Jupiter, étoit fille de Saturne &
de Rhée. Elle étoit pleine de jalousie & de haine, méchante &
presque toujours de mauvaise humeur.

(4) Amadis, héros d'un roman très-fameux.

(5) Roland étoit Comte d'Angers, parent de Charlemagne. Il

Je veux que déployant une haute ftature,
Il enrichiffe l'art des dons de la Nature.
S'il n'en impofe point à l'œil du fpectateur,
Si je ne confonds point le modèle & l'Acteur,
D'un tableau fans effet bientôt je me détache;
Je ne vois qu'un enfant caché fous un panache,
Et dont le foible bras, jouant de l'efponton,
Renverfe, avec fracas, des arbres de carton.
En vain fon œil menace, & fa main eft armée,
Je cherche le Héros, & je ris du Pygmée.

Par la feule raifon mon efprit enchanté,
Cherche dans le preftige un air de vérité.

Pour nous rendre les traits d'Adonis (1) ou d'Alcide (2),
Le genre de vos voix peut vous fervir de guide.
Des fons fêlés & doux feroient choquans & faux,
Dans la bouche du Dieu qui règne fur les flots;

---

donna en diverfes occafions des marques de fa bravoure. Les Poëtes
& les Romanciers lui attribuent des aventures très-furprenantes.
On difoit autrefois d'un homme qui fe diftinguoit par fon courage,
qu'il étoit couché dans la Chronique côte à côte de Roland.

(1) Adonis étoit le fruit de l'incefte commis par Myrrha avec
Cyniras fon pere : il étoit auffi beau que l'Amour.

(2) Alcide étoit fils d'Alcée : il fut appelé Hercule, parce qu'il
déchira, dans le berceau, deux ferpens que Junon avoit envoyés
pour le dévorer.

Ces organes font faits pour briller dans des fêtes :
C'eft d'un ton foudroyant que l'on parle aux tempêtes.
Quand les vens déchaînés mugiffent une fois,
Ils ne s'appaifent point avec des ports de voix;
Et Jupiter lui-même, armé de fon tonnerre,
Se verroit, dans la Gloire, infulté du Parterre,
S'il venoit, s'annonçant par un timbre argentin,
Prononcer en fauffet les arrêts du deftin.

Mais c'eft peu de la voix, c'eft peu de la figure,
Si vous ignorez l'art d'achever l'impofture ;
De parer ces préfens, d'y joindre l'action,
Et cette vérité d'où nait l'illufion.
Dans ce reffort trop dur mettez plus de molleffe,
Ces mufcles trop rendus ont befoin de foupleffe.
La grace & la beauté d'un athlete (1) vainqueur,
Sont dans l'ufage adroit de fa mâle vigueur.
Faites-vous, s'il le faut, une fecrete étude,
De chaque mouvement, & de chaque attitude;
Inftruits par la Nature, apprenez à l'orner,
Sur le théâtre enfin fachez vous deffiner.

M. Dorat.

---

(1) Athletes, étoient ceux qui combattoient autrefois dans les jeux olympiques.

N.º 15.

ACTEURS ET ACTRICES (aux) , *sur l'attention qu'ils doivent apporter sur la scène.*

QUE jamais votre esprit ne soit hors de la scène ;
Que votre œil au hasard jamais ne se promène ;
Oubliez des balcons ces muets entretiens ;
Vos regards sont distraits , ils détournent les miens.
Puis-je être intéressé, quand vous cessez de l'être ?
Et sans un froid mortel, puis-je voir reparoître
L'automate chantant , dont les yeux libertins,
Sont en correspondance avec tous leurs voisins.

M. Dorat.

N.º 15 a.

ACTRICES (sortie sur certaines).

* AH ! pourquoi voyons-nous de ces fières Actrices,
Abjurer leur grande ame en sortant des coulisses,
Flétrir un art divin par le plus vil métier,
Et livrer Rodogune à l'or d'un financier ?
Oui , trop souvent Laïs, sur la scène avilie,
Souillant l'auguste nom d'Alzire ou d'Emilie,

Ceint du bandeau des Rois son front déshonoré,
Et dérobant le vice en son ame adoré,
Sous les dehors trompeurs d'un amour pur & tendre ;
Ment à tout l'univers assemblé pour l'entendre.

M. Flin des Oliviers.

N.° 16.

ADAM (éloge de Maître).

Les vers de Maître Adam (1) ont des beautés exquises ;
Ce Virgile à rabot est plus divin qu'humain :
Les Muses désormais ne doivent être assises,
Que sur des tabourets qui soient faits de sa main.

Maynard.

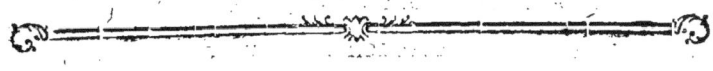

N.° 17.

ADIEUX (les derniers) d'un Vieillard à son Ami, ou Entretien moral sur les vicissitudes de la vie.

Des chimeres du monde esclave détaché,
Qu'a courbé de son faix la pesante vieillesse,
Sur la tombe qui s'ouvre, ainsi que moi, penché,
Lis, palpite, en lisant l'adieu que je t'adresse.
Ah ! combien de ton sort, mon sort est rapproché !

_____

(1) Maître Adam étoit Menuisier.

Combien, fur cet écrit, de mon œil defféché,
J'ai vu couler encor des larmes de tendreffe !
Dans le calme des nuits ton abfence m'oppreffe ;
Et je crie au trépas, fur ma tête couché :
Recule ! & que je vive, un Ami m'intéreffe.

Les biens qu'on a perdus, nous font toûjours préfens.
Dans nos rides, Ami, la douleur eft empreinte :
Va, le Mortel fouffrant ne s'endormit fans crainte,
Qu'aux portes du fommeil, qui doit glacer nos fens.
L'Être eft détruit par l'Être, & l'immenfité dure ;
Tout eft changé pour nous, & non pour la Nature :
Vers le temps qui n'eft plus, revenons fans terreur ;
Le penfer du Vieillard eft l'accent de fon cœur.
Vanités du bonheur, dont l'image prolonge
Jufqu'aux bords du cercueil la trame des ennuis,
Qui d'un Monde impofteur m'avez flatté le fonge,
Caché fes volontés fous de frêles lambris ;
Sur vous mes yeux, enfin, fe lèvent éclaircis :
Efpérer, fans jouir, n'eft qu'un heureux menfonge.
Des âges parcourus affemblent les deftins :
De douleurs au berceau les ferpens nous déchirent ;
Les foins de la tendreffe à nos tourmens confpirent ;
Nous croiffons dans les cris, pour périr de nos mains.
Du cercle de nos jours que nous offre l'efpace ?
Des pavots malfaifans, de nos pleurs détrempés,

Qu'un matin voit flétrir, que la ronce entrelace ;
Dont le fuc vénéneux par l'ivreffe remplace.
Des plaifirs apperçus, ou des biens échappés.

A peine de mes fens effayé-je l'enfance ;
Que mon premier foleil éclaira mes revers :
Sur un père mourant mes yeux fe font ouverts ;
La faux de fon trépas menaça ma naiffance.
Encor, fi le malheur de ceffer d'être fils,
Eût affligé les jours où je fentis mon être !
Mais feul, & dans ma fleur, délaiffé fans appuis,
Inconnu des Humains, j'appris à me connoître,
Cherchant dans l'indigence un père & des amis.
La crainte mefura ma pénible carrière :
A quel prix j'ai joui du malheur de fentir !
Mes penchans s'égaroient fur la Nature entière ;
Elle enflammoit mon cœur, fans pouvoir le remplir.

Ami, rappelle-toi ma jeuneffe première,
Ces defirs fi nouveaux, paffagères fureurs,
Ces vices de mon âge, & d'un efprit fans mœurs.
Trop long-temps j'ai vécu dans le lâche délire
D'encenfer les travers, & de briguer un nom,
D'imiter la décence, & l'art de fe conduire,
L'impofture des mœurs, les préjugés du ton ;

D'être dupe d'un fexe, en penfant le féduire;
D'un objet d'infamie allaitant le poifon.
Bientôt de feux plus purs je fuivis la lumière :
L'amour toucha mon cœur, & mon cœur fut changé.
Jours donnés aux vertus, où ma flamme innocente
Unit les droits d'époux aux tranfports d'une amante;
Vous vîtes les plaifirs du fentiment vengé !
Tu fais combien le Ciel diftilla d'amertume
Dans le calice d'or, où j'ai bu ce bonheur :
Le tombeau dévora l'idole de mon cœur;
Sa cendre me reftoit, & le temps la confume :
Mais le chagrin furvit, & réfifte à fes loix.
Les germes de la mort, dans les flancs d'une mère,
Infectèrent fon fruit & fon fang à la fois :
La main qui me donna des entrailles de père,
Y plongea le poignard, en nous perçant tous trois.

✿

Accablé de moi-même, épuifé de conftance,
Dans un morne abandon, fur mon fort recueilli,
Par degrés douloureux je perdois l'exiftence;
Ma pénible tendreffe imploroit un ami :
De penchans mutuels la touchante habitude,
Les cris d'un cœur aimant aux douleurs exercé,
Du befoin d'être aimé l'active inquiétude,
La douceur, les élans d'un tourment retracé;
Tout attiroit vers toi mon phantôme élancé.

Un

Un jour tu fus fensible ; ah ! fuis la folitude :
Semblable à ces liqueurs qui bouillonnent encor,
Sans mélange, & fans feu, dans le froid de l'argile,
L'infortuné s'agite où l'homme heureux s'endort.
Automate impuiffant, il me reftoit pour fort
Des faveurs du talent l'épreuve difficile,
La gloire d'obliger, & l'orgueil d'être utile :
Mais, pour faire le bien, faut-il vivre oublié ?
Eh ! qu'importe aux Humains la plainte & la bleffure,
Si, gardant à toi feul une aride pitié,
Tu vois fans intérêt l'indigent qui conjure,
Manger fous des lambeaux un pain répudié ?
De vœux compatiffans tu vis la récompenfe.
Oui, fur les malheureux, par mes foins confervés,
La fureur du deftin maudit ma bienfaifance ;
Et, pour les voir périr, ma main les a fauvés.

꙰

Tu connus ce Dorval, dont je bénis l'enfance :
Au berceau fans parens, au mépris deftiné,
Victime d'un amour qu'avilit fa naiffance,
Dans ce féjour d'opprobre, où languit l'indigence,
Des fruits de la foibleffe afyle infortuné,
Qui d'un père inhumain fe vit abandonné.
Souvent, dans ce réduit, j'épanchois un cœur tendre :
Aux utiles travaux des Arts & de nos doigts,
J'animois des efforts qui cherchoient à comprendre ;

E

Mes yeux pleuroient un fils, Dorval ravit mon choix.
Ses modeftes regards, baiffés vers la pouffière,
L'attrait intéreffant du malheur jeûne encor,
L'enfance des vertus, fa raifon printanière,
La pudeur de fon front rougiffant de fon fort,
Imprimoient dans fes traits une heureufe jeuneffe.
Fait pour plaire, fentir, penfer avec tendreffe,
J'adoptai cet enfant, je cultivai fa fleur....
Soins fuperflus, hélas! En l'arrofant de larmes,
Pâliffante, fanée, exhumant fon ardeur,
En vain, près du foleil, je ranimai fes charmes;
Le flambeau de fes jours s'éteignit fans douleur.
Peins-toi ce lit de mort, un vieillard en filence,
Sur le corps expiré, dans les fanglots mourant,
De ma demeure en deuil la folitude immènfe;
Ces apprêts... cette foffe... un père y defcendant,
Son élève adoré, fa fuperbe efpérance.
Nœuds tendres, & détruits auffi-tôt que formés!
Défirs, nature, amour, ô penchans trop aimés!
Premiers pas du bonheur, dont j'ai perdu la trace!

⁂

Mes amis, & les tiens, dans la tombe enfermés:
Voilà donc le paffé que ma vieilleffe embraffe!
Quinze luftres de maux en ont fermé l'efpace.
Succombant aujourd'hui fous les peines d'hier,
Ainfi de nos deftins le fufeau développe

Un vêtement de deuil, & des chaînes de fer,
Que gaze la jeuneffe, & qu'un fil enveloppe.
Infenfé! . . . . Je murmure . . . . Eft-ce à moi de jouir?
Moi flétri fous les ans, qu'un cercueil environne.
Homme, je vécus homme, & n'ai plus qu'à mourir.
Mourir . . . T'abandonner . . . Ah! que dis-je? Pardonne.
Viens, & mes bras glacés à ton fein vont s'ouvrir :
Uniffons nos regards, & retrouvons des larmes.
Viens : la feule amitié mérite mes alarmes.
Qu'eft auprès de ton cœur l'infenfible Univers?
Ton cœur eft fon pourpris : va, j'appris à connoître
Qu'un don de l'amitié vaut trente ans de revers.
Quitte l'or des cités pour la mouffe d'un hêtre :
Mon afyle t'attend; viens obferver fans maître
Ce théâtre mouvant d'infortunés égaux,
Vils jouets des deftins, & riant dans leurs maux.
Vois-tu la fervitude accroître leur mifère;
Nos femblables rampans, de leurs chaînes meurtris;
L'humanité vendue aux crimes impunis;
La baffeffe fans honte, & le pauvre fans pere?
Par le vernis des mœurs, long-temps tu fus trompé :
Encenfé de cœurs faux, que mafquoit la décence,
De zèlés complaifans armés pour ta défenfe,
A peine à leurs poignards ton fein eft échappé.
Nobles fans dignité, grands, mais fans être utiles,
Sous la main qui les bleffe écrafant leur pays,

E ij

Efclaves d'un defpote, & des honneurs ferviles,
Illuftres fcélérats fuperbement foumis ;
Ces fiers appuis d'un Trône ont fait ta deftinée.
J'ai vu les admirer une foule étonnée,
De fes propres malheurs imbécille inftrument,
Qui fait d'un fourbe heureux l'idole d'un moment,
O fléaux des Humains, que l'impofture adore,
Qui careffez pour perdre, & fentez avec art,
Qui foulez fans remords, & qu'un titre décore,
Ah ! jamais votre œil dur n'abaiffa mon regard !
De leur verge de bronze accablant la Juftice,
Du Temple de nos Loix je montai les degrés.
Que de pleurs je mêlois au fang de leur calice !
Tandis que d'infamie, & de luxe enivrés,
Des meurtriers en robe ordonnoient un fupplice.
Sanguinaires enfans, qui d'ambre faupoudrés,
Plaignoient, en graffeyant, des Mortels torturés.
Héros de vils cachots, Martyrs de l'innocence,
De tourmens en tourmens conduits aux échafauds ;
Citoyens immolés au droit de convenance,
Par ces Juges impurs, monftres des Tribunaux,
Deftinant d'un fourire, & d'un ton de décence,
La Courtifanne au lit, & *la barre* aux bourreaux !
Victimes, qu'en mon cœur met votre deftinée ;
Vous que de froides mains repouffent par orgueil,
Hommes d'adverfité, famille infortunée,

Par des frères d'airain prosternés dans le deuil !
Comptez sur mes douleurs, ma dernière journée,
Mes faciles secours, & ma haine aux Tyrans,
Mes débiles efforts, & mes vœux impuissans.
J'expire; & dévorés d'opprobre & de tristesse,
Que d'êtres, mon Ami, restent baignés de pleurs !
Immolés aux désirs d'une altière jeunesse,
De Tyrans commencés sans morale & sans cœurs,
Où chercher des Humains que leur sort intéresse ?
La sensibilité respire avec les mœurs,
Et les philtres du vice ont corrompu la laisse,
Où, dans ses premiers pas, l'enfant est arrêté.
Des organes sans jeu, de l'amour sans tendresse,
Un esprit sans vigueur, des vertus par foiblesse,
Nul plaisir à vingt ans, & mort à la santé,
Voilà l'homme du jour, en sa fleur infecté.
Tel flétri des poisons d'une haleine mortelle,
Noirci dès le printemps, on voit tomber l'épi.
Mais un transport m'égare : ah ! plutôt, mon Ami,
Vois, vois des Dieux encor pétiller l'étincelle.
L'homme, de son limon, n'est souillé qu'à demi :
Il est, sans préjugés, des ames magnanimes,
Des Rois nommés sans crainte, & servis sans victimes,
Protecteurs bienfaisans des Sujets leurs soutiens;
Il est des cœurs sans tache, & des heureux sans crime,
Philosophes sans faste, & Socrates Chrétiens,

Que damne la Sorbonne, & que C*** eſtime,
Sages ſans le paroître, illuſtres inconnus,
Vous tous qui ſecourez les malheureux nos frères
Qui trempez de vos pleurs le pain de leurs miſères,
Et donnez dans vos cœurs des autels aux vertus,
Un jour pur vous attend aux jours de la vieilleſſe ;
Quand le froid de la mort aura changé vos traits,
Le pauvre ira baiſer le linceuil qui les preſſe :
La tombe engloutit l'homme, & non pas ſes bienfaits.
Miſanthrope endurci, dont l'œil inexorable
Mêle un regard de fer aux pleurs de ton ſemblable,
L'incline vers la terre, en le frappant d'effroi,
Dont la triſte raiſon contredit la nature,
Porte loin des cités une ame inſtruite & dure,
Et le ſophiſte affreux, qui ne vit que pour ſoi.
Ah ! qu'il eſt conſolant, quand tout nous abandonne,
Quand l'hiver de la vie a glacé nos deſirs,
De ſavourer en paix les fruits de ſon automne,
De voir ſourire un cœur que la mort environne,
Les heureux qu'on a faits ; recueillant nos ſoupirs,
La pitié rendre en deuil les ſecours qu'on lui donne,
Et de jours bienfaiſans les touchans ſouvenirs
Nous deſcendre au tombeau, que l'amitié couronne !
Déjà mon œil ſe rouvre à la ſérénité :
D'un calme qui renaît je reſſens l'influence ;
A l'heure où je t'écris, l'avenir qui s'avance,

A mon cœur satisfait montre l'Eternité.

Satisfait ! ... Peut-on l'être en ceffant d'être utile ?

Les humains qu'on aima nous aiment à leur tour,

Ce prix contenteroit une pitié fervile ;

Il eft pour les grands cœurs un plus digne retour,

L'efpoir de rendre encor un malheureux tranquille,

De bénir à jamais ceux qu'on bénit un jour.

L'inftant, l'heure s'approche ; au fein de la nature,

Nos deftins vont dormir, vois leur terme fans peur :

Eh ! qui peut regretter le rapide bonheur

Dont le fort un moment nous prête la parure ?

A notre âge, il n'eft plus qu'incurable douleur :

Héritiers de nos maux, tous les heureux nous craignent,

La jeuneffe nous brave, & fes ris nous dédaignent ;

On flétrit notre abord d'un repouffant accueil ;

Ah ! les affronts du moins refpectent le cercueil.

Confidère en fa nuit la carrière immortelle,

Lointain d'or & d'azur, préfage d'un beau jour ;

Que des feux de l'efpoir ton courage étincelle ;

Une heure doit unir nos deux cœurs à toujours.

C'eft ton dernier bienfait, Maître fublime & fage !

Raifon de l'Univers, qu'enchaînent fes accords ;

De ton trône inconnu j'approche avec courage :

Ta main brife le globe, & foutient fes refforts.

Hélas ! le fentiment réchauffe encor ma vie ;

Il a treffé des fleurs fur mes cheveux blanchis ;

Il me cache aujourd'hui l'inftant qui les délie :

Qu'il entrelace aux tiens mes manes attendris.

Toi, d'un vieillard éteint fi le flambeau t'éclaire ;

Si je meurs dans tes bras, fans angoiffe endormi,

Honore de tes pleurs ma tombe folitaire,

Et couvre de cyprès (1) la cendre d'un ami.

Anonyme.

N.° 18.

ADIEUX (les) d'une Demoifelle qui fe fait Religieufe, à fon Amant, ou *La réfolution affermie.*

EN vous difant adieu, malgré moi je foupire ;

On voit tomber mes pleurs en ce fameux moment ;

Je fens deux paffions, quoiqu'inégalement,

Régner fur mon efprit avec beaucoup d'empire.

Je ne faurois penfer au bonheur où j'afpire,

Sans témoigner l'excès de mon contentement ;

Mais d'un autre côté, ce trifte éloignement,

Lorfque je fonge à vous, fait auffi que j'expire.

---

(1) Cyprès, fymbole de la trifteffe, parce qu'une fois coupé il ne renaît plus ; ou parce que fes branches, dépouillées de feuilles, n'ont rien que de lugubre.

Pour vaincre mon amour, j'ai long-temps combattu,
Et j'aurois vainement employé ma vertu,
Si Dieu, par ses bontés, n'eût aidé mes foiblesses.

※

C'est lui qui dans mon cœur vient combattre aujourd'hui,
Votre humeur, vos discours, vos soins & vos tendresses;
Vous ne voudriez pas l'emporter dessus lui.

Mlle. de Montreul.

N.° 19.

ADIR ET ZIMAR, ou *Morale aux mécontens.*

Il est donc vrai qu'au fond de la retraite,
Adir va désormais oublier les humains?
　Bien du plaisir je lui souhaite.
Mais cependant la loi de notre saint Prophète,
　Dit: sers le monde & du cœur & des mains:
Sans cela point de foi, point de vertu parfaite.
Ainsi parloit *Zimar* au Philosophe *Adir*,
Lequel dans un désert venoit d'ensevelir,
Avec ses préjugés, sa légère personne.
Ami, dit ce dernier, ton langage m'étonne.
　　Je te croyois judicieux!
　　Tu connois le monde, & tu veux?...
　　Je veux seulement qu'on raisonne,

Interrompit *Zimar*, avec quelque chagrin :
Sur quoi peux-tu former un si brusque dessein?
   Sur le monde & son injustice
On voit règner la fraude, & triompher le vice:
   C'est une horreur! ces hommes corrompus...
Quoi! ce n'est que cela?...» Que te faut-il de plus?
» Commencer par quitter cette sombre tannière ;
» Né point heurter de front les préjugés reçus;
» Dans chaque Musulman voir ton ami, ton frère;
» Et songeant qu'aux humains les exemples sont dus,
» Dire: sans leurs défauts que seroient mes vertus ? «

                       Anonyme.

N.° 20.

ADRESSE (l'). V. la lettre P. N.° 2386.

                       D. R.

N.° 21.

ADVERSITÉ (l').

Ainsi que le cours des années
Se forme des jours & des nuits;
Le cercle de nos destinées
Est marqué de joie & d'ennuis.

Le Ciel, par un ordre équitable,
Rend l'un à l'autre profitable;
Et, dans ces inégalités,
Souvent la Sagesse suprême
Sait tirer notre bonheur même,
Du sein de nos calamités.

Rousseau.

N.° 22.

ADVERSITÉ (les avantages de l').

Ainsi, n'en doute pas, la suprême Sagesse
Répandant ses faveurs sur nous avec largesse,
 Veut que la trame de nos jours
Se forme tour à tour de plaisirs, de traverses,
 Comme de nuances diverses,
Dont nous méconnoissons trop souvent le secours.
Par elles nos chagrins deviennent supportables,
 Et nos plaisirs plus délectables.
Des choses d'ici-bas, puisque tel est le cours,
Que notre goût se fait à lui-même la guerre,
 Pour se croire heureux sur la terre
 Il ne faut pas l'être toujours.
Tu fais que sur l'absynthe, ainsi que sur la rose,
L'Abeille prend le suc dont le miel se compose.

Que préfente à nos yeux cette comparaifon,
Diras-tu ? Le voici. D'une douleur amère
Le Sage fait du miel, & non pas un poifon :
Des plus grands fentimens l'infortune eft la mère,
Pour qui fait à propos ufer de fa raifon.

     A l'été fuccède l'automne,
A l'automne l'hiver, à l'hiver le printemps ;
   L'aimable Flore (1) & la riche Pomone (2),
     Ne règnent pas dans tous les temps.

     Mais rien n'eft fait à contre-temps :
La plus trifte faifon a des rigueurs utiles ;
La bife & les frimats, la neige & les glaçons
Engraiffent nos guérets, rendent nos champs fertilés,
     Les purgent d'herbes, de reptiles,
Préparent par degrés d'abondantes moiffons ;
Tels font pour nous les temps rudes & difficiles ;
     Tels font les chagrins, les revers,
Que l'on peut de la vie appeler les hivers :
     Dans nos cœurs, devenus dociles,
Leur falutaire horreur fait germer les vertus.
Par de fecrets refforts, par de puiffans mobiles,
     Un Néron devient un Titus :
     L'adverfité nous rend habiles,
A fupporter les maux, fans en être abattus ;

---

(1) Flore. *Voyez* N.º 14.
(1) Pomone étoit une belle Nymphe dont tous les Dieux champêtres difputoient le prix : elle préfidoit à la culture des jardins.

Elle fait plus encore ; & , fans vouloir nous rompre,

Elle nous fait plier fous un joug rigoureux,

Afin de préparer à des temps plus heureux,

Nos foibles cœurs, trop prompts à fe laiffer corrompre

Par l'ivreffe d'un bien flatteur, mais dangereux.

O ! de la Providence, aveugles que nous fommes,

Que nous pénétrons mal les deffeins merveilleux !

Le bonheur fait fouvent des monftres orgueilleux,

     Et l'adverfité fait des hommes.

Peffelier.

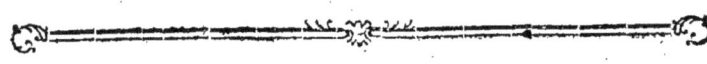

N.º 23.

ADVERSITÉS (les) *font fort fouvent néceffaires à
l'homme pour le rendre plus doux envers fon femblable.*

Il eft bon quelquefois de fentir les traverfes,

     Et d'en éprouver la rigueur ;

Elles rappellent l'homme au milieu de fon cœur,

Et peignent à fes yeux fes miferes diverfes :

     Elles lui font clairement voir

     Qu'il n'eft qu'en exil en ce monde ;

Et, par un prompt dégoût, empêche qu'il n'y fonde

     Ou fon amour, ou fon efpoir.

✿

Lorfque l'ame du jufte eft vivement preffée

     Du coup de quelque affliction,

Qu'elle fent les affauts de la tentation,
Ou l'effort infolent d'une indigne penfée ;
     Elle voit que Dieu pour appui
     A fa foibleffe eft néceffaire ;
Et que, quoi qu'elle faffe, elle ne peut rien faire
     Ni de grand, ni de bon, fans lui.

         ✿

Alors elle gémit, elle pleure, elle prie ;
     Dans un deftin fi rigoureux,
Elle implore ce Dieu, pour le trépas heureux
Qui la doit affranchir d'une ennuyeufe vie ;
     Et la foif des fouverains biens,
     Que dans le Ciel fait fa préfence,
Forme en elle une digne & fainte impatience
     De rompre fes triftes liens.

         ✿

Alors elle apperçoit combien d'inquiétudes
     Empoifonnent tous nos plaifirs,
Combien de prompts revers troublent tous nos défirs,
Combien nos amitiés trouvent d'ingratitudes ;
     Et voit, avec plus de clarté,
     Qu'on ne rencontre point au monde,
Ni de folide paix, ni de douceur profonde,
     Ni de parfaite fûreté.

                           P. Corneille.

N.º 24.

ADULTERE (l') expié.

EH quoi ! j'ai pu trahir un époux que j'adore ?
J'ai reçu dans mes bras un amant que j'abhorre !
O honte ! Mais que fais-je ? & pourquoi foupirer ?
Il s'agit de mourir, & non pas de pleurer.
Eſt-ce donc dans les pleurs qu'on lave un adultère ?
Le fang feul peut laver un crime volontaire.
Oui, c'eſt à ma vertu qu'il me faut recourir :
Lucrece déformais doit apprendre à mourir.
Mon époux va paroître ; ah, fatale entrevue !
A fon premier regard je ferai confondue.
La honte fur le front & l'effroi dans le cœur,
Perfide, oferas-tu répondre à fon ardeur ?
Dans mes yeux interdits, dans ma fombre triſteſſe,
Un chaſte époux lira fa honte & ma foibleſſe !
Ah ! quand même mon front fauroit le déguiſer,
Cher Époux, mon amour ne veut pas t'abuſer.
Oui, lorſque nous jouant par quelque adroit menſonge,
Les folles paſſions ne nous troublent qu'en fonge,
Et que le doux fommeil répandant fes pavóts,
Captive la nature, & la livre au repos,
Des fons interrompus ont frappé mon oreille ;
Ma pudeur à ce bruit s'alarme & fe réveille :

Cher Époux! j'en atteste & les Dieux & ta foi;

Chaste même en dormant je ne songeois qu'à toi.

Cher Époux! je croyois te parler & t'entendre,

Près d'*Astrée* (1) avec toi combattre & te défendre,

Lorsqu'hélas un amant, un perfide assassin,

Son amour dans le cœur, son poignard sur mon sein...

Dieu d'Hymen que toujours je respectai sans feinte,

Tu sais de quel effroi *Lucrece* (2) fut atteinte!

Tu vis couler mes pleurs, tu m'entendis gémir;

Tu vis l'amant trompé, s'alarmer & frémir.

Ah! j'eus seule à combattre un homme, un adultère;

Je fis dans ce moment tout ce que je pus faire.

Les soupirs dans le cœur, les larmes dans les yeux,

J'invoquai, mais en vain, les hommes & les Dieux.

J'ose lui reprocher sa cruelle tendresse,

Et l'opprobre éternel qu'il prépare à Lucrece.

✺

Arrête, me dit-il, & ne me parle plus;

Contre les traits d'amour les cris sont superflus.

Ah! peut-être tu crois qu'un avenir fidèle,

Prépare à ta constance une gloire éternelle;

---

(1) Astrée, un des Géans ou Titans qui firent la guerre à Jupiter.

(2) Lucrece, Dame Romaine, fille de Lucretius, & femme de Collatin, qui vanta indiscrettement sa beauté dans une compagnie où étoit le fils de Tarquin le Superbe.

Et

Et que pour ton époux, prodigue de ton fang,
Tu vas près de l'Hymen tenir le premier rang :
Cesse de te nourrir d'une vaine espérance,
Je vais sur ton renom étendre ma vengeance :
Un esclave charmant égorgé près de toi,
Fera taire mon crime & soupçonner ta foi.
Ainsi cette pudeur, dont ton cœur se fait gloire,
Du plus honteux éclat ternira ta mémoire.
Je l'avoue, à ces mots mon esprit combattu,
Me fit à mon honneur immoler ma vertu ;
Et par-là j'aimai mieux être en effet infame,
Que d'en prendre le nom en rejettant ta flamme.
Cher Époux ! Dieu d'Hymen ! j'ai pu vous outrager ;
J'ai violé vos droits, mais je vais les venger.
Ma couche, de mes pleurs vainement arrosée,
Et mes tristes sanglots ne m'ont pas excusée.
Je le fais, j'en conviens, le crime que j'ai fait,
S'est toujours, à mes yeux, offert comme un forfait :
Je veux le dévoiler aux yeux de tous mes proches ;
Moi-même ils me verront m'accablant de reproches,
Étouffer dans mon sang l'Hymen & son flambeau,
Qu'un long âge devoit n'éteindre qu'au tombeau.

❀

Non, des chastes époux la Déesse adorée,
Ne me ceignit jamais la centure sacrée.

F

Non, fans doute, l'Hymen, l'Hymen, ce Dieu jaloux,
Ne mit pas dans ma main la main de mon époux.
La noire *Tifiphone* (1), à fa torche infernale,
Alluma dans ma main la torche nuptiale.
La perfide *Alecto* (2), par fon fouffle empefté,
Même de mes fermens bannit la pureté.
Mégere (3) enfin, *Mégere* aidant leur artifice,
Déguifée en Prêtreffe, offrit le facrifice ;
Et fixant fur moi feule un œil inceftueux,
Convertit en fureur un amour vertueux.

Que dis-tu ? quel preftige, infidelle *Lucrèce*,
Te fait fur-tout l'enfer rejetter ta foibleffe,
Et répandre des pleurs pour laver un affront,
Que la lâcheté feule a gravé fur ton front ?
Hélas ! fi ta vertu peut expier ce crime,
Prends pour bourreau ta main, & ton cœur pour victime.
Oui, oui, de ce poignard armons donc notre bras.
Fidèle époux, & vous, témoins de mon trépas,
Dieux que le Ciel adore, & que craint le Ténare (4),
Oubliez ce forfait que ma vertu répare.

---

(1) Tifiphone, une des Furies : elle étoit coëffée de ferpens au
lieu de cheveux, & vêtue d'une robe enfanglantée.

(2) Alecto étoit une fille de l'Achéron & de la nuit, fœur de
Tifiphone, & l'une des trois Furies : elle eft le fymbole de l'envie.

(3) Mégere étoit la troifième Furie.

(4) Ténare, abyme ou foupirail des enfers, gardé par Cerbère.

Mon fang coule, la nuit couvre mes yeux mourans ;
Je vous venge de moi, vengez moi des tyrans.

Anonyme.

N.° 25.

AFFECTATIONDANSLEURSÉCRITS (fortie
contre les Auteurs qui mettent de l').

Que dis-tu, naïf Saint-Amand,
Du goût de nos Odes hautaines ?
Il eft perdu ce ton charmant,
Sur lequel tu chantois les tiennes.
Ce ne font plus que mots pompeux,
Que labyrinthes ténébreux
De phrafes qu'on veut que j'entende.
De grace, viens, & donne-moi
Ce ton heureux mort avec toi :
Mon fiècle enfin le redemande.

Ennuyés de tant de liqueurs,
De vins fumeux, de bonne chère,
Déformais plus fombres buveurs,
Nous foupirons après l'eau claire.

Beau ruiſſeau, ſur tes bords aſſis,
Je viens de mes ſens obſcurcis
Diſſiper la vapeur impure.
Loin d'ici tout page ou valet,
Ma main ſera mon gobelet ;
Rien n'approche de la nature.

Ne donnons pas un plus long cours
A cette utile métaphore (1) :
Mon ſiècle n'a que trop recours
A ce voile qu'on double encore.
D'où nous vient ce ſtyle tendu ?
Eſt-ce un crime d'être entendu ?
Pourquoi cette contrainte extrême ?
C'eſt ceci… non, non ; c'eſt cela…
Eh ! de quoi diſputez-vous là ?
L'Auteur ne le ſait pas lui-même.

Le François n'auroit-il donc plus
Cet air aiſé qu'il tient des Graces,
Et que tous nos voiſins perclus,
N'imitent que par des grimaces ?

---

(1) Métaphore, figure de réthorique, par laquelle la ſignifica-
tion d'un mot eſt changée dans un autre.

Il eſt encor, cet air charmant,
Dans le geſte & l'habillement :
Tout en nous encor le reſpire ;
Mais, témoins nos derniers écrits,
Cet air n'eſt plus dans nos eſprits :
Que je ſuis honteux de le dire !

⁂

Il n'eſt plus de ces tours heureux,
Faits tout exprès pour la penſée ;
Où, telle qu'une étoile aux cieux,
Elle étinceloit enchâſſée.
Jadis, couchés près d'Apollon (1),
Sur les fleurs du ſacré vallon,
Nos Poëtes chantoient leurs rimes.
Aujourd'hui, le cothurne (2) au pied,
Ce n'eſt plus que ſur ſon trépied
Qu'ils prononcent leurs vers ſublimes.

⁂

Chaque vers eſt un trait d'eſprit,
Que le mien croit d'abord entendre ;
Je relis le céleſte écrit,
Et je ne puis plus le comprendre.

(1) Apollon étoit fils de Jupiter & de Latone. Il naquit dans l'Iſle de Délos en même temps que Diane ſa ſœur : il fut l'inventeur de tous les beaux Arts ; & parmi les Dieux il n'en eſt point dont les Poëtes aient tant publié de merveilles.

(2) Cothurne, ſorte de chauſſure dont les Acteurs ſe ſervoient anciennement pour jouer le tragique.

J'y cherche l'éclair que j'ai vu,
Ou, pour mieux dire, que j'ai cru
Voir luir à travers le nuage.
C'eſt l'effet des fauſſes lueurs :
Tout eſt dans l'eſprit des Lecteurs,
Tandis que rien n'eſt dans l'ouvrage.

Nouvel écueil, non moins fatal,
Où briſent nos Rimeurs célèbres !
L'obſcurité n'eſt pas leur mal ;
Le ſens s'offre aſſez ſans ténèbres.
Mais de mots nerveux & forcés
Toujours leurs vers encuiraſſés,
Diſent plus qu'ils ne doivent dire :
Vains ou communs dans leurs propos,
Ils marchent armés de grands mots,
Que la ſotte ignorance admire.

Leur Apollon toujours grondeur,
Met en pièces tout ce qu'il touche :
Son chagrin eſt pis que fureur,
Et ſon rire même eſt farouche.
S'il ſoupire pour quelque Iris,
Ses ſoupirs d'orages nourris,

Sont autant d'éclats de tonnerre ;
Et, dans ſa bouche, le hautbois
Épouvante le Dieu des bois,
Et ſa flûte appelle la guerre.

Fuyez ces terribles Rimeurs,
Jeunes Nymphes, Graces fidelles :
Vous êtes le charme des cœurs ;
Mais vous n'êtes pas aſſez belles.
De vos attraits trop délicats,
Ils ne ſentent point les appas :
Le faux grand pique ſeul leur verve.
Peignent-ils l'Amour ? c'eſt Pluton (1) :
La tendre Vénus eſt Junon (2) ;
Et Cloris, l'auſtère Minerve (3).

Des excès, ennemis du beau,
L'affectation eſt la mère ;
Toujours avides du nouveau,
Nous goûtons tout pour trop bien faire.

---

(1) Pluton étoit fils de Saturne & de Rhéa. Dans le partage du monde, il eut l'empire des Enfers.

(2) Junon, ſœur & femme de Jupiter, étoit fille de Saturne & de Rhéa : elle étoit pleine de jalouſie & de haine, méchante & preſque toujours de mauvaiſe humeur.

(3) Minerve étoit la Déeſſe de la ſageſſe & des beaux Arts

Tyrans de notre propre efprit,
Jamais rien n'eft affez bien dit,
S'il n'eft mieux dit qu'on ne doit dire.
Sages Arbitres de nos vers,
Profcrivez les vices divers,
En couronnant cette fatire.

J. B. Rouffeau.

N.º 26.

AFFECTATION (l'). *V.* la lettre V. N.º 3061 a.

M. de Voltaire.

N.º 27.

AFFECTATION (l'). *V.* la lettre G. N.º 1385.

De la Motte.

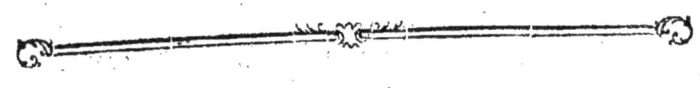

N.º 28.

AFFRONT (il faut favoir diffimuler un), *lorfque l'on
veut profpérer auprès des Grands.*

Quiconque ne fait pas dévorer un affront,
Ni de fauffes couleurs fe déguifer le front,
Loin de l'afpect des Rois qu'il s'écarte, qu'il fuie.
Il eft des contre-temps qu'il faut qu'un fage effuie :
Souvent avec prudence un outrage enduré,
Aux honneurs les plus hauts a fervi de degré.

Racine.

N.º 29.

AGE (les effets de l').

Le temps qui change tout, change auffi nos humeurs :
Chaque âge a fes plaifirs, fon efprit & fes mœurs.
Un jeune homme, toujours bouillant dans fes caprices,
Eft prompt à recevoir l'impreffion des vices,
Eft vain dans fes difcours, volage en fes défirs,
Rétif à la cenfure, & fou dans les plaifirs.

L'âge viril plus mûr infpire un air plus fage,
Se pouffe auprès des Grands, s'intrigue, fe ménage,
Contre les coups du fort fonge à fe maintenir,
Et loin dans le préfent regarde l'avenir.

La vieilleffe chagrine inceffamment amaffe,
Garde, non pas pour foi, les tréfors qu'elle entaffe;
Marche en tous fes deffeins d'un pas lent & glacé,
Toujours plaint le préfent, & vante le paffé.

Boileau.

N.º 30.

AGES (les quatre) *de l'homme.*

Que l'homme eft bien durant fa vie
Un parfait miroir de douleurs !
Dès qu'il refpire, il pleure, il crie,
Et femble prévoir fes malheurs.

Dans l'enfance, toujours des pleurs ;
Un Pédant, porteur de trifteffe ;
Des livres de toutes couleurs ;
Des châtimens de toute efpèce.

L'ardente & fougueuse jeuneffe
Le met encore en pire état :
Des créanciers, une maîtreffe
Le tourmentent comme un forçat.

Dans l'âge mûr, autre combat !
L'ambition le follicite :
Richeffes, dignités, éclat,
Soins de famille, tout l'agite.

Vieux, on le méprife, on l'évite,
Mauvaife humeur, infirmité,
Toux, gravelle, goutte, pituite
Affiégent fa caducité.

Pour comble de calamité,
Un Directeur s'en rend le maître.
Il meurt enfin, peu regretté :
C'étoit bien la peine de naître.

Rouffeau.

N.º 30 a.

AGES (comparaiſon des quatre) *de la vie avec les quatre Saiſons.*

AINSI que les ſaiſons (1), on voit changer les hommes.
Ce qu'hier nous étions, ce qu'aujourd'hui nous ſommes,
Demain, foibles mortels, nous ne le ſerons plus.
Autrefois, dans le ſein où nous fûmes conçus,
De l'homme encore à naître incertaine eſpérance,
S'accroiſſoit lentement notre informe exiſtence.
Nous n'étions qu'ébauchés : mais la Nature alors,
Ouvrière ſavante, organiſa nos corps ;
Et les tirant enfin de leur priſon féconde,
Nous montra tout-à-coup ſur la ſcène du monde.
L'homme entrant dans la vie, automate impuiſſant,
Sur la terre couché, ne vit qu'en gémiſſant.
Il rampe avec effort ; & , ſemblable aux reptiles,
Au ſecours de ſes pieds viennent ſes mains débiles.
Il veut ſe ſoulever, & retombant ſoudain,
Il implore, en criant, l'appui d'une autre main.
Bientôt de ſes genoux eſſayant la ſoupleſſe,
Il ſe ſoutient, & marche avec moins de foibleſſe.

---

(1) *Ovide, Met. Liv.* 15.

Déjà, plein de vigueur & plein d'agilité,
Il parcourt la jeunesse avec rapidité.
A peine a-t-il franchi le midi de la vie,
Sa course impétueuse est bientôt ralentie.
Sa tremblante vieillesse a besoin d'un appui,
Ou plutôt le penchant l'entraîne malgré lui.
Fille affreuse du Temps, de notre foible argile
La vieillesse détruit l'édifice fragile,
Nous consume en détail. Milon (1), devenu vieux,
Pleure de voir ses bras, autrefois si nerveux,
D'os, de muscles tendus, vigoureux assemblage,
Tomber languissamment, appesantis par l'âge.

Tu pleures, *Tyndaris*, tu pleures, & tu crains
Qu'un crystal indiscret n'offre à tes yeux éteints
Les rides de ton front, d'où s'envolent les graces ;
Tu n'oses demander aux trop fidèles glaces,
Si l'on a pu t'aimer & t'enlever deux fois ;
Ou comment ta beauté fit armer tant de Rois.
O Temps, Temps destructeur, tout ressent ton outrage,
Et d'une longue mort notre vie est l'image.

M. de Saint-Ange.

---

(1) Milon Crotoniate étoit un des plus célèbres Athlètes de la
Grece : il fut Disciple de Pythagore.

N.º 31.

AGONIE (l').

Quel funeste trouble m'agite !
Je deviens foible & chancelant ;
Quel est donc ce coup violent ?
Mes forces tombent, tout me quitte.
De mes jours le destin vainqueur
A-t-il pour but de me poursuivre ?
Faut-il enfin cesser de vivre,
Et subir l'extrême rigueur ?

C'en est fait, arrêt formidable,
Tu viens pour exercer tes droits ;
Et, contre d'éternelles loix,
En vain te voudrois-je traitable ;
Le temps arrive, il faut finir :
Mon ame est émue & tremblante ;
Et, par l'effroi qui la tourmente,
Tu me condamnes à périr.

Momens comptés de ma carrière,
Ombre passante de mes jours,
Ici se borne votre cours ;
Dans peu je suis cendre & poussière ;

Ce fouffle qui fut m'animer,
Ce corps qui fut formé pour naître ;
Ce tout, hélas ! va ceffer d'être,
Et mon efprit va s'envoler.

※

Parois donc, terme de ma vie,
Je fens trop de maux à la fois ;
Et, puifque je n'ai plus de voix,
Abrège ma trifte agonie.
Dans cet inftant, Dieu Créateur,
Soutiens ta foible créature ;
De tes mains elle eft l'œuvre pure,
Fais-lui partager ton bonheur.

Anonyme.

N.º 32.

AGRICULTURE (entretien moral & philofophique
fur les plaifirs de l').

Qu'il eft doux d'employer le déclin de fon âge,
Comme le grand Virgile (1) occupa fon printemps ;
Du beau lac de Mantoue, il aimoit le rivage ;
Il cultivoit la terre & chantoit fes préfens :

(1) Virgile, ce fameux Poëte latin, naquit dans un village près de
Mantoue, connu autrefois fous le nom *Andes*, aujourd'hi Patula.
Caligula voulut faire brûler fes œuvres.

Mais bientôt ennuyé des plaisirs du village,
D'Alexis & d'Aminte il quitta le séjour ;
Et, malgré Mévius (1), il parut à la Cour.
C'est la Cour qu'on doit fuir, c'est aux champs qu'il faut vivre.
Dieu du jour, Dieu des vers, j'ai ton exemple à suivre ;
Tu gardas les troupeaux, mais c'étoient ceux d'un Roi.

✻

Je n'aime les moutons que lorsqu'ils font à moi ;
L'arbre qu'on a planté rit plus à notre vue
Que le parc de Verfaille & sa vaste étendue.
Le Normand Fontenelle, au milieu de Paris,
Prêta des agrémens au chalumeau champêtre ;
Mais il vantoit des soins qu'il craignoit de connoître,
Et de fes faux bergers il fit de beaux efprits.
Je veux que le cœur parle, ou que l'Auteur fe taife ;
Ne célébrons jamais que ce que nous aimons.
En fait de fentiment, l'art n'a rien qui nous plaife ;
Ou chantez vos plaifirs, ou quittez les chanfons,
Ce font des fauffetés, & non des fictions.
» Mais, quoi ! loin de Paris, fe peut-il qu'on refpire ?
(Me dit un Petit-maître, amoureux du fracas) :
» Les plaifirs, dans Paris, voltigent fur nos pas ;
» On s'oublie, on efpère, on jouit, on défire ;

_____

(1) Mévius, Poëte latin qui vivoit du temps d'Augufte ; il s'étoit rendu ridicule par fes vers. Virgile difoit de lui :
Qui Bavium non odit, amet tua carmina, Mœvi.

T'ait

» Il nous faut du tumulte ; & je fens que mon cœur,
» S'il n'eft pas enivré, va tomber en langueur.....«
Attends, bel étourdi, que les rides de l'âge,
Mûriffant ta raifon, fillonnent ton vifage ;
Que Life t'ait quitté, qu'un ingrat t'ait trahi,
Qu'un riche t'ait volé, qu'un jaloux hypocrite,
T'ait noirci des poifons de fa langue maudite,
Qu'un opulent frippon, de fes pareils haï,
Ait ravi des honneurs qu'on enlève au mérite ;
Tu verras qu'il eft bon de vivre enfin pour foi,
Et de favoir quitter le monde qui nous quitte.
» Mais vivre fans plaifirs, fans fafte, fans emploi,
» Succomber fous le poids d'un ennui volontaire !...«
De l'ennui ! Penfes-tu que retiré chez toi,
Pour les tiens, pour l'État, tu n'as plus rien à faire ?
La Nature t'appelle ; apprends à l'obferver ;
La France a des déferts, ofe les cultiver ;
Elle a des malheureux : un travail néceffaire,
Ce partage de l'homme & fon confolateur,
En chaffant l'indigence amène le bonheur.
Change en épis dorés, change en gras pâturages,
Ces ronces, ces rofeaux, ces-affreux marécages.
Tes vaffaux languiffans qui pleuroient d'être nés,
Qui redoutoient fur-tout de former leurs femblables,
Et de donner le jour à des infortunés,
Vont fe lier gaîment par des nœuds défirables :

G

Un canton désolé se peuple & s'enrichit :
Turbilly (1), dans l'Anjou, t'imite & t'applaudit.
Bertin (2) qui, dans son Roi, voit toujours sa patrie,
Prête un bras secourable à ta noble industrie ;
Trudaine (3) sait assez que le cultivateur,
Des ressorts de l'État est le premier moteur ;
Et qu'on ne doit pas moins, pour le soutien du Trône,
A la faux de Cérès, qu'au sabre de Bellone.

M. de Voltaire.

N.° 33.

AGRICULTURE (leçon d').

JE chante, Mécénas (4), les plaines jaunissantes ;
A l'ombre des ormeaux les vignes florissantes ;
Les troupeaux engraissés sous la main des Pasteurs ;
Les vertus de l'Abeille amoureuse des fleurs.
Du jour & de la nuit souveraines lumières,
Qui mesurez du temps les routes régulières ;

---

(1) Turbilly : étoit-ce du Maréchal de Camp dont vouloit parler M. de Voltaire ?

(2) Bertin, Ministre & Secrétaire d'État.

(3) Trudaine, Intendant des finances, & Conseiller d'État.

(4) Mécénas. V. N.° 10.

Bacchus (1), riche Cérès (2), qui des premiers mortels
Avez si justement obtenu des autels, ...
Venez à mon secours immortelles Puissances,
Qui faites, ou germer les diverses semences,
Ou fleurir les vergers, ou végéter les plants,
Qui dispensez la pluie, & modérez les vents.

Au retour du printemps, quand les neiges fondues,
De la cime des monts dans les champs descendues,
Ont attendri la terre, & que les doux zéphyrs
Répandent dans les airs leurs amoureux soupirs ;
Il faut que les taureaux, compagnons de nos peines,
Gémissent sous le joug qui déchire nos plaines.
Autant qu'il est de fruits, autant est-il de fonds,
Chacun à chaque espèce inutiles ou bons.
Là jaunissent les bleds, & là les vins mûrissent :
Là les prés tous les ans d'eux-mêmes reverdissent,
Ici se plaît le myrthe, & là les orangers
Et de fleurs & de fruits parfument nos vergers.
La Nature abondante & juste en ses ouvrages,
A mis en divers lieux différens avantages :

---

(1) Bacchus. *V.* N.º 14.

(2) Cérès étoit fille de Saturne & de Rhée. C'est elle qui apprit aux hommes l'art de cultiver la terre, & de semer le bled : delà elle est regardée comme Déesse de l'Agriculture.

G ij

Des Indes vient l'ivoire, & de Saba (1) l'encens;

La pourpre vient de Tyr (2), Tmole (3) abonde en safrans;

Le Pont (4) a des castors, l'Épire (5) des cavales,

Que les courses d'Élide (6) ont fait voir sans égales.

Telles étoient les Loix de ce vaste univers,

Et de tous les climats les partages divers;

Lorsque Deucalion (7) y jetta la semence

Des fertiles cailloux dont l'homme prit naissance;

L'homme animal servile, hélas! à peine né,

Qu'au travail de la terre il se vit condamné.

---

(1) Saba, Royaume de l'Arabie heureuse, dont étoit Reine la fameuse Princesse (nommée la Reine du Midi) qui vint à Jérusalem pour être témoin de la sagesse de Salomon.

(2) Tyr, ville d'Asie dans la Phénicie. Les Tyriens sont renommés dans l'Histoire par leur industrie. Ils faisoient un gain considérable sur l'écarlate & sur la pourpre, dont ils passoient pour être les inventeurs.

(3) Tmole ou Tmolus, montagne de l'Asie mineure, située dans la grande Phrygie.

(4) Le Pont, grande contrée de l'Asie.

(5) L'Épire, pays de la Grece, qui est l'Isle contiguë à l'Illyrie: la nouvelle Épire est une partie de la Turquie en Europe.

(6) Contrée maritime du Péloponnese.

(7) Deucalion, Roi de Thessalie & fils de Promethée, épousa sa cousine Pyrrha. De son temps la Thessalie souffrit une si grande inondation, que l'on prétend que tous les hommes y périrent. Pour réparer le genre humain, Deucalion & Pyrrha, après avoir consulté l'Oracle, jetterent des pierres derrière eux, qui se changerent en hommes & femmes.

Suis donc, Mortel, des Dieux l'arrêt irrévocable ;
Cultive de tes mains la terre labourable :
Promène la charrue, & les coutres tranchans,
Sur le dos spacieux des plus fertiles champs.
Tout obéit, tout cède à la peine obstinée.
Si le terroir est gras, commence, avec l'année,
A creuser les sillons, afin que tout l'été
Essuyant des soleils la brûlante clarté,
Le nombre & l'embarras des inutiles herbes
N'y fassent point mourir l'espérance des gerbes.
S'il est maigre, il suffit d'entamer le sillon
Dans le temps que l'Arcture (1) entre sur l'horison,
De peur que les longs jours & les chaleurs poudreuses
N'altèrent trop le sein des terres sablonneuses.
Garde-toi dans ton champ de semer bled sur bled,
Crains que de trop de charge il ne soit accablé ;
Content de la moisson qu'il t'a deux fois donnée,
Ne lui demande pas une troisième année :
Que si le revenu d'un fonds trop limité
T'empêche d'en souffrir la longue oisiveté,
La terre est toujours mère, & sitôt qu'on la flatte,
Sensible à nos besoins, elle n'est pas ingrate ;
La nouveauté des grains relève sa langueur,
Et le repos lui rend sa première vigueur.

---

(1) Arcture, ou *Arcturus*, nom d'une Étoile fixe de la première grandeur, située dans la constellation du Bouvier.

Sur-tout n'épargne point le fumier ni la cendre;
Dans les champs fatigués on n'en peut trop répandre.
L'expérience apprend quelle est l'utilité
D'allumer la campagne à la fin de l'été,
D'abandonner au cours des flammes pétillantes,
Le chaume qu'ont laissé les faucilles brillantes,
Où la terre par-là s'engraisse, & dans son sein
Digère l'aliment dont se nourrit le grain;
Où par ses soupiraux de ce feu secourue,
Evapore ou recuit ce qu'elle a d'humeur crue...

Mais il pleut nuit & jour, les champs sont inondés,
Les vents mous, le ciel noir, les lunes pluvieuses;
On ne voit que limon & que terres fangeuses:
Que faire Laboureur? l'art manque par tes vœux:
Appaise Jupiter (1), obtiens-en, si tu peux,
De pluvieux étés, & des hivers sans pluie;
Que l'un mouille la terre, & que l'autre l'essuie:
Nos bleds ne craignent point la poudre des hivers;
Elle les rend plus beaux, plus épais & plus verds.
C'est par-là qu'en Mœsie (2), au pied du Mont-Gargare (3),
La récolte assouvit l'espoir le plus avare ....

(1) Jupiter étoit fils de Saturne & de Rhée : dans le partage du Monde il se réserva la Terre & les Cieux.

(2) Mœsie, contrée de la Pannonie, qui s'étend jusqu'au Pont-Euxin.

(3) Gargare, felon Héfyche, fignifie un des fommets de l'Ida.

A peine cependant tes enfans, oh ! Cérès,
Ofent lever la tête hors du fein des Guérets,
S'étendre, fe pouffer, fortir de leur femence,
Qu'un effaim d'ennemis s'oppofe à leur naiffance ;
La bardane (1), l'ivroie (2), au fuc impétueux,
La ronce, le chardon, fe hériffent contre eux.
Ils avortent ; les uns étouffés par le nombre,
Les autres de langueur fous les arbres à l'ombre :
Ceux-ci battus du vent tombent en un matin,
Et ceux-là des oifeaux deviennent le butin,
Sont brûlés des chaleurs & de l'âpre nielle (3),
Qui des épis en fleurs eft la pefte cruelle.
Aux armes, Laboureur, fais marcher les rateaux ;
De la voix & de l'arc écarte les oifeaux :
Du pluvieux folftice implore les nuages,
Et de ton champ couvert retranche les ombrages :
Autrement, méprifé d'un voifin opulent,
Tu te verras forcé de retourner au gland.
Mais fans nous arrêter à ces fujets de larmes,
Pour attaquer la terre as-tu de bonnes armes ?

_____

(1) Bardane, ou Gloureron, plante qui croît le long des chemins ; fa tête eft armée de petits crochets qui s'attachent aifément
aux habits : elle a cependant plufieurs vertus.

(2) Ivroie, mauvaife herbe qui croît parmi le froment.

(3) Nielle, ou Lychnis, femence noire qui croît dans les bleds :
elle communique fa couleur au pain, lorfqu'elle fe trouve dans le bled
moulu ; alors ce pain eft mal-fain, caufe des vertiges & des étour-
diffemens.

Le coutre, la charrue, une herſe, un rateau?
As-tu pour la moiſſon, & faucille & fléau?
As-tu de ces traîneaux la peſante machine
Que fit rouler Cérès dans la terre Éleuſine (1),
Hotte, clayon, corbeille, & cent meubles divers
Faits de verges de houx, & d'oſiers encor verds?
Le van où le bled ſaute & la paille s'envole,
Du pouvoir de Bacchus, myſtérieux ſymbole?...

Que l'aire (2) où tu veux battre & ramaſſer le grain,
Soit ſpacieuſe, ouverte, & ſous un ciel ſerein;
Que le ſol en ſoit fait d'une terre triée,
Et d'un ciment viſqueux étroitement liée.
Roules-y le cylindre, afin de l'applanir,
Et des quatre côtés l'égaler & l'unir.
Qu'il ſoit dur; que le poids de la batte l'affaiſſe,
De peur qu'il n'aille en poudre, & que l'herbe ne croiſſe,
Et qu'un tas ennemi d'animaux ſouterrains
N'en perce le glacis, ne fourrage les grains.
Prévoyant les beſoins de la lente vieilleſſe,
La Fourmi les amaſſe en ſa verte jeuneſſe:
Le timide Mulot (3) en comble ſes greniers,
Et la Taupe les ſerre au fond de ſes terriers.

---

(1) Éleuſine, vient d'Élide, ville du Péloponnèſe.
(2) Aire, place qu'on a unie & préparée pour y battre le grain.
(3) Mulot, eſpèce de Souris, qui fait ſon trou ſous terre dans les jardins & dans les champs.

Pour hâter le légume aux faisons pareffeufes,
Le groffir dans le fein de fes gouffes trompeufes,
Le rendre fucculent, plus tendre, plus moëlleux,
Plus facile à s'ouvrir au gré des moindres feux ;
J'ai vu choifir la graine, & plus forte & plus vive,
La tremper dans le nitre & dans le marc d'olive :
Mais il faut tous les ans ces foins réitérer,
Ou l'on voit tous les ans les fruits dégénérer.
La Nature fe prête à l'humaine fageffe ;
Mais laffe, elle s'enfuit auffi-tôt qu'on la laiffe,
Reprend fon premier cours, ainfi que le bateau
Que le bras des Rameurs fait aller contre l'eau ;
Dès qu'il perd le fecours de l'aviron humide,
S'abandonnant au fil de la vague rapide,
Il revient fur fa route avec légèreté,
Et defcend encor plus qu'il n'étoit remonté.

Ce n'eft que dans l'hiver aux heures inutiles,
Qu'on voit les Laboureurs fous leur chaume tranquilles
Boire enfemble, & goûter avecque liberté
Les fruits délicieux que leur donne l'été ;
Et dans les longs repas où la faifon convie,
Oublier les chagrins de leur pénible vie.
C'eft le temps cependant qu'ils ramaffent le gland,
La verdoyante olive, & le myrthe fanglant ;

Qu'ils tendent des filets au ramier, à la grive,
Et dardent dans les bois la biche fugitive;
Quand les fleuves grossis roulent sur les glaçons,
Et que la neige épaisse ensevelit les monts.

Martin.

N.º 34.

AGRICULTURE (leçons d'), *sur les arbres, les plantes*
& les vignes. V. le chant second des Géorgiques de Virgile. Traduction de M. l'Abbé *de Lille.*

N.º 35.

AGRICULTURE (leçons d'), *sur le choix du terrain,*
& sur les instrumens propres au labourage; ce que doit
éviter un Laboureur, ce qu'il doit pratiquer pour ense-
mencer & recueillir, sur la connoissance des temps. V.
le premier chant des Géorgiques de Virgile, Traduction de M. l'Abbé de *l'Ille.*

N.º 36.

AGRICULTURE (éloge de l'). *V.* la lettre E.
N.º 1133. (9).

M. de Saint-Lambert.

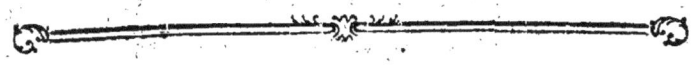

N.º 37.

AIEUL (leçon d'un) *à son fils pour son petit-fils,* ou
Tableau des sentimens de la tendresse paternelle.

Il est donc né ce fils, objet de tant de vœux !
Il respire ! avec lui nous renaissons tous deux.
Mon cœur s'est réveillé : cette ardeur qui m'enflamme,
Au jour de ta naissance, a pénétré mon ame :
Je te pris dans mes bras ; un serment solemnel
Promit de t'élever dans le sein paternel.
Le Temps, qui m'a conduit au bout de ma carrière,
De mes yeux par degrés épura la lumière.
Vainement & trop tard allumant son flambeau,
La Raison nous éclaire aux portes du tombeau.
Ah ! si l'expérience, école du vrai Sage,
Pouvoit de nos enfans devenir l'héritage !
Si nos malheurs au moins n'étoient perdus pour eux !
Un père, en expirant, se croiroit trop heureux :
Mais il meurt tout entier, & la foible vieillesse
Dans la tombe avec elle emporte sa sagesse.
De mon vaisseau du moins que les tristes débris,
Épars sur les écueils, en écartent mon fils :
Je le vois, en mourant, s'éloigner du rivage ;
Ah ! s'il arrive au port, je bénis mon naufrage.

Parmi tous ces mortels fur ce globe femés,
Les uns portent un cœur, des fens inanimés ;
Le feu des paffions n'échauffe point leur ame :
D'autres font embrafés d'une célefte flamme :
Mais trop fouvent, hélas ! fa féconde chaleur
Enfante les talens, & non pas le bonheur,
Et de l'infortuné, dont elle eft le partage,
Elle fait un grand Homme, & rarement un Sage,

Le bonheur, ô Mortel !... ofe te détacher
D'un efpoir que bientôt il faudroit t'arracher :
Si le fonge eft flatteur, le réveil eft funefte ;
Fais le bonheur d'autrui, c'eft le feul qui te refte.

Si ton fils n'a reçu que des fens émouffés,
Qu'il fe traîne à pas lents dans les chemins tracés,
Sans lui frayer toi-même une route nouvelle ;
De tes feules vertus offre-lui le modèle :
Mais, fi des paffions le germe eft dans fon fein,
Veille, père éclairé, fur ce dépôt divin ;
Loin de lui ces prifons où le hafard raffemble
Des efprits inégaux qu'on fait ramper enfemble,
Où le vil préjugé vend d'obfcures erreurs,
Que la jeuneffe achete aux dépens de fes mœurs ;
Si ton fils ne te doit fon ame toute entière,
Tu lui donnas le jour : mais tu n'es pas fon père.

Le chef-d'œuvre immortel de la Divinité,
Sur la terre au hafard paroît être jetté.
L'homme naît ; l'impofture afliége fon enfance ;
On fatigue, on féduit fa crédule ignorance ;
On dégrade fon être. Ah ! cruels, arrêtez ;
C'eft une ame immortelle à qui vous infultez.
De l'éducation l'influence fuprême,
Subjuguant dans nos cœurs la nature elle-même,
Peut créer, à fon choix, des vices, des vertus :
C'eft du fils de Céfar que Caton fit Brutus.
Règne fur le hafard, affoiblis fon empire ;
L'homme peut le borner, ou même le détruire :
Que ton fier afcendant foit dompté par tes foins ;
Transforme pour ton fils les vertus en befoins.
O toi ! fille des Cieux, que l'Univers adore,
Toi, qu'il faut que l'on craigne, ou qu'il faut qu'on implore,
Sainte Religion, dont le regard defcend
Du Créateur à l'homme, & de l'être au néant,
Montre-nous cette chaîne adorable & cachée,
Par la main de Dieu même, à fon Trône attachée,
Qui, pour notre bonheur, unit la terre au Ciel,
Et balance le monde aux pieds de l'Éternel.

❀

Mais déjà de ton fils la raifon vient d'éclore ;
Sache épier, faifir l'inftant de fon aurore,

Où l'homme ouvrant les yeux, frappé d'un jour nouveau,
S'éveille, & regardant autour de son berceau,
Étonné de penser, & fier de se connoître,
Ose s'interroger, s'apperçoit de son être ;
Dévore les objets autour de lui semés,
Jadis morts à ses yeux, maintenant animés ;
Demande à ces objets leurs rapports à lui-même,
Et du monde moral veut saisir le systême.
A de sages leçons consacre ces momens ;
De ses vertus alors pose les fondemens ;
Des vrais biens, des vrais maux trace-lui les limites ;
Renferme ses regards dans les bornes prescrites ;
Qu'il sache tour-à-tour se concentrer dans lui,
Étendre ses rapports, & vivre dans autrui ;
Ne fais briller pour lui que des clartés utiles ;
Il est pour les humains des vérités stériles.
Le Ciel est parsemé de globes lumineux :
Mais un seul nous éclaire, & suffit à nos yeux.

※

Prolonge pour ton fils cet heureux temps d'ivresse,
Cet aimable délire où la simple jeunesse,
Ignorant l'artifice & les retours cruels,
N'a point perdu le droit d'estimer les mortels,
Et goûte ce bonheur si pur, si respectable,
De croire à la vertu pour aimer son semblable.

Jeune homme, j'aime à voir ta naïve candeur
Chercher imprudemment nos vertus dans ton cœur,
Chérir une ombre vaine, adorer ton ouvrage,
De tes purs fentimens reproduire l'image,
Et fe plaire à créer, dans ta fimplicité,
Un nouvel Univers par toi feul habité.
Oui, que mon fils embraffe un fantôme qu'il aime;
Nous croyant des vertus, il en aura lui-même.

Mais voici ce moment utile ou dangereux,
Qui, fouvent annoncé par un naufrage affreux,
Des fens avec le cœur préparant l'alliance,
Donne à l'homme étonné toute fon exiftence,
Établit fes devoirs fur fes rapports divers.
Le fait vivre à lui-même, & naître à l'Univers.
Ce font les paffions, dont la fatale ivreffe
L'élève quelquefois, & trop fouvent l'abaiffe.
Mais, quel que foit fur nous leur afcendant vainqueur,
Leur force ou leur foibleffe eft toute en notre cœur.
Indociles courfiers, ils éprouvent leur guide;
Le foible eft entraîné par leur élan rapide :
Le fort fait les dompter, les affervir au frein;
Pour jamais de leur maître ils connoiffent la main.
Les courfiers du Soleil, dans leur vafte carrière,
Répandoient fans danger les feux & la lumière :

Phaëton (1) les conduit ; bondiſſans, furieux ;
Ils conſument la terre, ils embraſent les cieux.
Si ton fils des vertus a reçu la ſemence,
Des paſſions pour lui ne crains point l'influence ;
De nos égaremens on les accuſe en vain ;
Le germe corrupteur dormoit dans notre ſein :
De ſable, de limon, cet impur aſſemblage,
Rebut de l'Océan, ſoulevé par l'orage,
Avant que la tempête eût ébranlé les airs,
Il exiſtoit déjà dans le gouffre des mers.
Paſſions, c'eſt nous ſeuls, & non vous qu'il faut craindre ;
Épurons notre cœur ſans vouloir les éteindre.
Parmi tous ces déſirs dans notre ame allumés,
Le tyran le plus fier de nos ſens enflammés ;
C'eſt ce fougueux inſtinct fait pour nous reproduire,
Bienfaiteur des mortels, & prêt à les détruire.
Qu'un ſeul objet, mon fils, t'enchaînant ſous ſa loi,
Te dérobe à ſon ſexe anéanti pour toi :
Heureux, ſans doute heureux, ſi la beauté qui t'aime,
Rempliſſant tout ton cœur, te rend cher à toi-même,
Et mêle au tendre amour qu'elle a ſu t'inſpirer,
Ce charme des vertus qui les fait adorer !

---

(1) Phaëton étoit fils du Soleil & de Clyméne : il déſigne quelquefois l'étourderie, quelquefois auſſi la famine, & ſouvent l'aſ-
tronomie.

Nœuds

Nœuds avoués du Ciel, respectable Hyménée,
De mon fils à tes loix soumets la destinée.
Que par toi, de son être étendant le lien,
Mon fils, pour être heureux, soit homme & citoyen.
Loin d'ici ces mortels dont la folle prudence
Refuse à leur pays le prix de leur naissance;
Et qui, prêts à brûler des plus coupables feux,
Morts pour le genre humain, pensent vivre pour eux.

Amitié, nœud sacré, récompense des Sages,
Plaisirs de tous les temps, vertu de tous les âges;
Oui, mon fils chérira tes devoirs, tes douceurs.
L'Astre qui nous éclaire eut des blasphémateurs;
Des monstres ont maudit sa féconde influence;
D'autres ont de Dieu même abhorré l'existence,
Ont haï l'Éternel : Amitié, qui jamais
A blasphémé ton nom, a maudit tes bienfaits?
Le Ciel daigne accorder au mortel magnanime
Une autre passion plus rare & plus sublime,
Aliment des vertus, ame des grands desseins :
C'est ce noble desir d'être utile aux humains,
D'avoir des droits sur eux, de vivre en leur mémoire;
Le plus beau des besoins, le besoin de la gloire,
Impérieux instinct que des Dieux bienfaiteurs,
Par pitié pour la terre, ont mis dans les grands cœurs.

H

Mais qui cherche la gloire, a befoin qu'on l'éclaire :
Il en eft une, hélas ! criminelle ou vulgaire,
Que le foible pourfuit, qu'encenfe le pervers,
Qui, fous différens noms, fléau de l'Univers,
Arme le conquérant, lui commande les crimes ;
Dicte au Sage infenfé de coupables maximes,
Aiguife le poignard, prépare le poifon,
Pour fauver de l'oubli le fantôme d'un nom :
Preftige d'un inftant, vaine & cruelle idole,
Non, ce n'eft point à toi que le Sage s'immole ;
Ses jours dans les travaux ne font point confumés,
Pour laiffer quelques pas fur le fable imprimés ;
Mais fervir, éclairer le genre humain qu'il aime,
En recherchant fur-tout l'eftime de foi-même ;
La mettre au plus haut prix, l'obtenir de fon cœur ;
Voilà quelle eft fa gloire, & quelle eft fa grandeur.
Si de ce beau défir ton ame eft dévorée,
Nourris dans toi, mon fils, cette flamme facrée,
Tandis que tes efprits, dans leur mâle vigueur,
Du feu des paffions reçoivent leur chaleur.
Ah ! lorfque les glaçons de la froide vieilleffe
Viennent de notre fang arrêter la vîteffe,
Lorfque nous recélons, dans un débile corps,
Un efprit impuiffant, une ame fans refforts,
Plus de droits fur la gloire & fur la renommée ;
La lice de l'honneur eft pour jamais fermée ;

Et fur nos fens flétris, ainfi que fur nos cœurs,
L'oifive indifférence épanche fes langueurs.

❀

Mon fils, fur les humains que ton ame attendrie
Habite l'Univers, mais aime fa Patrie.
Le Sage eft citoyen, il refpecte à la fois
Et le tréfor des mœurs, & le dépôt des loix;
Les loix, raifon fublime & morale pratique,
D'intérêts oppofés, balance politique,
Accord né des befoins, qui, par eux cimenté,
Des volontés de tous fit une volonté.
Chéris toujours, mon fils, cet utile efclavage,
Qui de ta liberté doit épurer l'ufage.

❀

Entends mes derniers mots, toi dont les foins prudens
Doivent de notre fils guider les premiers ans.
J'ai vu fon doux fourire à fa naiffante aurore;
Son premier fentiment à tes yeux doit éclore;
Dans ton fein paternel il ira s'épancher;
Et moi, d'entre tes bras, la mort va m'arracher.
Puiffe un jour cet écrit, gage de ma tendreffe,
Cher enfant, à ton cœur faire aimer ma vieilleffe!
Puiffes-tu t'écrier, faifi d'un doux tranfport:
Il fit des vœux pour moi dans les bras de la mort!

Oui, c'eſt toi qui m'offrant une heureuſe eſpérance,
Plus loin dans l'avenir portes mon exiſtence :
Je t'apprends le ſecret de vivre & de jouir ;
Ma mort t'enſeignera le grand art de mourir.

M. de Champfort.

N°. 38.

AIGLE ET LA CORNEILLE (l'), ou *Leçon allégorique à ceux qui ne ſont pas aſſez ruſés.*

L'AIGLE un jour avoit aviſé
Une Huître fraîche & bien nourrie,
Qui s'étoit vîte recueillie
Entre ſon double mur, ſur le roc dépoſé.
  Qu'on diſe encor qu'une Huître eſt bête !
Notre Aigle eſt furieux : l'obſtacle qui l'arrête,
  Irrite le Roi des oiſeaux,
Qui, pour ſe régaler du plus fin des morceaux,
  Ne peut rien trouver dans ſa tête :
Comme d'autres, les Rois ſont quelquefois bien ſots.
  Une Corneille intelligente
Près de là ſe promène & voit ſon embarras,
Dont s'amuſe, Dieu ſait, la Dame ſautillante.
  Après qu'elle en a rit tout bas,

Si, dit-elle, Votre Hauteſſe

Veut exécuter ſon deſſein,

Il en eſt un très-court moyen....

—Eh! parle donc! la choſe preſſe.

—C’eſt de s’élever dans les Cieux

Tout auſſi haut que le peut ſon audace,

Et de laiſſer tomber cet animal tenace

Sur l’amas que voici de rochers épineux.

C’eſt vainement qu’il s’empriſonne:

L’écaille va s’ouvrir en deux,

Et Monſeigneur mangera la perſonne.

A ce conſeil malicieux,

L’Aigle bonnement s’abandonne:

Le voilà qui, planant dans l’air,

Lâche de-là ſa victuaille:

En vingt éclats ſe rompt l’écaille;

Puis auſſi prompte que l’éclair,

La friande Corneille happe l’Huître dodue,

Se ſauve, & laiſſe ainſi l’Oiſeau de Jupiter

Tempêter à jeûn dans la nue.

M. Dorat.

N°. 39.

AIGLE ET LES LAPINS (l'.), ou *Leçon allégorique aux gens inhumains & sans compassion.*

SIx Lapins (l'on ma dit qu'ils étoient de garenne),
Prenoient au bord d'un bois un repas très-fugal,
Quand un Aigle en chassant, dont (1) l'aire étoit prochaine,
Fondit sur les Lapins. L'Aigle est un animal,
Pire qu'un Épervier, quand il s'agit de prendre.
Madame, lui disoit d'une façon bien tendre

      La mère des six lapereaux,

      De grace épargnez ma famille ;

Elle est si jeune encor, que six petits moineaux
Vous feroient même bien : vous voyez là ma fille

      A qui les os percent la peau,

Laissez-la moi, dans peu c'est un fort bon morceau,

      Je vous la garde ; ayez quelque indulgence

      Pour notre malheureuse engeance.

        Si Votre Majesté

        Veut avoir la bonté

D'épargner mes enfans, je lui donne assurance,

      Pour marque de reconnoissance,

---

(1) Aire se dit d'un nid d'oiseaux de proie : les Aigles particulièrement font toujours leur aire en même lieu.

Qu'outre mes vœux pour la postérité

  De votre Famille Royale,

   Je prétends fournir chaque mois,

 Pour votre table un somptueux régale.

Soit ; & , pour commencer , je vais emporter trois

De tes enfans , dit l'Aigle ; adieu. La pauvre mère ,

  Après avoir à sa douleur amère

   Donné tout le temps d'éclater,

    Convoqua l'assemblée

Des Lapins du pays, & leur dit , fort troublée ;

  Le fait que je viens de conter.

  Cette troupe pusillanime

    Ne veut songer

    Qu'à se venger.

  La crainte à présent est un crime ,

  Fi de la peur , fi du danger ,

Les Aiglons des Lapins deviendront la victime :

 Par tels propos cette troupe s'anime ;

  Au pied de l'arbre où l'Aigle a ses enfans

Chacun fait un grand trou , creuse , le déracine ,

Le fait tomber, & l'aire : ils ne font pas contens ;

   Ils déchirent à belles dents,

Tout timides qu'ils font , les oiseaux de rapine.

⁂

   Vous que le Ciel a mis,

   Au dessus de nos têtes ,

H iv

Et qui croyez, par-là, que tout vous eſt permis ;
   Soyez humains, ſoyez honnêtes,
Uſez bien du pouvoir que l'on vous a commis ;
Car enfin l'on apprend, par les plus viles bêtes,
   Qu'on ne voit point de petits ennemis.

Le Noble Teneliere.

N.º 40.

AIGLE ET LE VAUTOUR (l'), ou *Leçon allégorique aux gens trop crédules.*

Un jour l'Oiſeau de Jupiter (1),
   Côtoyant les bords de la mer,
Fit rencontre d'une Huître. Il l'auroit dévorée
   Très-volontiers : mais l'Huître tenoit bon
Contre les coups de bec, & ſe tenoit ſerrée
   Sans vouloir ouvrir ſa maiſon.
Toute Huître qu'elle étoit, elle avoit bien raiſon.
  Il ne faut point chez nous donner entrée
   A gens pareils. L'Aigle ne ſavoit plus
Comment s'y prendre. Après maint efforts ſuperflus,
   Il conſulta ſur cette affaire

---

(1) On a donné l'Aigle au Maître des Dieux pour attribut.

Un Docteur du canton : c'étoit un vieux Vautour,

    Maître *Gonin*, qui favoit plus d'un tour.

Ouvrir l'Huître, Seigneur, eft chofe aifée à faire,

    Répondit le fubtil efcroc.

    Faites-la tomber fur un roc,

    Mais de bien haut ; voilà tout le myftère.

    L'Aigle le croit. Il vole au haut des Cieux

    Sans fe douter de la furprife,

    Laiffe tomber l'écaille, qui fe brife,

Et fait voir en s'ouvrant un mets délicieux.

    Mais d'en tâter, qui des deux eut la joie ?

Ce fut notre larron. Il fondit fur la proie

    Dans le moment ; & l'Aigle de retour

Vit qu'il avoit ouvert l'Huître pour le Vautour.

Richer.

N.º 41.

AIGLE ᴇᴛ ʟᴇ DRAGON (l'), ou *les fuites*
malheureufes de la difcorde.

Dᴀɴs un manoir marécageux,

    Rempli d'infectes venimeux,

    L'Aigle établit fa réfidence

Près du Dragon ; d'abord ils vécurent tous deux

    En affez bonne intelligence ;

    Entre des cœurs ambitieux,

Inquiets, mutins & envieux,
La paix ne peut être durable ;
Bientôt la discorde implacable
Entre ceux-ci mit la division :
Tous les deux même proie & même nourriture ;
Comment conserver l'union ?
Comment s'accommoder en telle conjoncture ?
Leur gibier, c'étoit des serpens ;
Quand ils alloient à la pâture,
Toujours entre nos concurrens
S'ourdissoient de nouvelles guerres :
Vous restreignez mes droits, s'écrioit celui-ci ;
Celui-là repliquoit, vous chassez sur mes terres ;
Nul ne vouloit avoir le démenti.
Pour n'avoir plus en commun ce domaine,
Pour ne plus partager le butin & l'aubaine,
Il fallut en venir aux coups :
On se battit ; le choc ensanglanta la scène.
La mort seule pouvoit de ces voisins jaloux
Calmer la haine furibonde.
Un des deux mourut, & céda.
Ainsi de l'empire du monde,
Entre deux grands rivaux *Pharsale* (1) décida.

---

(1) Pharsale, ville de Thessalie, où furent données deux grandes batailles, l'une entre César & Pompée, l'autre entre Auguste & les meurtriers de César, Brutus & Cassius.

Quand on a même but, rarement on s'accorde ;
L'envie & l'intérêt, inflexibles tyrans,
    Chez nous ont été de tout temps
    Les miniftres de la difcorde.

                                 Le Brun.

N.° 42.

'AIGLE ᴇᴛ ʟᴇ CORBEAU (l'), ou *l'Exemple
réciproque, avantageux & défavantageux.*

Dᴀɴs une forêt de l'Afrique,
    L'Aigle & le Corbeau bien unis,
    Avoient fait fur un chêne antique
    Induftrieufement leurs nids.
    L'Aigle apperçut que fes petits
  Dégénéroient de leur vertueux père ;
Qu'ils étoient fans vigueur, timides, pareffeux.
    Les jeunes Corbeaux, au contraire,
    Intrépides & généreux,
Promettoient un deftin au deffus du vulgaire ;
Et montrant un courage, à nul autre pareil,
Regardoient fixement les rayons du Soleil.
    Un Noble par mainte baffeffe
    Souvent déroge, perd fes droits ;

Et la roture quelquefois
En vertu paſſe la nobleſſe.

Le Brun.

N.° 43.

AIGLON (l'), ou *Leçon allégorique aux imprudens.*

UN Aiglon, jeune, téméraire,
Malgré les conſeils de ſa mère,
Voulut prendre l'eſſor, & voler juſqu'aux Cieux.
　　Avec trop de délicateſſe
Ma mère, diſoit-il, élève ma jeuneſſe;
Un oiſeau de mon ſang doit être audacieux;
Partons. N'eſt-il pas temps qu'aux habitans des airs
　　Se montre le fils de leur maître;
　　Et que, ſans craindre aucuns revers,
Je me faſſe pour tel en tous lieux reconnoître?
A travers les périls dont je ſuis menacé,
　　Mon cœur n'a que trop balancé;
Je médite un deſſein qu'il faut que j'exécute.
Il s'élance du nid; rien ne peut l'arrêter:
Son aile foible encore eut peine à le porter;
Il tombe. L'imprudent nous apprend, par ſa chûte,
　　Qu'on riſque à ſe précipiter,

Quand on eſt aſſez vain pour prendre
L'eſſor d'un vol trop élévé ;
Et qu'il ne faut rien entreprendre
Avant que de s'être éprouvé.

Le Brun.

N.° 44.

AIMER, *eſt le premier beſoin de l'homme.*

* L'AMOUR dans la ſaiſon de plaire,
Eſt le premier beſoin du cœur ;
Sa flamme vive & paſſagère,
L'épure mieux que la colère
D'une Duegne ou d'un Gouverneur.
L'amitié, toujours néceſſaire,
Donne un feu plus foible en chaleur,
Mais auſſi plus fort en lumière ;
Et qui perd la faveur d'un frère,
N'eſt conſolé que par la ſœur :
Voila le ſeul itinéraire
De la ſageſſe & du bonheur.
Vainement un nouveau Stoïque,
Sur les bords du lac Helvétique,

Traite, comme un brûlant poifon,

Tout penchant tendre & fympathique,

Et nous ordonne la raifon,

Comme il feroit un narcotique (1).

Réglez, dit-il, vos mouvemens;

De vous-même rendez-vous maître.

Eh ! qui de nous peut jamais être

L'arbitre de nos fentimens ?

Croit-il, un Epictete (2) en main,

Avec un traité de morale,

Analyfer le cœur humain,

Comme il fait une eau minérale ?

Il veut que, fuyant tout appui,

Chacun fe fuffife à foi-même;

Mais la Nature, à ce blafphême,

Soulève fon cœur contre lui.

L'homme ne vit que dans autrui,

Et n'exifte qu'autant qu'il aime.

Defmahis.

---

(1) Remede qui affoupit.

(2) Epictete étoit un Philofophe ftoïcien d'Hiérapolis. Jamais homme n'eut plus de fang froid.

N.º 45.

AIRE (de la conſtruction de l'), & de ſon uſage.

Dans les climats où luit le Soleil ſans nuages,
Où le Ciel rarement fait gronder les orages,
Préparez pour vôtre aire un terrain affermi,
Que ne puiſſent percer l'herbe, ni la fourmi,
Et qui, de toutes parts, dominant ſur les plaines,
Des vents les plus légers reçoivent les haleines.
C'eſt-là que ſont portés vos dépôts précieux ;
Là, vous les confiez à la voûte des Cieux,
Et l'art du Moiſſonneur, ſous ces heureux auſpices,
Élève des gerbiers les riches édifices ;
Brillantes tours d'épis, qui, ſous leurs toîts dorés,
Gardent en ſûreté vos tréſors reſſerrés.
Bientôt au ſein de l'aire, en cercle raſſemblées,
Par les pieds des chevaux, les gerbes ſont foulées ;
Sous leurs pas redoublés, les tuyaux ſont briſés,
Et le grain ſort entier des épis écraſés.
Le crible, que dans l'aire tourne une main légère,
Sépare le froment de la poudre étrangère ;
La paille vole, fuit ; & le grain épuré
Va remplir vos greniers d'un dépôt aſſûré.

M. Roſſet.

N.° 46.

ALARME (la fauſſe).

Des quatre coins de l'horiſon,
Les vents ſouffloient d'une fureur ſi vive,
Qu'on eût pu croire, avec raiſon,
Qu'ils avoient forcé la priſon
Où les tient enchaînés le Dieu qui les captive.
Par ce beau temps-là des enfans
Jouoient ſur le rempart, la plupart en chemiſe:
A cet âge on ne craint ni le chaud, ni la biſe;
Variant leurs amuſemens
Selon le temps.
La cohorte enfantine,
Avecque du papier ſe fit une machine (1),
Qui partit de leurs mains, & vola vers les cieux.
Les vents en prirent ſoin : jugez s'il s'en jouerent !
Si haut il vous la ſouleverent,
Qu'elle échappa preſqu'à leurs yeux.
Droit ſur le centre de la ville,
Elle fut ſe placer.
On la voyoit légère, agile,
Deçà, delà ſe tourmenter,

---

(1) Machine, qu'on nomme Cerf-volant.

La

La ficelle qui la dirige
Règle à propos fon hardi mouvement.

Le premier qui vit ce prodige,
Courut avec étonnement
Avertir fes voifins. Ceux-ci pleins d'épouvante,
Répandirent ce bruit. La ville en un moment
Fut en rumeur. Chacun accourt & fe lamente,

Tous craignant quelque grand malheur,
Affûrent qu'un tel phénomène,
De leur ruine certaine,
Eft fans doute l'avant-coureur.

Thèbes (1) jadis ne fut pas plus émue,
Quand fur fes murs parut un monftre ailé (2);
Monftre dont la fatale vue,
Préfageoit ce fléau dont il fut tant parlé.
Qu'arriva-t-il ? Les vents finirent leur vacarme,
Le monftre en l'air ne put fe foutenir fans eux,
Il tomba droit aux pieds des citadins peureux,
Qui rirent de leur fauffe alarme.

Dardene.

---

(1) Thébes, ville de la Paleftine dans la Tribu d'Éphraïm : elle
foutint un fiége vigoureux l'an 2771 avant J. C. C'étoit Abi-
melech, fils de Gédéon, qui le faifoit, & il y fut tué,

(1) Monftre ailé, la Difcorde.

I

N.º 47.

ALCIDOR, ou *l'homme indifférent aux plaisirs.*

QUOI toujours, Alcidor, à toi-même sévère,
Ne veux-tu pas enfin te rendre à nos désirs?
Ton visage garant de ton humeur austère,
Ne se déride point à l'aspect des plaisirs.

✿

Vois, comme jouissant des douceurs de notre âge,
Par-tout accompagnés & des Jeux & des Ris,
Dans les sombres détours d'un verdoyant bocage,
Nous savons loin de nous chasser les noirs soucis.

✿

Sous les pampres touffus de nos riantes treilles,
Amarillis nous sert des mets délicieux :
Nous puisons l'enjoûment du fond de ces bouteilles,
Qu'Hébé (1) semble remplir du doux nectar des Dieux.

✿

A tes yeux mille fois de myrthe ornant nos têtes,
Comus (2), le gai Comus nous inspire des vers;
T'égayer, Alcidor, par nos joyeuses fêtes,
C'est l'unique tribut qu'attendent nos concerts.

---

(1) Hébé. *V.* N.º 14.

(2) Comus, Dieu de la joie, de la bonne chere, des danses nocturnes ; Dieu favori de la jeunesse libertine.

Toujours avec froideur, Ami, tu nous contemples ;
Nos chanfons, nos feftins font pour toi fans appas :
Apprends à fuivre mieux nos utiles exemples :
Pour fuir la joie, il faut ne la connoître pas.

Vieux, même dans le temps d'une verte jeuneffe,
Peux-tu voir fur tes pas voltiger le chagrin ?
Que ton cœur déformais fe ferme à la trifteffe ;
Il eft temps qu'elle cède aux doux charmes du vin.

Crains donc de voir chez toi l'alégreffe tardive
Juftement regretter tant de momens perdus :
De nos ans malheureux la courfe fugitive
S'écoule promptement, pour ne revenir plus.

Là Vieilleffe viendra couvrir ton front de rides,
Sans que ta piété te foit d'aucun fecours ;
Et l'indomptable Mort, aux ailes trop rapides,
De fa cruelle faux moiffonnera tes jours.

Que de cent noirs taureaux le pieux facrifice,
Du difforme Pluton (1) enfanglante l'autel :

(1) Pluton, fils de Saturne & de Rhéa. Dans le partage du
Monde, l'empire des Enfers lui fut affigné : comme il étoit difforme
& fon empire fort trifte, aucune femme ne voulut de lui. Il enleva Proferpine : on n'érigeoit ni temple ni autel en fon honneur ;
le taureau étoit la feule victime qu'on immolât pour lui.

Tu croiras, par ce fang, te le rendre propice;
Trifte erreur! tu mourras, fi tu naquis mortel.

❀

En vain, entre les bras de tes Dieux (1) domeftiques,
Tu te mets à couvert des belliqueux hafards;
En vain tu fuis le bruit des flots Adriatiques:
Tu mourras, quoique loin de Neptune (2) & de Mars (3).

❀

Du pareffeux Autan (4) crains la fiévreufe haleine,
Soigneux confervateur de ta chère fanté;
Crains ce vent, crains les maux qu'en automne il amène,
Les Dieux feuls ont le droit de l'immortalité.

❀

On retarde fa fin; nul de nous ne l'évite:
Tremblons que, dès ce foir, l'infernal Aviron (5)

---

(1) Dieux domeftiques, ou Lares : c'étoient les Génies de chaque maifon, comme les gardiens des familles.

(2) Neptune étoit fils de Saturne & de Rhéa : dans le partage
du Monde, l'empire des Eaux lui échut.

(3) Mars étoit fils de Jupiter & de Junon : il étoit regardé comme
le Dieu des batailles, des combats & des querelles : il obtint les
premières faveurs de Vénus dans l'appartement même de Vulcain.

(4) Autan, vent du Midi.

(5) Aviron, forte de rame dont on fe fert pour faire aller les
bateaux.

Ne nous guide, à travers les horreurs du Cocyte (1),
Devant le tribunal du Dieu de l'Achéron (2).

🌸

Ainfi le Ciel l'ordonne à la mortelle race ;
Chacun, à notre tour, nous fubirons ces loix :
Le Maître des Enfers ne fauroit faire grace ;
Tel eft notre malheur ; tels font fes cruels droits.

🌸

Le terrible Céfar (3), le redoutable Alcide (4),
Échappés tant de fois aux deftins rigoureux,
Furent enfin fujets à l'arrêt homicide,
Qui fembloit être fait pour d'autres que pour eux.

🌸

L'Arbitre de nos jours, c'eft l'inflexible Parque ;
A fon gré s'accomplit notre immuable fort :
Tout meurt ; le Laboureur & le puiffant Monarque :
Tout meurt ; Louis règnoit ; hélas ! Louis eft mort.

Anonyme.

---

(1) Cocyte, un des fleuves d'Enfer, dont les marais bourbeux environnent le Tartare.

(2) Achéron étoit fils de Titan & de la terre : il fe cacha dans l'Enfer pour fe dérober à la fureur des Géans.

(3) Céfar fut un conquérant perpétuel, & eut cinq grands triomphes. Il fubjugua en neuf années, avec dix légions, toute les Gaules, fut Dictateur immuable, puis Empereur, dont il porta le premier le titre.

(4) Alcide étoit le premier nom d'Hercule.

N.º 48.

ALEXANDRE (l'éloge d') *fait par Porus, Roi & Général Indien.*

SEIGNEUR, jufqu'à ce jour, l'Univers en alarmes
Me forçoit d'admirer le bonheur de vos armes.
Mais rien ne me forçoit, en ce commun effroi,
De reconnoître en vous plus de vertus qu'en moi.
Je me rends, je vous cède une pleine victoire.
Vos vertus, je l'avoue, égalent votre gloire.
Allez, Seigneur, rangez l'Univers fous vos loix ;
Il me verra moi-même appuyer vos exploits.
Je vous fuis, & je crois devoir tout entreprendre,
Pour lui donner un maître auffi grand qu'Alexandre (1).

Racine.

---

(1) Alexandre, Roi d'Épire, grand conquérant. Jupiter en Do-
done (ville de l'Épire où ce Dieu avoit une fontaine qui lui étoit confacrée) prononça fur lui un oracle foudroyant lors de fa naiffance,
qui fe vérifia ; car il fut tué par un banni, & outragé après fa
mort.

N.º 49.

ALEXANDRE *dépeint par Taxile, Roi dans les Indes.*

D'ABORD, ce jeune éclat qu'on remarque en ses traits,
M'a semblé démentir le nombre de ses faits.
Mon cœur plein de son nom, n'osoit, je le confesse,
Accorder tant de gloire avec tant de jeunesse.
Mais de ce même front l'héroïque fierté,
Le feu de ses regards, sa haute majesté,
Font connoître *Alexandre* (1). Et certes son visage
Porte de sa grandeur l'infaillible présage ;
Et sa présence auguste, appuyant ses projets,
Ses yeux, comme son bras, font par-tout des sujets.

Racine.

N.º 50.

ALEXANDRE (ce qu'étoit).

LE fameux vainqueur de l'Asie (2),
N'étoit qu'un voyageur armé,
Qui, pour passer sa fantaisie,
Voulut voir en courant l'Univers alarmé :

(1) *V.* la note de l'article précédent.
(2) Asie, une des quatre principales parties de l'Univers, & la première habitée.

I iv

De bonne heure Ariftote (1) auroit dû le convaincre ;
Que le grand art des Rois eft celui de régner :

Il perdit tout fon temps à vaincre,
Et n'en eut pas pour gouverner.

La Motte.

N.° 51.

ALEXANDRE (le portrait d').

ASTRE pernicieux fur la terre & fur l'onde,
L'effroi de la Nature, & le malheur du Monde;
Torrent précipité, foudre dont les éclats
Portent l'embrafement & sèment le trépas....
Il fit un droit certain de l'infulte & du crime,
Et d'un ufurpateur un maître légitime.
Ses progrès achevés ceffent de le flatter :
Rien ne peut l'affouvir, rien ne peut l'arrêter.
Victorieux du monde, il en demande un autre ;
Il en veut un plus riche & plus grand que le nôtre ;
Et n'ayant plus à vaincre en ce vafte horifon,
Il fent que l'Univers n'eft plus que fa prifon.

Brébeuf.

---

(1) Ariftote, né à Stagire petite ville de la Macédoine, étoit le chef de la fecte des Péripatéticiens. Philippe lui donna l'éducation de fon fils.

N.º 52.

ALEXANDRE et DIOGÈNE, ou *l'orgueil empreint des apparences de la vertu.*

Diogène (1) à Corinthe (2) entretint Alexandre (3).
Le Roi fut si charmé de ce qu'il entendit,
 Que pour récompense, il lui dit :
Biens, dignités, de moi vous pouvez tout attendre ;
Demandez, je promets de vous tout accorder ;
 Les effets suivront mes promesses.
Le Cynique (4), ennemi des grandeurs, des richesses,
 Au lieu de lui rien demander,
Lui fit cette réponse admirable & naïve :
 Grand Prince, votre ombre me prive
 Du Soleil & de ses rayons ;
 Daignez souffrir que j'en profite ;
Détournez-vous un peu, de grace ; & je vous quitte
 De vos faveurs & de vos dons.

---

(1) Diogène, le plus fameux de la secte des Philosophes, fondée par Antisthène. Sinople fut sa Patrie. Pour tous meubles il n'avoit qu'une besace, une écuelle & un bâton ; pour maison un tonneau exposé au soleil.

(2) Corinthe, ville de la Morée dans l'isthme de même nom.

(3) Alexandre. *V.* N.º 48.

(4) Cynique, épithète donnée à une secte de Philosophes mordans & sans pudeur.

Le Héros admirant alors le Philofophe,

Lui fit cette honorable & flatteufe apoftrophe :

    De vous je fais un fi grand cas,

    Savant difciple d'Antifthène (1),

Que fi je n'étois point Alexandre, ici-bas,

    Je voudrois être Diogène.

Le Sage eft au deffus des préfens, des emplois ;

La vertu fuffit feule au bonheur de fa vie :

    Son fort doit autant faire envie

    Que celui du plus grand des Rois.

Le Brun.

N.º 53.

ALEXANDRE (la folle ambition d'). *V.* la lettre A. N.º 142.

Brébeuf.

---

(1) Antifthène étoit Athénien ; il fut difciple de Socrate , & chef des Philofophes Cyniques ; mais Diogène le furpaffa. Sa morale étoit aigre & outrageante. Il fe vantoit d'avoir la facilité de s'entretenir lui-même , & de faire facilement ce que les autres ne faifoient que par contrainte.

N.º 54.

AMANS (les vrais).

Quand l'Amour me retient aux genoux de Camille,
Je la vois satisfaite, & riante, & tranquille:
Mais si loin de ses pas je m'écarte un moment,
Elle s'afflige: il faut lui faire le serment
Que, moi, qui ne respire & ne vis que pour elle,
Je reviendrai bientôt & reviendrai fidèle.
Sans cesse je lui dis; je t'aime... Elle me croit.
Je t'adore, ajouté-je... Elle le fait, le voit.
Mais plus je le lui dis, & plus elle l'ignore,
Et je le dis cent fois pour le redire encore.
Si je lui dis: » Tu fais le bonheur de mes jours «:
» Tu fais le mien, dit-elle, & le feras toujours «.
En un mot, sa tendresse, à ma tendresse égale,
Entr'elle & mes desirs met si peu d'intervalle,
Que souvent, malgré moi, foible & présomptueux,
Je me crois digne d'elle & digne de ses feux.

Colardeau.

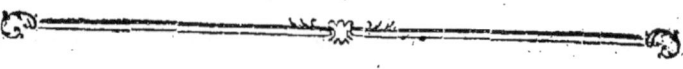

N.º 55.

AMANS (comparaifon allégorique des) *avec les chiens.*
V. la lettre C. N.º 605.

Le Brun.

N.º 56.

AMANS (obligations des).

Sur fa Bergère feule avoir les yeux ouverts,
Avec elle & pour elle oublier l'Univers,
Sans elle à tous plaifirs s'ennuyer, fe déplaire,
Trouver tous lieux déferts où n'eft pas fa Bergère;
Goûter le prix d'un mot, d'un regard, d'un foupir,
Ajouter aux faveurs par l'art de les fentir,
D'un rendez-vous promis nourrir la douce attente,
Craindre de le manquer, l'entretenir abfente,
La voir dans une fête attirer tous les yeux,
Et de vingt foupirans nous rapporter les vœux;
Deviner fes chagrins, effuyer feul fes larmes,
Prévenir ou calmer de jaloufes alarmes,
Recueillir tout le prix d'un foupçon éclairci,
Ah! c'eft vivre deux fois, Damon, que vivre ainfi.

Roy.

N.º 57.

AMANS (conseils aux), *dictés par quelqu'un à qui le souvenir de l'expérience est agréable.*

AMANS, heureux amans, voulez-vous voyager ?
    Que ce soit aux rives prochaines.
Soyez-vous l'un à l'autre un monde toujours beau,
    Toujours divers, toujours nouveau ;
Tenez-vous lieu de tout ; comptez pour rien le reste.
J'ai quelquefois aimé ; je n'aurois pas alors,
    Contre le Louvre & ses trésors,
Contre le Firmament & sa voûte céleste,
    Changé les bois, changé les lieux,
Honorés par les pas, éclairés par les yeux
    De l'aimable & jeune Bergère,
    Pour qui, sous le fils de Cythère,
Je servis engagé par mes premiers sermens.
Hélas ! quand reviendront de semblables momens ?
Faut-il que tant d'objets si doux & si charmans,
Me laissent vivre au gré de mon ame inquiète ?
Ah ! si mon cœur osoit encore s'enflammer !
Ne sentirai-je plus de charme qui m'arrête ?
    Ai-je passé le temps d'aimer ?

              La Fontaine.

N.º 58.

AMANS (avis aux).

Que le soin de charmer,
Soit votre unique affaire;
Songez que l'art d'aimer,
N'est que celui de plaire.
Voulez-vous dans vos feux
Trouver des biens durables?
Soyez moins amoureux,
Devenez plus aimables.

Rousseau.

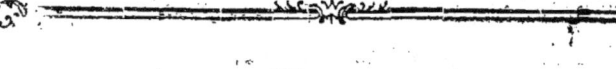

N.º 59.

AMANS (la félicité de deux)

Quels mortels plus heureux que deux jeunes Amans,
Réunis par leurs goûts & par leurs sentimens;
Que les ris & les jeux, que le penchant rassemble;
Qui pensent à la fois, qui s'expriment ensemble;
Qui confondent la joie au sein de leurs plaisirs;
Qui, jouissant toujours, ont toujours des désirs!

Leurs cœurs toujours remplis n'éprouvent point de vuide;
La douce illusion à leur bonheur préside.
Dans une coupe d'or ils boivent à longs traits,
L'oubli de tous les maux & des biens imparfaits.

Colardeau.

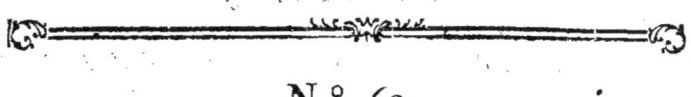

N.º 60.

AMANS (aux) *insensés dans leur choix.*

TELS sont les jeunes gens; ils sont, dans leurs ivresses,
Hardis à s'enflammer pour d'indignes maîtresses,
Et craignent de brûler d'un amour vertueux,
Pour de sages beautés qui méritent leurs vœux.

Boissy.

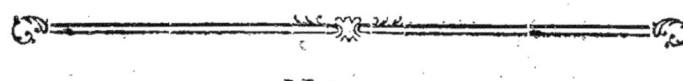

N.º 61.

AMANS (les) *réfléchis.*

SI les sens ont le droit d'allumer la tendresse,
Le discours la nourrit & l'augmente sans cesse :
Quand ils soutiennent seuls un commerce amoureux,
Un jour le voit former & s'éteindre avec eux,
L'esprit établit seul les passions durables,
Il rend seul les amans solidement aimables;

Et quiconque d'Ovide (1) a le talent flatteur,
S'il le fait employer, eft sûr d'être vainqueur.

Boiſſy.

N.º 61 a.

AMANS (les) *prématurés.* Sur l'air : *Où s'en vont ces gais Bergers.*

COLIN, à peine à feize ans,
Aimoit déjà Colette,
Colette, à peine à treize ans,
Écoutoit la fleurette;
On ne vit de ſi jeunes amans
Que Colin & Colette.

※

Colin fent déjà des feux,
En fecret il foupire;

---

(1) Ovide, fameux Poëte latin & Auteur des Métamorphofes célèbres de la Fable, naquit à Sulmone, ville affez confidérable dans la contrée des Péligniens. Il vivoit fous l'empire d'Augufte, fous le règne duquel il fut envoyé en exil, pour avoir compofé l'Art d'aimer, & pour une autre raifon qui a toujours été ignorée, comme il le dit lui-même :

Perdiderint cum me duo crimina, carmen & error.
Alterius faƈti culpa ſilenda mihi eſt.

Il mourut fous le règne de Tibère.

Colette

Colette forme des vœux,
　Et cache son martyre;
Colette & Colin s'aiment tous deux,
　Sans oser se le dire.

✻

Ils s'en alloient sans dessein,
　Le matin sur l'herbette;
Le cœur battoit à Colin,
　Il battoit à Colette;
Son bouquet lui tombe de la main,
　Colin perd sa houlette.

✻

Ils s'approchent doucement,
　Un soupir les décèle;
L'un regarde tendrement,
　L'autre en devient plus belle:
Qu'as-tu donc, lui dit-il en tremblant?
　Quas-tu donc, lui dit-elle?

✻

Colette, au dedans de moi,
　Je sens un trouble extrême;
Moi, Colin, auprès de toi,
　Je le sens tout de même:
Ah! Colette, j'aime, je le crois;
　Colin! je crois que j'aime.

Anonyme.
K

N.º 62.

AMANS (les vrais).

CORRIDON sent couler un brasier dans ses veines;
Les plaisirs qu'il attend sont accrus par ses peines;
Il désire, il espère, il craint, il sent un mal
A qui les plus grands biens n'ont rien qui soit égal:
Chloé s'en apperçoit, & feint qu'elle l'ignore,
Tous deux de leur amour semblent douter encore;
Et, pour s'en assûrer, chacun de ces Amans
Mille fois en jour fait les mêmes sermens.

La Fontaine.

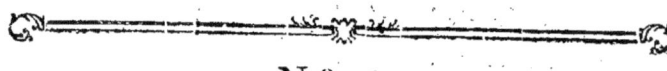

N.º 63.

AMANS (les) *dangereux.*

Tous les Amans savent feindre:
Nymphes, craignez leurs appas.
Le péril le plus à craindre
Est celui qu'on ne craint pas.
L'audace d'un téméraire
Est aisée à surmonter,
Et c'est l'amour qui fait plaire
Que nous devons redouter.

Rousseau.

N.º 64.

AMANS (les) *connoiſſent peu la raiſon.*

VOULOIR que la raiſon règne ſur un Amant,
C'eſt être plus que lui dedans l'aveuglement.
Un cœur digne d'aimer court à l'objet aimable,
Sans penſer au ſuccès dont ſa flamme eſt capable :
Il s'abandonne entier, & n'examine rien ;
Aimer eſt tout ſon but, aimer eſt tout ſon bien.

Corneille.

N.º 65.

AMANS (la félicité des).

*OUI, tout ſemble charmer dans l'amoureux empire ;
Quand, d'une égale ardeur, l'un pour l'autre on ſoupire,
Et que, de la contrainte ayant banni les loix,
On ſe peut aſſûrer au ſilence des bois :
Jours devenus momens, momens filés de ſoie,
Agréables ſoupirs, pleurs, enfans de la joie,
Vœux, fermens & regards, tranſports, raviſſemens,
De ce mélange naît le bonheur des Amans.

La Fontaine.

K ij

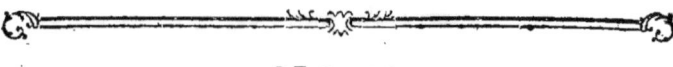

N.° 66.

AMANS (état des) *lorsqu'ils font éloignés de ce qu'ils aiment. V.* la lettre V. N.° 2895 a.

Anonyme.

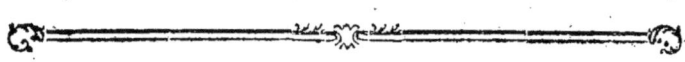

N.° 67.

AMANS (les) *heureux.*

EST-IL de plaifirs plus flatteurs
Que la tendreſſe de deux cœurs,
Qui ſe font à l'envi la douce confidence
De leurs mutuelles ardeurs ?
Ah ! qu'ils y trouvent de douceurs !
L'efprit s'en fait une habitude,
Plaire à l'objet aimé fait ſon unique étude.
Deux cœurs l'un pour l'autre enflammés,
Sont des mêmes défirs l'un & l'autre animés,
De leurs feux mutuels ils cherchent à s'inftruire ;
Un feul aveu ne leur fauroit fuffire ;
D'un difcours ſi charmant l'on n'eft point rebuté,
Et l'on trouve à ſe le redire,
Le plaifir de la nouveauté.
D'un bonheur plus réel peut-on être flatté ?

On s'adore pendant l'abfence,

Ce feu s'accroit par la préfence,

On s'accoutume au langage des yeux ;

Ils favent s'exprimer ce que chacun défire,

Et s'expriment mille fois mieux,

Que tout ce que l'on pourroit dire.

Ce que l'un veut, l'autre fait le vouloir,

Sans qu'aucun des deux s'en offenfe ;

Avec la feule différence

Que dans l'amant c'eft un devoir,

Dans la maîtreffe complaifance.

La Grange.

N.º 68.

A M A N S (les) *fans le favoir.*

QUAND d'un efprit fage & difcret,

Toujours l'un à l'autre on défère,

Quand on fe cherche fans affaire,

Et qu'enfemble on n'eft point diftrait :

卐

Quand on n'eut jamais de fecret,

Dont on fe foit fait un myftère,

Quand on ne cherche qu'à fe plaire :

Quand on fe quitte avec regret :

K iij

Quand, prenant plaisir à s'écrire,
On dit plus qu'on ne pense dire,
Et souvent moins qu'on ne voudroit :

Qu'appellez-vous cela, la Belle ?
Entre nous deux, cela s'appelle
S'aimer bien plus que l'on ne croit.

Saint-Pavin.

N.º 69.

AMANS (les) *timides.*

L'Astre brûlant vient de descendre
Du sommet pourpré de ces monts :
La Lune argente nos moissons
D'une nuance foible & tendre :
La nuit épanche ses pavots ;
Et, versant ses perles humides,
Désaltère nos champs arides,
Et fertilise nos côteaux.

Viens, Doris, viens sous cet ombrage,
Suivons ce sentier tortueux ;

Du zéphyr (1) le souffle amoureux
Semble y careffer le feuillage.
Vois dans le fond ce faule épais,
Que baigne une onde qui murmure;
Là, fans témoin, fur la verdure,
Nous pourrons refpirer le frais.
L'émail varié des prairies,
Ces fleurs, ces fimples odorans,
En d'agréables rêveries,
Egarent & charment mes fens.
D'objets en objets fugitive,
Mon ame en ces momens heureux,
A la fois diftraite & penfive,
Ne fe fixe fur aucun d'eux.

✿

Partages-tu ce trouble extrême,
Belle Doris? Une douleur
Plus douce que le plaifir même,
A-t-elle refferré ton cœur?
L'a-t-elle plongé dans l'ivreffe,
Et le développant foudain,
Donne-t-elle plus de vîteffe
Au fang qui foulève ton fein?

✿

Que vois-je? il s'émeut; il palpite.
Doux momens! tes yeux attendris

_____

(1) Zéphyr. V. N.º 14.   K iv

Peignent le trouble qui t'agite.
Du délire qui t'a surpris,
Tu voudrois démêler la caufe :
Tu ne peux la trouver ... & moi ...
Moi, qui la reffens plus que toi,
Je puis te la dire... & je n'ofe.

Sur ton front fe peint la pudeur,
Fard innocent de la jeuneffe;
Tu crains d'abandonner ton cœur
Aux charmes d'une douce ivreffe !
Il veut, ne veut plus tour à tour;
Du préjugé la voix cruelle
Voudroit le fermer à l'amour,
Qu'un penchant fecret y rappelle.

Jette quelque regard fur moi;
Vois, Doris, l'Amant qui t'adore;
De fon deftin fubis la loi :
L'amour feul lui manquoit encore.
Crois-tu qu'on élude fes droits?
Tu t'abufes, fi tu le penfes;
En vain tu doutes, tu balances :
Qui doute a déjà fait fon choix.

Perdrois-tu dans l'indifférence
Des jours que tu peux rendre heureux?
Non. Trop de feu brille en tes yeux;
C'eſt de ton ame qu'il s'élance.
Faite pour plaire & pour charmer,
Tu dois être ſenſible & tendre:
De l'amour peut-on ſe défendre,
Quand tout ſollicite d'aimer?

❦

Diſſipe l'effroi que t'imprime
Le cri d'un ſcrupule importun:
On ne doit rougir que du crime;
Et l'amour ne peut en être un.
Lorſque de ſa main immortelle,
La Nature, dans notre cœur,
En met la première étincelle;
Elle aſſûre notre bonheur.

❦

Vois Cydaliſe; elle eſt heureuſe.
Par qui? Par Lindor & l'Amour.
Ah! ſi tu connoiſſois un jour
Son ivreſſe délicieuſe,
Plein de regrets & de déſirs,
Ton cœur alors aux deſtinées
Redemanderoit ces journées
Que tu dérobes aux plaiſirs.

Aux transports d'un Amant fidèle,
Lorsque se laissant enflammer,
Une belle vit pour aimer
Celui qui ne vit que pour elle :
Lorsque, brûlant des mêmes feux,
L'Amante à sa foi s'abandonne ;
Et que de myrtes amoureux
La vertu même le couronne :

Quand ses refus ne sont qu'un feu ;
Qu'elle cède sans violence ;
Et que l'Amant obtient l'aveu,
Prix désiré de sa constance....
Amour ! pardonne... je me tais ;
Pardonne, je veux te décrire,
Lorsqu'à savourer les bienfaits
Mon cœur à peine peut suffire.

Je le vois, jusqu'à cet instant
Ma Doris ignoroit tes charmes ;
Ses yeux se remplissent de larmes,
Premier tribut qu'elle te rend.
Si ton image émeut son ame,
Et fait couler ses tendres pleurs ;
Que tu lui promets de douceurs,
Quand elle sentira ta flamme !

Aime, jouis de ton printemps,
Ma Doris, le plaifir t'appelle ;
La Nature ne te fit belle
Que pour ufer de fes préfens.
Si l'Amour, aux biens qu'il difpenfe,
Mêle quelques légers foucis,
Que font-ils auprès des ennuis
D'une infipide indifférence ?

Après avoir reçu ta foi,
Crains-tu qu'un Amant infidèle
Ofe, d'un cœur qui fut à toi,
Faire hommage à quelque autre belle?
Doris, à de telles frayeurs
Peux-tu jamais ouvrir ton ame ?
Non, fi ta beauté nous enflamme,
Ta vertu doit fixer nos cœurs.

Lorfque la diligente Aurore
Paroît, & vient dorer nos champs,
Chaque jour elle voit encore
A tes pieds de nouveaux Amans;
Et, lorfque nous ramenant l'ombre,
La nuit invite au doux repos,
Elle voit croître, avec leur nombre,
L'empreffement de mes rivaux.

L'un, fier d'une vaine richeſſe,
Avec ſon or croit t'éblouir :
Plus propre à peindre qu'à ſentir,
Un autre t'érige en Déeſſe :
D'autres font valoir les talens
Qu'ils ont reçus de la Nature :
Peut-être même l'impoſture
T'oſe prodiguer des ſermens.

Crains cette Syrène (1) trompeuſe ;
De la voix & de ſon encens,
Crains, Doris, l'amorce flatteuſe ;
Saches connoître les Amans :
Parmi ceux qui veulent te plaire
Sous un air de ſincérité ;
Plus d'un ne veut que ſatisfaire
Son plaiſir ou ſa vanité.

Pour moi, ma tendreſſe ingénue
Ignore le ſecours de l'art :
Aurai-je beſoin d'un vain fard
Pour te peindre mon ame émue ?
Non, mes regards fixés ſur toi,
Te prouvent plus combien je t'aime,
Que ſi j'appellois le Ciel même
Pour être garant de ma foi.

_____

(1) Syrène , nom d'une Muſe enchantereſſe.

Esprit, talens, vaine opulence,
Rien ne te parle en ma faveur;
Je n'ai pour moi que ma conſtance,
Et ne puis t'offrir que mon cœur ;
Mais je me plais à tout attendre
De ma Doris & de mes feux.
Choiſis, mais choiſis le plus tendre,
Et je ſerai le plus heureux.

❀

Le plus heureux! ... Oui, je dois l'être.
Qui le mérite plus que moi?
Qui, plus que moi, t'a fait connoître
Qu'il ne reſpire que pour toi?
Si je t'aimai plus que moi-même,
Si je t'ai tout ſacrifié :
Un mot, de grace... dis, *Je t'aime*:
Ton Amant ſera trop payé.

❀

Quoi ! toujours la vue incertaine
Laiſſe errer ſes regards diſtraits!
Crains-tu de rencontrer la mienne,
Et d'y voir éclater les traits
De la flamme que tu m'inſpires?
Quoi! ne pourrai-je t'attendrir?
Non, tu te tais... mais tu ſoupires:
Quel aveu vaudroit ce ſoupir!

M. de V... *Officier au Régim. du Roi Inf.*

N.° 70.

AMANS (la différence des) & des Époux.

CHANTONS les amours de Jeanne,
Chantons les amours de Jean.
Rien n'est si charmant que Jeanne,
Rien n'est si charmant que Jean.

Jean ne fait rien que pour Jeanne,
Et Jeanne fait tout pour Jean :
Jean aime tout avec Jeanne,
Jeanne n'aime rien sans Jean.

On n'a qu'à chagriner Jeanne,
Si l'on veut voir pleurer Jean :
Si l'on veut voir rire Jeanne,
On n'a qu'à divertir Jean.

Jean met la table avec Jeanne
Jeanne s'y place avec Jean ;
Et tout ce que touche Jeanne,
Aussi-tôt veut goûter Jean.

De fa main l'aimable Jeanne
Remplit le verre de Jean :
Toujours la taffe de Jeanne
S'emplit de la main de Jean.

Quand vous voyez coucher Jeanne,
Au-ffitôt fe couche Jean :
Jean ne dort pas près de Jeanne;
Jeanne veille auprès de Jean.

Vous voyez fe lever Jeanne
Si-tôt que fe lève Jean :
Jean recherche toujours Jeanne,
Jeanne trouve toujours Jean.

Si toute maîtreffe eft Jeanne,
Et fi tout amant eft Jean,
La femme eft une autre Jeanne,
Et l'époux un autre Jean.

Jean vient donc d'époufer Jeanne,
Jeanne eft la femme de Jean :
Jean ne reconnoît plus Jeanne,
Et Jeanne méconnoît Jean.

Tout ce qui revient à Jeanne
Eſt ſûr de déplaire à Jean :
Quand vous verrez rire Jeanne,
Vous entendrez gronder Jean.

Les mets qui ragoûtent Jeanne,
Soulèvent le cœur à Jean :
Le lit où va coucher Jeanne,
Ce n'eſt plus le lit de Jean.

Jean ne peut vivre avec Jeanne;
Jeanne ſe meurt avec Jean :
Jean prie Dieu de prendre Jeanne;
Jeanne au Diable donne Jean.

Le jour qu'expirera Jeanne,
Sera le beau jour de Jean :
On ne verra danſer Jeanne
Que ſur la foſſe de Jean.

La Motte.

N.º 71.

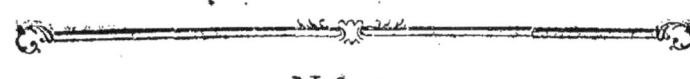

N.º 71.

AMANS (les) *malheureux*. *V.* la lettre F. N.º 1250.

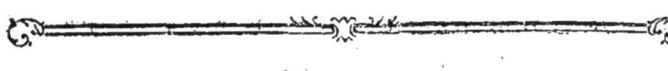

N.º 72.

AMANS (les) *médisans*. *V.* la lettre P. N.º 2564.

N.º 73.

AMANS (les) *crédules, ou l'Infidélité découverte.*
V. la lettre T. N.º 2973.

N.º 74.

AMANS (aux Acteurs qui jouent les rôles d').

Pour les rôles d'Amans si l'instinct vous décide,
Servez-vous à vous-même & de juge & de guide ;
Dans cet emploi brillant peu d'Acteurs sont parfaits :
Avant que d'être aimés, il leur faut des attraits,
Un abord séduisant, un regard vif & tendre,
Un silence qui parle & qui se fasse entendre ;
Le son de voix touchant, le maintien gracieux,
L'art de flatter l'oreille, & de charmer les yeux.

L

Savez-vous ce que peut un éloquent sourire ?
Tous ces riens de l'Amour, savez-vous les bien dire ?
Pour les représenter, avez-vous ses appas ?
Il enlaidit toujours ceux qu'il n'embellit pas.

Vous n'avez rien encore, & vous devez tout craindre,
Si vous ignorez l'art d'exprimer & de peindre,
De produire au dehors ces orages du cœur,
Ces mouvemens secrets, ces instans de fureur,
Ces rapides retours, cette brûlante ivresse,
Les transports de l'Amour & sa délicatesse.
Un rôle est à la fois, tendre, emporté, jaloux,
Ces contrastes frappans, il faut les rendre tous.
Paisible adorateur, là, bornez-vous à plaire :
Ici, que votre front s'enflamme de colère.
Sachez sur-tout, sachez comment, d'un œil serein,
On vient rendre un portrait que l'on reprend soudain ;
Comme on traite un objet que l'on croit infidèle ;
De quel air on lui jure une haine immortelle ;
Avec quelle contrainte on feint d'autres amours ;
Et comment on le quitte, en revenant toujours.

Évitez cependant une chaleur factice,
Qui séduit quelquefois, & vit par artifice,
Tous ces trépignemens & des pieds & des mains,
Convulsions de l'art, grimaces de pantins.

Dans ces vains mouvemens, qu'on prend pour de la flamme,
N'allez point fur la fcène éparpiller votre ame.
Ces geftes embrouillés, toujours hors de faifon,
Ne font qu'un froid dédale où fe perd la raifon.

Un Acteur (1) a paru plein d'ame & de fineffe ;
Il fent avec chaleur, exprime avec jufteffe ;
Pour briller, pour féduire, il a mille fecrets ;
Et créa des moyens qu'on ne connut jamais.
Tranfportant dans fon jeu l'ivreffe de fon âge,
Il a fu des amans rajeunir le langage,
Des rôles langoureux anime la fadeur,
Fait fourire l'efprit, & fait parler au cœur.

M. Dorat.

N.° 75.

AMANT (l') *magnanime, voulant fe montrer digne*
des fentimens de fon Amante.

Non, non, je n'en crois rien. Je connois mieux, Madame,
Le beau feu que la gloire allume dans votre ame :
C'eft vous, je m'en fouviens, dont les puiffans appas
Excitoient tous nos Rois, les traînoient aux combats,

_____

(1) M. Molé a tous ces caractères.

L ij

Et de qui la fierté refufant de fe rendre,
Ne vouloit pour Amant qu'un vainqueur d'Alexandre (1).
Il faut vaincre, & j'y cours, bien moins pour éviter
Le titre de captif que pour le mériter.
Oui, Madame, je vais, dans l'ardeur qui m'entraîne,
Victorieux ou mort, mériter votre chaîne:
Et puifque mes foupirs s'expliquoient vainement,
A ce cœur que la gloire occupe feulement,
Je m'en vais, par l'éclat qu'une victoire donne,
Attacher de fi près la gloire à ma perfonne,
Que je pourrai peut-être amener votre cœur,
De l'amour de la gloire à l'amour du vainqueur.

Racine.

N.° 75 a.

AMANT (l') *du jour.*

N'AVOIR de l'Amour que les ailes;
Duper, en courant, mille belles;
En être la dupe, à fon tour;
Et mourir d'ennui tête à tête,
Pour faire chanter fa conquête;
C'eft-là l'Amant du jour.

Defmahis.

(1) Alexandre. *V.* N.° 48.

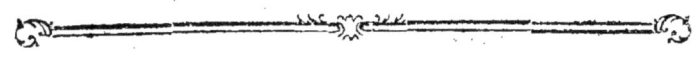

N.º 76.

AMANT (les plaintes d'un), *contre un bosquet.*

AGRÉABLES jardins, où les Zéphyrs (1) & Flore (2),
Se trouvent tous les jours au lever de l'aurore;
Lieux charmans, qui pouvez, dans vos sombres réduits,
Des plus tristes Amans adoucir les ennuis,
Cessez de rappeller, dans mon ame insensée,
De mon premier bonheur la gloire enfin passée.
Ce fut, je m'en souviens, dans cet antique bois
Que Philis m'apparut pour la première fois:
C'est ici que souvent dissipant mes alarmes,
Elle arrêtoit d'un mot mes soupirs & mes larmes;
Et que me regardant d'un œil si gracieux,
Elle m'offroit le Ciel ouvert dans ses beaux yeux.
Aujourd'hui cependant, injustes que vous êtes,
Je sais qu'à mes rivaux vous prêtez vos retraites,
Et qu'avec elle, assis sur vos tapis de fleurs,
Ils triomphent contens de mes vaines douleurs.

---

(1) Zéphyrs, vents dont le souffle doux & gracieux faisoient
naître les fleurs.
(2) Flore, V. N°. 14.

Allez, jardins dressés par une main fatale,
Tristes enfans de l'Art du malheureux Dédale (1),
Vos bois, jadis pour moi si charmans & si beaux,
Ne sont plus qu'un désert, refuge des corbeaux,
Qu'un séjour infernal, où cent mille vipères
Tous les jours en naissant assassinent leurs mères.

Boileau.

N.° 76 a.

AMANT (l') *heureux par supercherie. V.* la lettre A.
N.° 308 a.

N.° 77.

AMANT (l') *doublement trompé.*

D'Amour & de mélancolie,
Jadis Celamnus consumé,
En fontaine fut transformé;
Et qui boit de ses eaux, oublie
Jusqu'au nom de l'objet aimé:
Pour mieux oublier Égérie,
J'y courus hier vainement;
A force de changer d'amant,
L'infidelle l'avoit tarie.

Ferrand.

(1) Dédale étoit arrière-petit-fils d'Erecthée, Roi d'Athènes. Il fut le plus fameux Architecte & le plus habile Sculpteur de la Grèce.

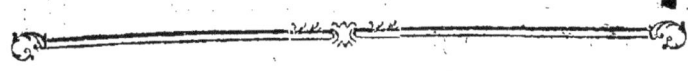

N.º 78.

AMANT (l') *abufé & défabufé en même temps.*

Tircis difoit un jour à la jeune Amarante ;
Ah! fi vous connoiffiez comme moi certain mal,
 Qui nous plaît & qui nous enchante ;
Il n'eft bien fous le Ciel qui vous parût égal :
 Souffrez qu'on vous le communique ;
 Croyez-moi, n'ayez point de peur ;
Voudrois-je vous tromper, vous pour qui je me pique
Des plus doux fentimens que puiffe avoir un cœur ?
 Amarante auffi-tôt replique ;
Comment l'appellez-vous ce mal ? Quel eft fon nom ?
L'Amour. Ce mot eft beau : dites-moi quelques marques
A quoi je le pourrai connoître ; que fent-on ?
Des peines près de qui le plaifir des Monarques
Eft ennuyeux & fade ; on s'oublie ; on fe plaît
 Toute feule en une forêt.
 Se mire-t-on près d'un rivage ?
Ce n'eft pas foi qu'on voit ; on ne voit qu'une image
Qui fans ceffe revient, & qui fuit en tous lieux ;
 Pour tout le refte on eft fans yeux.
 Il eft un berger du village

Dont l'abord , dont la voix , dont le nom fait rougir:
     On foupire à fon fouvenir ;
On ne fait pas poùrquoi ; cependant on foupire ;
On a peur de le voir , encor qu'on le défire.
     Amarante dit à l'inftant
Oh! oh! c'eft-là ce mal que vous me prêchez tant ?
Il ne m'eft pas nouveau ; je penfe le connoître.
     Tircis à fon but croyoit être ,
Quand la belle ajouta ; voilà tout juftement
     Ce que je fens pour Clidamant.

La Fontaine.

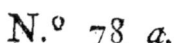

N.º 78 a.

AMANT (à l') trop crédule.

Quoi! tu gémis d'une inconftance ;
Tu pleures, nouveau Céladon?
Ah! le trouble de ta raifon
Fait honte à ton expérience.
Es-tu donc affez imprudent
Pour vouloir fixer une femme ?
Trop fimple & trop crédule Amant ,
Qu'elle erreur aveugle ton ame?
Tu fixerois plus aifément
Le fouffle du zéphyr volage ,

Les flots agités par l'orage,
Et l'or ondoyant des moiſſons,
Quand les rapides aquilons
Gliſſant du ſommet des montagnes
Sur les richeſſes des vallons,
Sifflent en raſant les campagnes.
Elle t'aimoit de bonne foi ;
Mais pouvoit-elle aimer ſans ceſſe?
Un rival obtient ſa tendreſſe ;
Un autre l'avoit avant toi ;
Et dès demain, je le parie,
Un troiſieme plus inſenſé
Remplacera dans ſa folie
L'imprudent qui t'a remplacé.
Il faut dans les jeux de Cythère
A frippon, frippon & demi :
Trahis pour n'être point trahi ;
Préviens même la plus légère ;
Que la tendreſſe paſſagère
S'arrête où commence l'ennui ;
Donne tes ſens, retiens ton ame.
Tout s'uſe, tout finit un jour :
L'amour doit finir à ſon tour, ·
Et ſur-tout un amour de femme.

M. le Chev. de Parny.

N.° 79.

AMANT (l') *renvoyé.*

DE quel poids on est soulagé,
Lorsque l'on perd une Maîtresse !
Enfin, amis, le charme cesse ;
Je suis heureux, j'ai mon congé.
Tout m'amuse, & rien ne me lie ;
Il faut pourtant en convenir ;
Laïs est jeune : elle est jolie.
C'est pour cela que je l'oublie ;
On risque à s'en ressouvenir.

❋

Que je hais ce front, où respire
L'intéressante volupté !
Cet art de tromper, de séduire,
Si semblable à la vérité ;
Et sa folie & sa gaieté ;
Et le charme de son sourire !

❋

Que je dédaigne, que je hais
Cette flottante chevelure,

Qui sert de voile à ses attraits,
Où bien qui leur sert de parure !
Ce sein qu'amour fait embéllir,
Qui s'enfle, s'élève ou s'abaisse,
Au moindre souffle du désir ;
Où la rose semble fleurir,
Sous la bouche qui la caresse ;
Ses caprices qui font des loix ;
Ce feu, dont son œil étincelle,
Et les sons touchans de sa voix,
Qui jure une ardeur éternelle
A cinquante Amans à la fois !...

Je la déteste, je l'abhorre :
Mais c'est trop m'en entretenir ;
Car, à force de la haïr,
Je pourrois bien l'aimer encore.

M. Dorat.

N.º 80.

AMANT (l') *passionné*.

UN feu séditieux
Brûle au fond de mon ame,
Et d'une humide flamme
Fait pétiller mes yeux.
D'un poison que j'ignore
Mon sang est allumé,
Et des feux du Centaure (1)
Hercule (2) consumé
Languissoit moins encore
Que mon cœur enflammé.

Rousseau.

(1) Centaure, monstre de Thessalie, demi-homme & demi-cheval, né du commerce d'Ixion avec la Nuée, que Jupiter avoit mise à la place de Junon.

(2) Hercule étoit fils de Jupiter & d'Alcmene. On le regardoit comme le Dieu de la force. Il alloit toujours par voies & par chemins, & avoit des femmes de tous les côtés : il ordonna lui-même le bûcher sur lequel il se résigna de consumer.

N.º 81.

AMANT (langage d'un) *triomphant.*

ENFIN cette Beauté m'a la place rendue,
Qu'elle avoit contre moi si long-temps défendue :
Mes vainqueurs sont vaincus ; ceux qui m'ont fait la loi,
  La reçoivent de moi.

Malherbe.

N.º. 82.

AMANT (l'entretien d'un) *qui voit les approches du*
départ de sa maîtresse.

*AU moins si je voyois cette fière Beauté,
Préparant son départ, cacher sa cruauté
Dessous quelque tristesse, ou feinte, ou véritable,
L'espoir, qui volontiers accompagne l'amour,
Soulageant ma langueur, la rendroit supportable,
Et me consoleroit jusques à son retour.

Malherbe.

N.º 82 a.

AMANT (l') *difficile & délicat.*

J'ESPÈRE que Vénus ne s'en fâchera pas :
Assez peu de beautés m'ont paru redoutables ;
  Je ne suis pas des plus aimables,
  Mais je suis des plus délicats.
 J'étois dans l'âge où règne la tendresse,
  Et mon cœur n'étoit point touché.
Quelle honte ! il falloit justifier sans cesse
  Ce cœur oisif qui m'étoit reproché !
Je disois quelquefois : » Qu'on me trouve un visage,
Dont la beauté soit vive, & dont l'air vif soit sage,
Où règne une douceur dont on soit attiré,
Qui ne promette rien, & qui pourtant engage,
  Qu'on me le trouve, & j'aimerai.
 Ce qui seroit encor bien nécessaire,
Ce seroit un esprit qui pensât finement,
  Sans prétendre à ce caractère ;
Qui, pour être sans art, n'eût que plus d'agrément ;
  Un peu timide seulement ;
Qui ne pût se montrer ni se cacher sans plaire :
  Qu'on me le trouve, & je deviens amant.

On n'eſt pas obligé de garder de meſure
 Dans les ſouhaits qu'on peut former :
 Comme en aimant je prétends eſtimer,
Je voudrois bien encore un cœur plein de droiture,
 Une vertu naïve & pure ;
 Qu'on me la trouve, & je promets d'aimer «.
Par ces conditions j'effrayois tout le monde,
Chacun me promettoit une paix ſi profonde,
 Que j'en étois moi-même embarraſſé :
  Je ne voyois point de Bergère
   Qui, d'un air courroucé,
  Ne m'envoyât à ma chimère.
Je ne fais cependant comme l'Amour a fait,
Il faut qu'il ait long-temps médité ſon projet ;
Mais enfin, il eſt ſûr qu'il m'a trouvé Clarice,
Semblable à mon idée, ayant les mêmes traits,
 Pour moi, je crois qu'il me l'a faite exprès :
 Oh ! que l'Amour a de malice !
      Fontenelle.

N.º 83.

AMANT (l') *bien différent des autres.*

*JE t'aimerois bien moins si tu m'étois fidelle ,
Moins de conformité nous uniroit tous deux :
Le Ciel entre frippons forme d'aimables nœuds ,
   Dont la durée est éternelle.
   L'Amour, cet enfant libertin ,
   Hait tout ce qui sent le ménage :
   Sa mère, pour être volage ,
   Ne perd rien de son air divin.
Ce Dieu qui sur mon cœur n'employa d'autres armes
   Que les seuls traits de ta beauté ,
   Parmi la foule de tes charmes ,
Prendra soin de cacher ton infidélité ,
Qui n'a pu jusqu'ici te rendre moins aimable :
Et ne crains pas ainsi de te rendre coupable.

L'Abbé de Chaulieu.

N.º 84.

N.° 84.

AMANT (les plaintes d'un) *trahi.*

BEAUX lieux, confidens de ma peine,
Et feuls témoins de mes plaifirs,
Qui venez rappeller de tendres fouvenirs
Pour cette aimable Célimène
Hélas ! vous ignorez que l'ingrate a changé !
Clairs ruiffeaux, fombres bois, qui la vîtes fidelle,
Ceffez de retracer à mon cœur affligé,
L'image d'une ardeur & fi vive & fi belle.
Et vous, Échos, retenez vôtre voix,
Ne me répétez plus le nom de l'infidelle,
Ou que ce foit du moins pour la dernière fois.

L'Abbé de Chaulieu.

N.° 85.

AMANT (l') *réfléchi & délicat.*

L'ESPRIT, Damon, l'efprit a des attraits
Plus brillans & plus forts que ceux de la perfonne :
Eux feuls à la beauté mettent les derniers traits ;
Et ces charmes vainqueurs, c'eft l'âge qui les donne.

M

Conviens donc qu'en ce point mon goût eſt des meilleurs,
Jeune comme je ſuis, & ſans expérience,
J'ai beſoin de choiſir une beauté qui penſe,
     Et qui dirige mes ardeurs.
Mon ame d'un feu pur veut goûter les douceurs,
     Et ſe polir par la tendreſſe.
L'Amour qui nous inſtruit & qui forme nos cœurs,
Devient une vertu, loin d'être une foibleſſe ;
Et l'on doit tous les jours ſes plus tendres erreurs
     Au choix d'une Maîtreſſe.
Boiſſy.

N.° 86.

AMANT (l') *délicat, dépeint par main de Maître.*

   Quel berger ! il eſt du caractère
Dont un Amant m'eût plu, ſi j'euſſe été Bergère :
Il ne connoît nul art, en aimant, que d'aimer,
Son cœur ne fut jamais trop prompt à s'enflammer ;
Il aime, mais forcé par les yeux d'une belle,
Et ſon amour devient un triomphe pour elle :
Le bonheur d'être aimé n'eſt pour lui qu'un bonheur ;
Il en ſent le plaiſir ; il renonce à l'honneur ;
Il n'en prend pas le droit d'augmenter ſon audace,
Les faveurs qu'on lui fait ſont toujours une grace.
Fontenelle.

N.º 87.

AMANT (remontrance d'un) *courroucé.*

L'IMPLACABLE Junon (1), la terrible Médée (2),
  En proie aux mouvemens jaloux
  Dont vous êtes fi poſſédée,
Ont fait trembler, frémir leurs amans, leurs époux.
Liſez de leurs fureurs l'hiſtoire déplorable,
  Liſez-là, pour en profiter.
L'une s'eſt fait haïr, & l'autre redouter :
Mais, pour ſe faire aimer, il faut ſe rendre aimable.

Bellocq.

N.º 88.

AMANT (l') *content.*

MA ſituation change, & n'eſt plus la même ;
Elle anime mes yeux, mon eſprit, & ma voix,
Et je me trouve alors dans un état que j'aime.
Qu'il eſt doux ! ah ! Nadine ; en effet, je joüis
Du bonheur que je crois le plus grand de la vie :

---

(1) Junon. *V.* N.º 25.
(2) Médée étoit fille d'Aëtès, Roi de Colchide, & d'Hécate ; on
la regardoit comme une fameuſe Enchantereſſe.

Dans ces momens, toujours trop tôt évanouis ;
L'avenir, le paffé, tout fe perd & s'oublie.
Mes chagrins font fi bien détruits ou fufpendus,
Qu'il ne me fouvient pas d'en avoir jamais eûs.

La Chauffée.

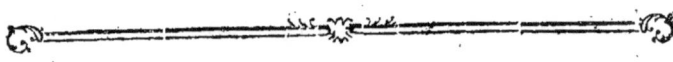

N.° 89.

AMANT (l'état d'un) *éloigné de l'objet de fes feux.*

UN efprit amoureux, abfent de ce qu'il aime,
Par fa mauvaife humeur fait trop voir ce qu'il eft ;
Toujours morne, rêveur, trifte, tout lui déplaît.
A tout autre propos qu'à celui de fa flamme,
Le filence à la bouche, & le chagrin dans l'ame,
Son œil femble à regret nous donner fes regards,
Et les jette à la fois fouvent de toutes parts :
Ainfi fa fonction confufe, ou mal guidée,
Le ramène en foi-même, & ne voit qu'une idée.
Mais auprès de l'objet qui poffède fon cœur,
Ses efprits ranimés reprennent leur vigueur.

P. Corneille.

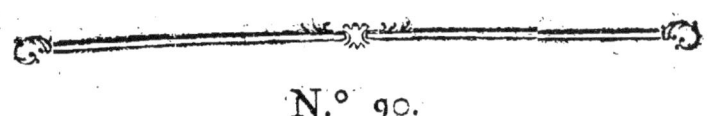

N.° 90.

AMANT (l') *qui invoque la raison. V.* la lettre R.
N.° 2603 *a.*

N.° 91.

AMANT (l') *peu clair-voyant.*

IMPITOYABLE loi d'un sexe malheureux,
 Devoir cruel qui m'oblige au silence,
Que tu me fais souffrir de tourmens rigoureux !
 Tircis se plaint de mon indifférence ;
Hélas ! que ce Berger a peu d'expérience,
 S'il savoit lire dans mes yeux,
Il verroit bien qu'il est plus heureux qu'il ne pense.

Madame Dreuillet.

N.° 92.

AMANT (langage d'un) *heureux.*

HEUREUX qui, près de toi, pour toi feule foupire,
Qui jouit du plaifir de t'entendre parler !
Qui te voit quelquefois doucement lui fourire,
Les Dieux dans fon bonheur peuvent-ils l'égaler ?

Boileau.

N.° 93.

AMANT (l'état d'un) *auprès de l'objet de fes feux.*

JE fens de veine en veine une fubtile flamme
Courir par-tout mon corps , fi-tôt que je te vois ;
Et dans les doux tranfports où s'égare mon ame ,
Je ne faurois trouver de langue ni de voix.

Boileau.

N.° 94.

AMANT (le triomphe d'un).

Iris s'est rendue à ma foi :
Qu'eût-elle fait pour sa défense ?
Nous n'étions que nous trois, elle, l'Amour & moi ;
L'Amour étoit d'intelligence.

L'Abbé Cottin.

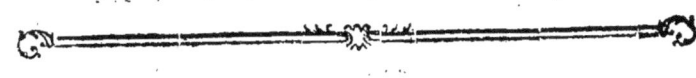

N°. 95.

AMANT (entretien d'un) *vivement épris, & forcé de combattre sa passion.*

Moi, dompter mon amour, quand j'aime avec fureur !
Ah ! ce cruel effort est-il fait pour mon cœur ?
Avant que le repos puisse entrer dans mon ame,
Avant que ma raison puisse étouffer ma flamme,
Combien faut-il encor aimer, se repentir,
Désirer, espérer, désespérer, sentir,
Embrasser, repousser, m'arracher à moi-même,
Faire tout, excepté d'oublier ce que j'aime !

Colardeau.

M iv

N.º 96.

AMANT (l') *cauftique.*

QUELQUE fouris, quelque regard,
Quelque petite agacerie,
Belles, fous vos loix, tôt ou tard,
Nous font faire quelque folie.
Vous nous caufez quelque fouci:
Mais fouvent il arrive auffi
Que quelques foins, quelques promeffes,
Quelques fermens d'un fin matois,
Sont caufe de quelques foibleffes
Dont vous foupirez quelques mois.

Pannard.

N.º 97.

AMANT (l') *heureux par rufe.*

SUR la fin d'un beau jour, au bord d'une fontaine,
Corilas, fans témoins, entretenoit Ifmène :
Elle aimoit en fecret; & fouvent Corilas
Se plaignoit des rigueurs qu'on ne lui marquoit pas.
» Soyez content de moi, lui difoit la Bergère;
» Tout ce qui vient de vous eft en droit de me plaire.

» J'écoute avec transports les airs que vous chantez:

» J'aime à garder les fleurs que vous me préfentez.

» Si vous avez écrit mon nom fur quelque hêtre,

» Aux traits de votre main j'aime à vous reconnoître.

» Pourriez-vous bien encor ne vous pas croire heureux?

» Mais n'ayons point d'amour; il eft trop dangereux.

» Je veux bien vous promettre une amitié plus tendre,

» Que ne feroit l'amour que vous pourriez prétendre:

» Nous pafferons nos jours dans nos doux entretiens,

» Vos troupeaux me feront auffi chers que les miens.

» Si de vos fruits pour moi vous cueillez les prémices,

» Vous aurez de ces fleurs dont je fais mes délices.

» Notre amitié, peut-être, aura l'air amoureux:

» Mais n'ayons point d'amour; il eft trop dangereux.

» Dieux! difoit le Berger, quelle eft ma récompenfe!

» Vous ne me marquerez aucune préférence?

» Avec cette amitié, dont vous flattez mes maux,

» Vous vous plairez encore aux chants de mes rivaux.

» Je ne connois que trop votre humeur complaifante;

» Vous aurez avec eux la douceur qui m'enchante,

» Et ces vifs agrémens, & ces fouris flatteurs

» Que devroient ignorer tous les autres Pafteurs.

» Ah! plutôt mille fois...

                 » Non, non, répondit-elle.

» Ifmene à vos yeux feuls voudra paroître belle.

» Ces légers agrémens que vous m'avez trouvés,

» Ces obligeans fouris, vous feront réfervés.

» Je n'écouterai point, sans contrainte & sans peine,

» Les chants de vos rivaux, fussent-ils pleins d'Ismène :

» Vous serez satisfait de mes rigueurs pour eux;

» Mais n'ayons point d'amour; il est trop dangereux.

» Eh bien! reprenoit-il, ce sera mon partage,

» D'avoir sur mes rivaux quelque foible avantage :

» Vous savez que leurs cœurs vous sont moins assûrés,

» Moins acquis que le mien, & vous me préférez.

» Tout autre l'auroit fait; mais enfin dans l'absence,

» Vous n'aurez de me voir aucune impatience;

» Tout vous pourra fournir un assez doux emploi,

» Et vous trouverez bien la fin des jours sans moi.

» Vous me connoissez mal, ou vous feignez peut-être,

» Dit-elle tendrement, de ne me point connoître.

» Croyez-moi, Corilas, je n'ai point le bonheur

» De regretter si peu ce qui flattoit mon cœur.

» Vous partîtes d'ici quand la moisson fut faite,

» Et, qui ne s'apperçut que j'étois inquiète?

» La jalouse Doris, pour me le reprocher,

» Parmi trente Pasteurs, vint exprès me chercher.

» Que j'en sentis contre elle une vive colère!

» On vous l'a raconté, n'en faites point mystère :

» Je sais combien l'absence est un temps rigoureux;

» Mais n'ayons point d'amour; il est trop dangereux «.

Qu'auroit dit davantage une Bergère Amante?

Le mot d'amour manquoit; Ismene étoit contente :

A peine le Berger en efpéroit-il tant ;
Mais, fans le mot d'*amour*, il n'étoit pas content.
Enfin, pour obtenir ce mot qu'on lui refufe,
» Il fonge à fe fervir d'une innocente rufe :
» Il faut vous obéir, Ifmene ; & dès ce jour,
» Dit-il, en foupirant, ne plus parler d'amour.
» Puifqu'à votre repos l'amitié ne peut nuire,
» A la fimple amitié mon cœur va fe réduire :
» Mais la jeune Doris, vous n'en fauriez douter,
» Si j'étois fon Amant, voudroit bien m'écouter.
» Ses yeux m'ont dit cent fois : Corilas, quitte Ifmène ;
» Viens ici, Corilas ; qu'un doux efpoir t'amène.
» Mais les yeux les plus beaux m'appelloient vainement,
» J'aimois Ifmène alors comme un fidèle Amant.
» Maintenant cet Amant que votre cœur rejette,
» Ces foins trop empreffés, cette ardeur inquiète,
» Je les porte à Doris, & je garde pour vous
» Tout ce que l'amitié peut avoir de plus doux.
» Vous ne me dites rien « ? Ifmene à ce langage
Demeuroit interdite, & changeoit de vifage.
Pour cacher fa rougeur, elle voulut en vain
Se fervir avec art d'un voile, ou de fa main :
Elle n'empêcha point fon trouble de paroître ;
Et quels charmes alors le Berger vit-il naître ?
» Corilas, lui dit-elle, en détournant les yeux,
» Nous devions fuir l'amour, & ç'eût été le mieux ;

» Mais puifque l'amitié vous paroît trop paifible,
» Qu'à moins que d'être Amant vous êtes infenfible,
» Que la fidélité n'eft chez vous qu'à ce prix,
» Je m'expofe à l'Amour, & n'aimez point Doris «.

Fontenelle.

N.° 8.

AMANT (l') *fier & généreux.*

JE croyois être aimé, Madame, & votre Maître,
Soupirant à vos pieds, devoit s'attendre à l'être :
Vous ne m'entendrez point, Amant foible & jaloux,
En reproches honteux éclater contre vous;
Cruellement bleffé, mais trop fier pour me plaindre,
Trop généreux, trop grand pour m'abaiffer à feindre,
Je viens vous déclarer que le plus froid mépris
De vos caprices vains fera le digne prix.
Ne vous préparez point à tromper ma tendreffe,
A chercher des raifons, dont la flatteufe adreffe
A mes yeux éblouis colorant vos refus,
Vous ramène un Amant qui ne vous connoît plus;
Et qui, craignant fur-tout qu'à rougir on l'expofe,
D'un refus outrageant veut ignorer la caufe.
Madame, c'en eft fait, une autre va monter
Au rang que mon amour vous daignoit préfenter;

Une autre aura des yeux, & va du moins connoître
De quel prix mon amour & ma main devoient être.
Il pourra m'en coûter ; mais mon cœur s'y réſout :
Apprenez qu'Oroſmane eſt capable de tout ;
Que j'aime mieux vous perdre, & loin de votre vue
Mourir déſeſpéré de vous avoir perdue,
Que de vous poſſéder ; s'il faut qu'à votre foi
Il en coûte un ſoupir qui ne ſoit pas pour moi.

M. de Voltaire.

N.º 99.

AMANT (l') *prudent & jaloux de ſes intérêts.*

Chargés de ſecrets amoureux,
   Nos regards ſeuls doivent ſe lire ;
Imprudente ; & pourquoi demander que ma lyre
   Soit confidente de nos feux ?
Dérobons aux jaloux un folâtre délire ;
   Le bel eſprit eſt dangereux.
   Apollon (1), par un ſort funeſte,
Vit toujours Cythérée (2) indocile à ſes vœux ;

---

(1) Apollon. *V.* N.º 25.
(2) Cythérée, ou Cythéréa, ſurnom donné à Vénus, étoit de
de l'Iſle de Cythère : elle fut inſenſible aux feux d'Apollon.

Il vît Daphné (1) farouche à ses tendres aveux :
Fugitive, elle échappe à l'Amour qu'il atteste.
Il la suit ; il la presse ; il baisoit ses cheveux....
Le myrthe disparoît ; un vain laurier lui reste.
Amour, volage Amour, les revers sont tes jeux :
Qui chante le bonheur, perd l'instant d'être heureux ;
Peu savent allier les graces & la rime ;
Corneille avoit peu l'art d'être aimable & sublime :
Racine l'eut en vain ; Racine eut un rival ;
Un mortel éclipsa cet immortel génie :
Peut-être qu'en amour l'esprit même est fatal.
Ah ! le cœur est si loin d'aimer ce qu'il admire !
Le caprice est toujours si près de la beauté !
Une belle à nos vers sourit par vanité ;
Dans ce miroir flatteur la coquette se mire,
Et préfère en secret, au talent respecté,
Un stupide élégant, de parfums infecté.
Le Dieu (2) des vers, tu le sais, ma Thémire,
    Est le Dieu qui répand le jour ;
Cent fois il a trahi les mystères d'amour.
Les vers sont indiscrets ; ils aiment à paroître ;
Un secret mis en vers cesse bientôt de l'être.

---

(1) Daphné, Nymphe de la montagne de Delphes, dont Apollon prit possession ; mais il ne put se faire aimer de la Nymphe.
(2) Dieu des vers, Apollon.

Mais on dit qu'Apollon rend l'amour plus charmant,
Vante moins de fon art le frivole agrément:
L'ame ne s'écrit point; les rimes cadencées
Voilent d'un faux éclat fes naïves penfées:

    Orner l'amour, c'eft le trahir;
Lui-même eft fa parure; on ne peut l'embellir;
La candeur n'eft qu'un fard du moment qu'elle eft peinte.
L'ame perd de fes feux, même en les exprimant;

    L'amour s'évapore en rimant.
L'efprit n'eft pas fans art, & nul art n'eft fans feinte.
Ma Thémire, fuyons ce perfide ornement,
Tout l'art du tendre amour eft de n'en point connoître;
Un foupir dit affez les flammes qu'il fait naître.
Oui, de nos cœurs émus le doux faififfement
Nous peint mieux que les vers un tendre égarement.
Que les eaux d'Hélicon (1) ne mêlent point leurs glaces

    Avec les feux du fentiment:
    Le fein de Thémire, ou des Graces,
    Eft le Parnaffe d'un Amant.
Au Pinde (2) fi vanté je préfère Amathonte (3),
Retraite des Amours embellis par tes yeux;

    Et quoiqu'Apollon nous raconte

---

(1) Hélicon, ancien nom d'une montagne de Béotie, entre le Mont-Parnaffe & le Mont-Chiron: c'étoit le féjour des Mufes & d'Apollon.

(2) Pinde, montagne de la Grece. entre l'Épire & la Theffalie, confacrée à Apollon & aux Mufes.

(3) Amathonte, ville de l'Ifle de Chypre, où Vénus étoit honorée.

Ses grottes, fes gazons, fes bois myftérieux,

 De ce laurier victorieux,

De la Parque (1) & des temps que fa feuille furmonte ;

 Fût-ce l'arbre de Jupiter (2),

 Thémire, il céderoit fans honte

Aux myrtes de Vénus (3), fi le myrte t'eft cher.

Le Brun.

N.º 100.

AMANT (le choix d'un).

Iris, que le Ciel fit pour plaire,

Apprends que le choix d'un Amant

Eft une délicate affaire,

Qui veut bien du difcernement.

❦

 L'un eft jaloux, l'autre eft volage :

On voit par-tout des indifcrets,

Et fouvent tel qui vous engage,

Vous prépare de longs regrets.

---

(1) Parque, une des trois Maîtreffes abfolues du fort & de la deftinée des hommes.

(2) Jupiter. *V.* N.º 33.

(3) Vénus. *V.* N.º 14.

Quand

Quand on place mal sa tendresse,
Qu'Amour fait souffrir sous sa loi !
De ton cœur sois toujours maîtresse,
Ou n'en dispose que pour moi.

Le Brun.

Nº. 101.

AMANT (l') *content.*

L'Amour sous sa loi (1)
N'a jamais eu d'Amant plus heureux que moi.
Béni soit son flambeau,
Son carquois, son bandeau !
Je suis amoureux,
Et le Ciel ne voit point d'Amant plus heureux.

Mes jours & mes nuits
Ont bien peu de repos, & beaucoup d'ennuis :
Je me meurs de langueur ;
J'ai le feu dans le cœur ;
Je suis amoureux,
Et le Ciel ne voit point d'Amant plus heureux.

(1) Comme on ne compose plus de vers de cinq ni d'onze syllabes, les lettres S. & Y. renverront à ce numéro pour exemple.

N

Mortels déplaisirs,
Qui venez traverser mes justes désirs !
Je ne crains point vos coups ;
Car enfin, malgré vous,
Je suis amoureux,
Et le Ciel ne voit point d'Amant plus heureux.

A tous ses martyrs,
L'amour donne en leurs maux de secrets plaisirs :
Je chéris ma douleur ;
Et dedans mon malheur
Je suis amoureux,
Et le Ciel ne voit point d'Amant plus heureux.

Les yeux qui m'ont pris
Payeroient tous mes maux avec un souris.
Tous leurs traits me sont doux ;
Même dans leur courroux
Je suis amoureux,
Et le Ciel ne voit point d'Amant plus heureux.

Cloris eut des Cieux,
En naissant, la faveur & l'amour des Dieux.
Je la veux adorer ;
Et sans rien espérer

J'en fuis amoureux,
Et le Ciel ne voit point d'Amant plus heureux.

⁂

Souvent le dépit
Peut bien, pour quelque temps, changer mon efprit.
Je maudis fa rigueur ;
Mais au fond de mon cœur
Je fuis amoureux,
Et le Ciel ne voit point d'Amant plus heureux.

⁂

Étant dans les fers
De la belle Cloris, je chantai ces vers ;
Maintenant d'un fujet
Mille fois plus parfait
Je fuis amoureux,
Et le Ciel ne voit point d'Amant plus heureux.

⁂

La feule beauté
Qui foit digne d'amour, tient ma liberté ;
Et je puis déformais
Dire mieux que jamais,
Je fuis amoureux,
Et le Ciel ne voit point d'Amant plus heureux.

Voiture.

N ij

N.º 102.

AMANT (l') *guéri de sa passion.*

SANS dépit, sans légèreté,
Je quitte une Amante volage,
Et je reprends ma liberté,
Sans regretter mon esclavage.

Ce matin j'ai cueilli des fleurs,
Sans faire un bouquet à Lisette ;
J'ai déjà quitté ses couleurs,
Je vais lui rendre sa houlette.

Sans rougir, j'ai vu sous l'ormeau
Silvandre aux pieds de l'infidelle ;
J'ai joué sur mon chalumeau
L'air que Silvandre a fait pour elle.

Je ne fais plus dans nos vallons
Retentir le nom de Lisette ;
Je veux lui dire les chansons
Que je ferai pour Timarette.

Si quelquefois dans le fommeil
Ses faveurs me font retracées,
Elle n'eft plus à mon réveil
La première de mes penfées.

Je ne viendrai plus en ces lieux
Refpirer l'air qu'elle refpire ;
Je ne cherche plus dans fes yeux
Ce que je dois penfer ou dire.

Lifette a perdu plus que moi ;
J'étois tendre, elle étoit coquette :
Lifette m'a manqué de foi ;
Non, non, je n'aime plus Lifette.

De Saint-Lambert.

N.º 103.

AMANT (l') *confolé.*

Pour cacher fon inquiétude
Et fe plaindre à loifir du deftin rigoureux,
　Qui l'éloignoit de l'objet de fes vœux,
Le Berger Alexis cherchoit la folitude,

N iij

Lorsque l'Amour parut, l'Amour ce Dieu charmant
 (Non celui que le crime honore).
Me voici, lui dit-il : au feu qui te dévore,
  J'apporte du soulagement.
  Malgré la fatale distance
   Qui sépare vos deux cœurs,
  L'objet dont tu pleures l'absence,
  Peut être témoin de tes pleurs.
Pour adoucir les maux de ton ame inquiète,
  Écoute l'avis que je prête
  A ceux qui vivent sous mes loix :
  Que ta main soit ton interprète,
  Et que cette toile muette
  Fasse l'office de ta voix.
  Voulant récompenser le zèle
  De cet amant tendre & constant,
   L'Amour dit ; & de son aile
  Il tire une plume à l'instant ;
   Par sa flèche il la divise,
   Avec sa pointe il l'aiguise ;
   Le sacrifice étoit beau.
  Il fait bien plus ; sa main déchire,
  Et lui présente, pour écrire,
   La moitié de son bandeau.
Le sensible Alexis comprenant sa pensée,
La lettre de mon sang, dit-il, sera tracée ;

Le fang coule en effet, & l'Amour applaudit ;
Il y trempe la plume, il la prend, il écrit,
Et fes doigts, parcourant cette bande légère,
Tracent de fon amour le fanglant caractère.
La lettre part ; l'Amour en eft le meffager,
Rapporte la réponfe au fidèle Berger ;
Va, revient plufieurs fois, par un bienfait fuprême,
 Entre ce couple abfent, qui s'aime,
 Et dont l'Amour refferra les liens :
 Ainfi l'Amour voulut lui-même
 Nourrir ces tendres entretiens.

Anonyme.

N.º 104.

AMANT (l') *raifonnable*.

Qu'IMPORTE à mes tendres défirs,
Qu'Iris foit coquette ou fincère ?
Tout ce qui m'offre des plaifirs,
N'eft-il pas en droit de me plaire ?

✿

 Pourquoi dans nos amufemens
Chercher tant de délicateffe ?
L'erreur nourrit nos fentimens,
Souvent la vérité les bleffe.

N iv

L'Amour n'eſt qu'une fiction,
Une fable aimable & légère,
Heureux qui, ſans réflexion,
Peut ſe prêter à ſa chimère !

❀

Il faut un peu d'obſcurité
Dans le commerce de Cythère (1).
On ceſſeroit d'être enchanté,
Si l'on en perçoit le myſtère.

❀

Une Belle eſt comme une fleur
Dont on chérit la découverte ;
Si-tôt qu'elle ouvre trop ſon cœur,
Elle nous annonce ſa perte.

❀

De l'art ſéduiſant de charmer,
On ne m'entendra pas me plaindre :
Qu'importe, qu'on ſache m'aimer ?
Pourvu qu'on ſache l'art de feindre.

❀

Lorſqu'à demander du retour
Une Beauté daigne deſcendre,
Ce ſont les ordres de l'Amour,
On gagne toujours à s'y rendre.

---

(1) Cythère. *V.* N.º 104.

Que ce soit feinte ou sentiment,
Il n'est pas moins doux d'y souscrire.
Est-il un destin plus charmant,
Que de croire ce qu'on désire ?

D'un bien qui peut nous rendre heureux,
Saisissons la douce apparence ;
Pourquoi du malheur de nos feux
Chercher la funeste assûrance ?

Une heureuse crédulité
Sait rendre au cœur, avec usure,
Les douceurs qu'à la vanité
Pourroit dérober l'imposture.

Du plaisir qui peut nous charmer,
Le cœur a la source en lui-même : .
On se plaît à se faire aimer ;
On n'est heureux que quand on aime.

Si l'Amour n'a de vrais plaisirs
Qu'autant que ce Dieu nous enflamme ;
Qui fait amuser mes désirs,
Suffit au bonheur de mon ame.

Vin.

N.º 105.

AMANT(l') *généreux. V.* la lettre A. N.º 98.

M. de Voltaire.

N.º 106.

AMANT (tableau d'un) *admirant le portrait de sa Maîtresse.*

*ON se l'imagine en effet,
Tout languissant & tout défait,
Qui gémit & soupire aux pieds de cette image;
Il contemple son beau visage;
Il admire ses mains; il adore ses yeux;
Il idolâtre tout l'ouvrage.
Puis, comme si l'amour le rendoit furieux,
On l'entend s'écrier : Que cette image est belle!
Mais! que la Belle même est bien plus belle qu'elle!
Le Peintre n'a bien imité
Que son insensibilité.*

Racine.

N.° 107.

AMANTE (les reproches d'une) *défefpérée.*

J'Ai dédaigné pour toi les vœux de tous nos Princes;
Je t'ai cherché moi-même au fond de tes Provinces;
J'y fuis encor, malgré tes infidélités;
Et malgré tous mes Grecs, honteux de mes bontés,
Je leur ai commandé de cacher mon injure :
J'attendois en fecret le retour d'un parjure.
J'ai cru que tôt ou tard, à ton devoir rendu,
Tu me rapporterois un cœur qui m'étoit dû :
Je t'aimois inconftant; qu'aurois-je fait fidèle?
Et même, en ce moment, où ta bouche cruelle
Vient fi tranquillement m'annoncer le trépas,
Ingrat, je doute encor fi je ne t'aime pas.

Racine.

N.º 108.

AMANTE (la) *véritable.*

Titus (1), ah! plût au Ciel, que sans blesser ta gloire,
Un rival plus puissant voulut tenter ma foi,
Et pût mettre à mes pieds plus d'empires que toi;
Que de sceptres sans nombre il pût payer ma flamme;
Que ton amour n'eût rien à donner que ton ame!
C'est alors, cher Titus, qu'aimé victorieux,
Tu verrois de quel prix ton cœur est à mes yeux.

Racine.

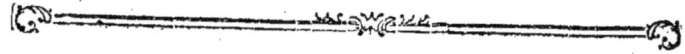

N.º 108 *a.*

AMANTE (conseils sur le choix d'une).

Toi dont le cœur est né pour la tendresse,
Conçois tout l'art du choix d'une Maîtresse.
Il veut des soins ingénieux, constans.
Cherche, étudie, & les lieux & les temps.

---

(1) Titus, Empereur vertueux & vaillant, étoit fils aîné de Vespasien. Il finit la guerre de Judée par la prise de Jérusalem : il eut le surnom de Délices du genre humain, pour sa grande clémence, sa libéralité & sa douceur.

Compare, *oppofe*, & vois d'un œil auftère,

L'âge, les goûts, l'ame & le caractère :

A tes regards mille objets font offerts ;

Choifis : mais, Dieux !.. fe choifit-on des fers ?

A-t-on le temps de chercher & d'élire ?

Raifonne-t-on ? L'Amour eft un délire.

L'oifeau qu'en l'air un chaffeur a bleffé,

A-t-il pu voir le trait qu'on a lancé ?

Les traits d'Amour font encor plus rapides :

Son bras caché frappe fes coups perfides.

Il rit d'un cœur vainement étonné ;

Le matin libre, & le foir enchaîné.

Le Ravifleur (1) qui mit Pergame (2) en poudre,

De cet Amour fentit le coup de foudre :

Didon (1) brûla d'auffi rapides feux.

Ceux dont le Ciel maîtrife ainfi les vœux,

N'ont pour aimer, aucune étude à faire :

Mais, par mes loix, je leur enfeigne à plaire.

Bernard.

---

(1) L'enlèvement d'Hélène par Pâris.

(2) Pergame, c'étoit le nom de la citadelle de Troye.

(3) Didon, fe nommoit encore Élife : elle étoit fille de Methrès ou Bellus II, Roi des Tyriens. Pygmalion fon frère fit mourir Sicharbas fon mari, afin de fe mettre en poffeffion de fes richeffes. Elle prit la fuite pour éviter les cruautés de fon frère : elle rencontra Énée, fils de Vénus & d'Anchife, dont elle devint éperdument amoureufe.

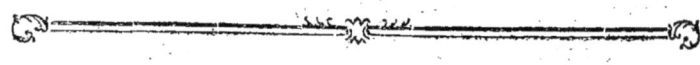

N.º 109.

AMANTE (les fentimens de la véritable

APPRENONS l'art d'aimer, de plaire tour à tour ;
Ne cherchons, en un mot, que l'amour dans l'amour.
Que le plus grand des Rois defcende de fon Trône,
Vienne mettre à mes pieds fon fceptre & fa Couronne,
Et que m'offrant fa main, pour prix de mes attraits,
Son amour faftueux me place fous le dais ;
Alors on me verra préférer ce que j'aime
A l'éclat des grandeurs, au Monarque, à moi-même.

Colardeau.

N.º 110.

AMANTE (beaux fentimens d'une) *pour fon Amant.*

MON trône eft dans ton cœur :
Ton cœur fait tout mon bien, mes titres, ma grandeur.
Méprifant tous les noms que la fortune invente,
Je porte avec orgueil le nom de ton Amante ;
S'il en eft un plus tendre & plus digne de moi,
S'il peint mieux mon amour, je le prendrai pour toi.

Colardeau.

N.º 111.

AMANTE (les plaintes d'une) *abandonnée.*

CRUEL auteur des troubles de mon ame,
Que la pitié retarde un peu tes pas,
Tourne un moment tes yeux fur ces climats :
Et, fi ce n'eft pour partager ma flamme,
Reviens du moins pour hâter mon trépas.
Ce trifte cœur devenu ta victime,
Chérit encor l'amour qui l'a furpris.
Amour fatal ! ta haine en eft le prix :
Tant de tendreffe, ô Dieux ! eft-elle un crime,
Pour mériter de fi cruels mépris ?

                                    Rouffeau.

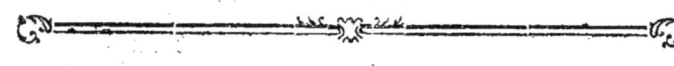

N.º 112.

AMANTE (entretien d'une) *affligée , avec fon*
Amant.

*M*ALGRÉ le fort cruel, formons d'autres liens,
Partage mes regrets... Je gémirai des tiens.
L'écho répétera nos plaintes mutuelles ;
L'écho fuit les Amans malheureux & fidèles.

Le fort, nos ennemis ne peuvent nous ravir
Le plaifir douloureux de pleurer & gémir.
Nos larmes font à nous… Nous pouvons les répandre.

. . . .

Cruel! je t'ai perdu, je perds tout avec toi :
Tout m'arrache des pleurs… Tu ne vis plus pour moi.
C'eft pour toi, pour toi feul que couleront mes larmes :
Aux pleurs des malheureux, Dieu trouve-t-il des charmes ?

Colardeau.

N.° 113.

AMANTE (la volonté & les défirs d'une), *exprimés à fon Amant*

Ecris-moi; je le veux : ce commerce enchanteur,
Aimable épanchement de l'efprit & du cœur;
Cet art de converfer, fans fe voir, fans s'entendre,
Ce muet entretien; fi charmant & fi tendre,
L'art d'écrire, Abeilard, fut fans doute inventé
Par l'Amante captive & l'Amant agité.
Tout vit par la chaleur d'une lettre éloquente,
Le fentiment s'y peint fous les doigts d'une Amante.

Colardeau.

N.° 114.

N.º 114.

AMANTE (l') *digne d'un meilleur sort.*

Dans un bois sombre, solitaire,
Et qui n'est fréquenté que des tendres Amans,
   Iris, cette aimable Bergère
   Parloit ainsi de ses tourmens :
   Tircis a donc brisé ses chaînes !
C'en est fait, juste Ciel, je ne le verrai plus !
Mais cachons à l'ingrat la cause de mes peines,
Et que de ces bois seuls mes soupirs soient connus.

Madame Deshoulieres.

N.º 115.

AMANTE (la double).

Vainement par vos soins vous voulez m'enflammer :
Je me dois comme à vous cet aveu nécessaire :
Vous avez des vertus qui vous font estimer :
Iris a des défauts qu'il ne peut réformer.
On le dit ; je l'avoue ; &, pour ne vous rien taire,
   Mieux que lui vous savez aimer :
   Mais, mieux que vous, il sait me plaire...
Cependant quelquefois, à moi-même contraire,

O

Je vous ai cherché, je l'ai fui:
Vains efforts! dès Amans que l'erreur est extrême!
Ma raison est pour vous; mais mon cœur est pour lui:
Je voudrois vous aimer, & je sens que je l'aime.

Cocquard.

N.° 116.

AMANTE (les plaintes d'une) *qui soupçonne son Amant d'inconstance.*

Si Thersandre m'étoit fidèle,
Si pour une beauté nouvelle
Son cœur ne s'étoit point laissé trop émouvoir,
L'ingrat n'auroit-il pas plus d'ardeur à me voir?
Hélas! il m'en souvient encore,
Quand l'amour lui faisoit ressentir mon pouvoir,
Il se levoit avant l'Aurore,
Pour être au rendez-vous le soir.

Pannard.

N.º 117.

AMANTE (les plaintes d'une) *offenſée.*

Dans un vallon champêtre où régnoient les zéphyrs (1),
Les yeux diſtraits, le cœur tout entier à ſa peine,
La jeune Églé laiſſoit échapper des ſoupirs
Que l'indiſcret écho rediſoit à la plaine,
Quelques plaiſirs bien doux, mais courts & dangereux
Lui faiſoient regretter ſa liberté paſſée.
Un perfide autrefois, auſſi tendre qu'heureux,
Venoit, toujours charmant, s'offrir à ſa penſée.
Je l'aime, diſoit-elle, en répandant des pleurs!
Je l'aime; & dans ſes fers un autre objet l'engage!
Tandis qu'il en eſt temps, jouis de ſon hommage,
D'un règne paſſager goûte bien les douceurs,
Cruelle Iris! mais crains le plus grand des malheurs:
L'amour peut à mes pieds ramener le volage;
De tes tourmens, alors, juge par mes douleurs.
Toi, dont l'urne argentée, au ſein de ces retraites,
Épanche à gros bouillons le cryſtal de ton eau,
Rappelle-toi le jour, Nymphe, où ſous cet ormeau,

_____

(1) Zéphyrs. *V.* N.º 56.

Il vint m'entretenir de ses peines secrètes.
Je crois encor le voir, l'entendre soupirer:
Un cœur faux devroit-il avoir l'art de séduire?
» Je veux, me disoit-il, à jamais t'adorer;
» Je veux, par mille soins, t'amuser & t'instruire,
» Ma chère Églé; du chant je t'apprendrai les loix:
» Flore t'écoutera, non pas sans quelque envie;
» Tes naïves chansons, leur douce mélodie
» Imposeront silence aux oiseaux de ce bois,
» Et tes troupeaux joyeux bondiront à ta voix.
» De tes pas mesurés, par la vive cadence,
» Tu vas bientôt, Églé, plaire, nous étonner,
» Et le jour destiné pour le prix de la danse,
» Nos jalouses beautés, dans un morne silence,
» De la main des Bergers le verront couronner.
» Du langage des Dieux, je veux t'instruire encore;
» Je veux que par tes vers tu charmes les esprits.
» Tu chanteras l'Amour dont nous sommes épris,
» Le cours de ce ruisseau, le lever de l'Aurore;
» Tous les Arts, sur les pas de celle que j'adore,
» Rassembleront les Jeux, les Graces & les Ris «.
Nymphe, tu l'entendois, lorsque sur cette rive,
De tous ces vains plaisirs il fascinoit mon cœur;
Tu l'entendois, sans doute, & ton eau fugitive
Rouloit sur cette mousse avec plus de lenteur.
Tu vis ma joie : Eh bien! vois ma douleur mortelle.

Partage les tourmens que je souffre aujourd'hui.

Mais, que servent les pleurs que je verse pour lui?

Il en rit, & mon cœur l'aime encor infidèle....

Moi l'aimer! Lui! par qui je n'ai plus de repos!

Moi! payer par l'amour sa noire perfidie!

Non, je veux... (cet effort me coûtât-il la vie)

L'oublier... Le haïr... Que dans tous les hameaux

Sa mémoire par moi soit à jamais flétrie.

Égalons, s'il se peut, ma vengeance à mes maux.

Toi qui seul as causé ma honte & ma misère,

Toi que j'ose implorer, sur le traître, à son tour,

Lance à coups redoublés les traits de ta colère;

Sois juste: en me vengeant, tu te venges, Amour.

Quand descendus le soir dans nos fertiles plaines,

Ses troupeaux de la soif sentiront la rigueur,

Sous leurs pas égarés fais tarir les fontaines,

Et qu'en un champ stérile ils meurent de langueur.

Fais sécher devant eux les plus beaux pâturages;

Que son chien soit muet à l'approche des loups;

Qu'il les laisse à loisir exercer leurs ravages;

Que ses plus chers agneaux périssent sous leurs coups!

Que lasse de l'aimer, sa nouvelle Bergère,

Par des caprices vains, irrite son amour;

Que quelque heureux rival sache bientôt lui plaire;

Que devenant plus belle, en devenant légère,

Il maudisse ses feux mille fois chaque jour!

O iij

Non ; il est trop sensible ! il en perdroit la vie :
Mes maux en seroient-ils moins affreux, moins certains ?
Le même coup, sans doute, uniroit nos destins :
De la mienne sa mort seroit bientôt suivie :
Qu'il vive ! Sous mes yeux, comble-le de bienfaits,
Amour, à son bonheur, va, je me sacrifie !
Que, loin d'Églé, Lindor brûle, jouisse en paix ;
Et tandis que mon cœur ne l'oublira jamais,
Que dans les bras d' ris, à jamais il m'oublie…
Qu'ai-je dit ? M'oublier ! Ah ! quel penser affreux !
Garde-toi d'exercer de téméraires vœux,
Amour ; crois-en mon cœur, non ma bouche insensée :
Porte jusqu'à l'ingrat, mes larmes, mes soupirs ;
Peins-lui le désespoir d'une Amante offensée,
Et que toujours présente à sa triste pensée,
Je verse l'amertume au sein de ses plaisirs ;
Que le regret pénètre & déchire son ame ;
Que jusque dans les bras de celle qui l'enflamme,
Un Dégoût invincible arrête ses transports ;
Qu'il ne sente plus rien, enfin, que des remords !

Le Grand.

N.° 118.

AMANTE (langage d'une) *irritée , défefpérée , & dont le frère ofe lui faire des reproches , après avoir tué lui-même l'Amant de fa fœur.*

Donne-moi donc, barbare, un cœur comme le tien ;
Et fi tu veux enfin que je t'ouvre mon ame,
Rends-moi mon Curiace (1), ou laiffe agir ma flamme :
Ma joie & mes douleurs dépendoient de fon fort ;
Je l'adorois vivant, & je le pleure mort.
Ne cherche plus ta fœur où tu l'avois laiffée ;
Tu ne revois en moi qu'une Amante offenfée,
Qui, comme une furie attachée à tes pas,
Te veut inceffamment reprocher fon trépas.
Tigre altéré de fang, qui me défends les larmes,
Qui veux que dans fa mort je trouve encor des charmes,
Et que, jufques au Ciel élevant tes exploits,
Moi-même je le tue une feconde fois !
Puiffent tant de malheurs accompagner ta vie,
Que tu tombes au point de me porter envie,
Et voir bientôt fouiller par quelque lâcheté

---

(1) Curiace, l'un des trois frères qui combattirent pour Albe leur Patrie, contre les trois Horaces, qui combattoient pour Rome. Le parti des Horaces fut vainqueur.

Cette gloire si chère a ta brutalité!

Rome, l'unique objet de mon ressentiment!

Rome, à qui vient ton bras d'immoler mon Amant!

Rome, qui t'a vu naître, & que ton cœur adore!

Rome, enfin, que je hais parce qu'elle t'honore!

Puissent tous ses voisins, ensemble conjurés,

Sapper ses fondemens encor mal assûrés!

Et si ce n'est assez de toute l'Italie,

Que l'Orient contre elle à l'Occident s'allie!

Que cent peuples, unis des bouts de l'Univers,

Passent, pour la détruire, & les monts & les mers!

Qu'elle-même sur soi renverse ses murailles,

Et de ses propres mains déchire ses entrailles!

Que le courroux du Ciel, allumé par mes vœux,

Fasse pleuvoir sur eux un déluge de feux!

Puissé-je de mes yeux y voir tomber le foudre,

Voir ses maisons en cendre, & tes lauriers en poudre,

Voir le dernier Romain à son dernier soupir,

Moi seule en être cause, & mourir de plaisir.

P. Corneille.

N.º 119.

AMANTE (l') désespérée. V. la lettre C. N.º 567.

Anonyme.

N.º 120.

AMANTE (l') offensée. V. la lettre E. N.º 1014.

Gilles Boileau.

N.º 121.

AMANTE (l') poursuivie par l'Amour, ou la fuite inutile. V. la lettre F. N.º 1314.

Anonyme.

N.º 122.

AMANTE (l') désolée de l'absence de son Amant. V. la lettre H. N.º 1446.

M. Dorat.

N.º 123.

AMANTE (l') *désolée & inconsolable*, ou *l'ame élevée*. *V.* la lettre J. N.º 1743.

Anonyme.

N.º 124.

AMANTE (l') *outragée, conspirant une vengeance contre celui qui l'a trahie*. *V.* la lettre M. N.º 1936.

P. Corneille.

N.º 124 a.

AMANTE (l') *furieuse*. *V.* la lettre C. N.º 567.

P, Corneille.

N.º 125.

AMANTE (entretien d'une) *désespérée*. *V.* la lettre S. N.º 2801.

Anonyme.

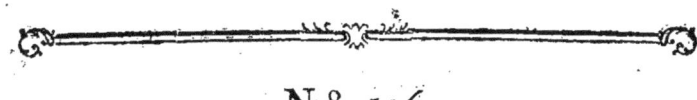

N.º 126.

AMANTE (l') *malheureufe. V.* la lettre H. N.º 1441.

M. Feutry.

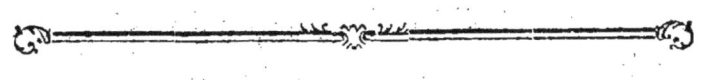

N.º 126 *a.*

AMARANTHE (de la culture de l') *V.* la lettre
J. N.º 1699.

G. D. C.

N.º 127.

AMBASSADEUR (l') *confidéré du côté politique.*

L'Ambassadeur d'un Roi fouvent eft redoutable.
Ce n'eft qu'un ennemi, fous un titre honorable,
Qui vient, rempli d'orgueil ou de dextérité,
Infulter ou trahir avec impunité.

Voltaire.

N.º 128.

AMBASSADEURS (les) *considérés dans leurs fonctions.*

LES vrais Ambassadeurs, interprètes des Loix,
Sans les déshonorer, savent servir leurs Rois;
De la foi des humains, discrets dépositaires,
La paix seule est le fruit de leurs saints ministères;
Des Souverains du monde ils sont les nœuds sacrés,
Et par-tout bienfaisans, sont par-tout révérés.

Voltaire.

N.º 129.

AMBITIEUX (l').

SUIVEZ jusques dans Babylone (1)
Ce fier vainqueur de l'Univers,
Et contemplez-le sur son trône,
Maître de cent peuples divers.
Lorsqu'il enchaîne la Victoire,
Et qu'à jamais comblé de gloire,

---

(1) *Babylone*, ville d'Égypte.

Il n'en fauroit plus acquérir,
Un ennui cruel le dévore,
De ne pouvoir trouver encore
Un autre monde à conquérir.

Tanevot.

N.º 129 *a.*

AMBITIEUX (l'homme né) *meurt fans avoir jamais goûté de véritable bien, ni de repos.*

QUE l'homme en vains défirs fe tourmente & s'égare!
Que, pour fuir fon repos, il prend un foin bizarre!
Si pourtant vous prêtez l'oreille à fes difcours,
Les veilles, les travaux qui confument fes jours,
Pour des biens incertains fes fatigues certaines,
Ses craintes, fes ennuis & fes plus rudes peines
Ne tendent qu'à hâter le jour fi défiré
Qu'il pourra, riche enfin, vivre en paix, à fon gré.

Mais, quand viendra ce jour, où nous l'entendrons dire,
Enfin repofons-nous ; ce bien nous peut fuffire ?
Non, non, rien ne fuffit aux vœux du cœur humain,
Altéré par l'ivreffe & par la foif du gain.
Tel bornoit fes défirs à vaincre la mifère,
Qu'un ample fuperflu ne fauroit fatisfaire.

Eſt-on riche ? on envie un ſort plus opulent,
L'ardeur d'accumuler croît en accumulant,
Du repos ſouhaité jamais l'inſtant n'arrive :
Image toujours chère, & toujours fugitive !
C'eſt un poſte d'honneur où l'on doit parvenir,
Des graces qu'à la Cour on eſpère obtenir ;
On attend qu'un bon vent ramène, vers la France,
Un navire chargé d'une riche eſpérance ;
On veut, tendre héritier d'un oncle précieux,
Avoir eu la douceur de lui fermer les yeux.
Mais, tandis qu'à jouir on diffère ſans ceſſe,
L'âge avançant toujours amène la vieilleſſe ;
L'inexorable Mort, qui rit de vos délais,
Vous ſurprend au milieu de vos vaſtes projets ;
Elle commande ; il faut tout quitter pour la ſuivre :
Vous mourez, ſans avoir trouvé le temps de vivre ;
Sans avoir pu goûter le véritable bien,
Le repos, loin de qui les autres ne ſont rien.

M. Clément.

N.º 130.

AMBITIEUX (aux).

L'Astre, qui partage les jours,
Et qui nous prête sa lumière,
Vient de terminer sa carrière,
Et recommence un nouveau cours.

❀

Avec une vîtesse extrême,
Le dernier an s'est écoulé ;
Celui-ci passera de même,
Sans pouvoir être rappellé.

❀

Tout fini ; tout est, sans remède,
Au loix du Temps assujetti ;
Et, par l'instant qui lui succède,
Chaque instant est anéanti.

❀

La plus brillante des journées
Passe pour ne plus revenir.
La plus fertile des années
N'a commencé que pour finir.

La même loi, par-tout suivie,
Nous soumet tous au même sort.
Le premier moment de la vie
Est le premier pas vers la mort.

Pourquoi donc, en si peu d'espace,
De tant de soins m'embarrasser ?
Pourquoi perdre le jour qui passe,
Pour un autre qui doit passer ?

Si tel est le destin des hommes,
Qu'un instant peut les voir finir ;
Vivons pour l'instant où nous sommes,
Et non pour l'instant à venir.

Cet homme est vraiment déplorable,
Qui, de la Fortune amoureux,
Se rend lui-même misérable,
En travaillant pour être heureux.

Dans des illusions flatteuses,
Il consume les plus beaux ans.
A des espérances douteuses,
Il immole les biens présens.

Insensés

Infensés ! votre ame se livre
A de tumultueux projets.
Vous mourez sans avoir jamais
Su trouver le moment de vivre.

De l'erreur qui vous a séduits,
Je ne prétends pas me repaître.
Ma vie est l'instant où je suis,
Et non l'instant où je dois être.

Ne laissons point évanouir
Des biens mis en notre puissance ;
Et que l'attente d'en jouir
N'étouffe point leur jouissance.

Le moment passé n'est plus rien ;
L'avenir peut ne jamais être.
Le présent est l'unique bien
Dont l'homme soit vraiment le maître.

Rousseau.

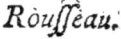

P

N.º 131.

AMBITIEUX (aux).

QUE vous vous tourmentez, mortels ambitieux !
Désespérés & furieux,
Ennemis du repos, ennemis de vous-mêmes,
A modérer vos vœux mettez tous vos plaisirs.
Règnez sur vos propres désirs,
C'est le plus beau des diadêmes.

La Fontaine.

N.º 132.

AMBITIEUX (l') *détrompé.*

J'AI souhaité l'Empire, & j'y suis parvenu;
Mais, en le souhaitant, je ne l'ai pas connu.
Dans sa possession j'ai trouvé pour tous charmes
D'effroyables soucis, d'éternelles alarmes,
Mille ennemis secrets, la morgue à tout propos,
Point de plaisirs sans trouble, & jamais de repos.

Corneille.

N.° 133.

AMBITION (tableau de l').

Pourquoi ces éléphans, ces armes, ce bagage,
Et ces vaisseaux tous prêts à quitter le rivage?
Disoit au Roi Pyrrhus (1), un sage confident,
Conseiller très-sensé d'un Roi très-imprudent.
Je vais, lui dit ce Prince, à Rome où l'on m'appelle.
Quoi faire? L'assiéger. L'entreprise est fort belle,
Et digne seulement d'Alexandre (2) ou de vous.
Mais Rome prise enfin, Seigneur, où courrons-nous?
Du reste, des Latins (3) la conquête est facile.
Sans doute on les peut vaincre. Est-ce tout? La Sicile
De-là nous tend les bras; & bientôt, sans effort,
Syracuse (4) reçoit nos vaisseaux dans son port:
Bornez-vous là vos pas? Dès que nous l'aurons prise,
Il ne faut qu'un bon vent, & Carthage (5) est conquise;

(1) Pyrrhus, Roi des Épirotes ou Albanois, eut de grandes guerres contre les Romains, qu'il vainquit à la faveur de ses éléphans. Il monta sur divers Trônes, mais il étoit aussi propre à les perdre qu'à les conquérir.

(2) Alexandre. V. N.° 48.

(3) Latins, ou Aborigènes, qui signifioit vagabond, & sans origine.

(4) Syracuse, ville de Sicile dans la Vallée de Noto.

(5) Carthage, ville d'Afrique fondée par les Tyriens.

Les chemins font ouverts; qui peut nous arrêter?
Je vous entends, Seigneur, nous allons tout dompter:
Nous allons traverfer les fables de Lybie (1),
Affervir en paffant l'Egypte & l'Arabie,
Courir de-là le Gange (2) en de nouveaux pays,
Faire trembler le Scythe (3) aux bords du Tanaïs (4),
Et ranger fous nos loix tout ce vafte hémifphère.
Mais de retour enfin, que prétendez-vous faire?
Alors, cher Cynéas (5), victorieux, contens,
Nous pourrons rire à l'aife, & prendre du bon temps.
Eh! Seigneur, dès ce jour, fans fortir de l'Épire (6),
Du matin jufqu'au foir, qui vous défend de rire?

Boileau.

---

(1) Lybie, ou défert de Sara ou Zaara. Les Amazones en tirent leur origine.

(2) Gange, grand fleuve de l'Inde.

(3) Scytes (les) mangeoient leurs parens trépaffés.

(4) Tanaïs, grand fleuve qui prend fa fource dans l'Apennin, & va fe jetter dans le Pô proche Baffiguana. beaucoup de Géographes donnent ce fleuve pour la borne de l'Europe & de l'Afie.

(5) Cynéas, Ambaffadeur du Roi Pyrrhus. Pline cite la mémoire de Cynéas comme un prodige. Le lendemain de fon arrivée à Rome, où il venoit demander la paix, il falua tous les Sénateurs & les Chevaliers, en les nommant par leur nom.

(6) Épire, province de la Turquie Européenne.

N.º 134.

AMBITION (les suites de l').

ESCLAVES, que rien ne rebute,
Vous qui, pour arriver au comble des honneurs,
Aux caprices des Grands êtes toujours en butte,
Vous, de tous leurs défauts, lâches adorateurs,
Savez-vous le succès de tant de sacrifices?
Quand par les grands emplois on aura satisfait
    A vos soins, à vos longs services,
    Hélas! pour vous qu'aura-t-on fait?
    Que vous ouvrir des précipices.

Mad. Deshoulieres.

N.º 135.

AMBITION (sortie contre l').

FUNESTE ambition, détestable manie,
Mère de l'injustice & de la tyrannie,
Qui de sang la première a rempli l'Univers,
Et jetté les humains dans l'opprobre & les fers,
C'est toi dont les fureurs toujours illégitimes,
Firent naître à la fois les Sceptres & les crimes!

Crébillon.

P iij

N.º 136.

AMBITION (destinée de celui qui se livre à l').

Bientôt l'Ambition & toute son escorte,
Dans le sein du repos vient le prendre à main forte,
L'envoye en furieux au milieu des hasards,
Se faire estropier sur les pas des Césars.
Et cherchant sur la breche une mort indiscrette,
De la folle valeur embellir la Gazette.

Boileau.

N.º 137.

AMBITION (l'origine & les progrès de l').

Dans ces jours fortunés de l'enfance du monde,
Age, qui des vrais biens fut la source féconde,
Les humains affranchis de la cupidité,
Vivoient soumis aux loix de la simplicité.
Nul intérêt encor dans leur ame épurée,
De leur sainte union ne bornoit la durée.
Alors un arpenteur, sa perche dans la main,
N'alloit point à chacun assigner son terrain.
La terre, des mortels le commun héritage,
A leurs sobres désirs se livroit sans partage,

Et d'un même limon tous les humains pétris,
D'un aliment égal étoient encor nourris.
La médiocrité banniſſoit la licence;
Avec elle régnoit la modeſte innocence.
Lucifer en frémit, & ſon ordre fatal
Raſſemble près de lui le Sénat infernal.
Il accourt au Palais du ténébreux Empire.
Sur un Trône de fer le Monarque ſoupire.
On voit à ſes côtés le dépit, la fureur,
La mort, le déſeſpoir, la haine, la terreur.
Et lorſque des Démons les Miniſtres antiques,
Ont pris place, ſuivant leurs rangs hiérarchiques,
Leur Prince conſterné leur adreſſe ces mots:

Du Royaume des Morts, redoutables ſuppôts,
Vous qui voyez ici mes feux prêts à s'éteindre,
A régner ſur vous ſeuls, faut-il donc me reſtreindre?
Comment tous les Mortels dévolus aux Enfers,
Ont-ils pu toutefois ſe ſouſtraire à mes fers?
Parlez : la Mort ſur eux n'a-t-elle plus d'empire?
Perd-elle enfin ſes droits ſur tout ce qui reſpire?
Ou, ſi le Monde encore eſt en butte à ſes traits,
Jaloux de mon pouvoir, quels ennemis ſecrets,
Sanctifiant le cours de l'humaine carrière,
Entre l'Enfer & l'Homme ont mis une barrière?

Il dit : de sa douleur qui s'accroissoit toujours,
L'Ambition s'empresse à terminer le cours.

❋

Ta puissance dans peu doit être raffermie,
Dit-elle , je connois ta funeste ennemie.
La Médiocrité (son nom trouble mes sens)
Dans ton domaine obscur cause ses maux naissans,
Elle a su des Mortels asservir le génie ;
L'Innocence complice arme sa tyrannie ;
Mais pour leur arracher cet empire des mains,
Je ne veux que m'offrir aux regards des Humains :
Tu me verras bientôt, enfantant tous les crimes,
T'immoler chaque jour de nouvelles victimes.

❋

Ces mots, de Lucifer appaisent le courroux :
Oui, ma fille, dit-il, venge-toi, venge-nous,
Des Humains révoltés, cours réprimer l'audace,
Qu'à ton brillant aspect chacun suive la trace,
Soumets une rivale ; & sur-tout souviens-toi,
Que mon Sceptre & l'Enfer sont soumis à ta foi.

❋

Du Styx (1) jusques aux lieux où nous prenons naissance,
Déjà l'Ambition franchit l'espace immense.

_____

(1) Styx, fleuve d'Enfer.

De ſes complots affreux les Miniſtres divers,
Avec elle en ce jour ſortirent des Enfers.
La Diſcorde, l'Envie au teint pâle & livide,
L'Orgueil, la Trahiſon, & l'Intérêt avide.
Leur Maîtreſſe paroît dans un char radieux :
L'audace eſt ſur ſon front, la fierté dans ſes yeux;
Ils ſemblent annoncer ſes volontés ſuprêmes.
Elle tient en ſes mains ſceptres & diadêmes.
L'or enrichit par-tout ſes ſomptueux habits;
L'émeraude s'y mêle à l'éclat des rubis;
Et, dans cet appareil qui fonde ſon empire,
Elle tient ce diſcours au peuple qu'elle attire:

Mortels, que faites-vous? Quels honteux préjugés
A vivre ſans déſirs vous ont donc engagés?
Ce chef-d'œuvre des Cieux, ce Roi de la Nature,
L'Homme, doit-il vieillir dans une vie obſcure?
Ne fûtes-vous créés maîtres des animaux,
Que pour les imiter & vivre leurs égaux?
Ouvrez enfin les yeux; c'eſt trop vous méconnoître;
Pour un plus beau deſtin ces lieux vous ont vu naître:
Faites, pour en jouir, des efforts genéreux :
L'Homme, ſans paſſions, ne ſauroit être heureux;
Et toutefois, hélas! dans vos ames craintives,
La Médiocrité tient les vôtres captives,

Vous dérobe aux honneurs, aux rangs, aux dignités,
Dont, pour vous diftinguer, le Ciel vous a dotés.
Affez, & trop long-temps, elle a fu vous féduire;
Au tribut des faifons ceffez de vous réduire.
La terre produit bien quelques fruits au dehors;
Mais elle a dans fon fein de plus rares tréfors:
Si de les enlever vous avez le courage,
Tous les biens avec eux feront votre apanage.
Elle dit; & foudain fa bouche dans les cœurs
Souffle, avec fon efprit, le poifon des grandeurs.

Fuyez, vertu, candeur, fageffe, tempérance,
Plaifirs conftans & purs, enfans de l'innocence,
Fuyez: du Monde entier Maîtreffe déformais,
La fière Ambition vous exile à jamais:
Les Humains, fur fes pas, vont, au fein de la terre,
Ravir, avec ardeur, les tréfors qu'elle enferre;
Ce métal dangereux, dont la fécondité
Fit entre les Mortels naître la pauvreté,
Et qui, de notre culte, idole favorite,
S'arrogea le favoir, l'honneur & le mérite.
D'abord à l'homme avide, il donna des liens,
Et tyran de la terre, en féqueftra les biens;
Puis, de tout l'Univers changeant l'économie,
On n'eut plus qu'à fon gré les befoins de la vie.

Il fallut acheter maifons & vêtemens ;
Chacun, au poids de l'or, paya les alimens,
Et des feuls animaux l'efpèce toujours fage,
Eut des riches moiffons le franc & libre ufage.
Le fer qui fut donné pour former des fillons,
Hériffe dans les champs de nombreux bataillons.
L'Ambition triomphe, & contemple en fa rage,
Des mortels divifés le meurtre & le carnage.
Les premiers affervis, veulent à l'Univers,
Ainfi que leurs tyrans, communiquer leurs fers ;
Tout s'arme ; &, dans ce trouble, on diroit que la guerre
De tous fes habitans va dépeupler la terre.

Toutefois les vainqueurs fufpendent leurs exploits :
On bâtit des Cités ; on établit des Loix ;
La raifon, ou plutôt la force, les fait fuivre.
Mais, que fert qu'ici-bas l'ordre femble revivre,
Si de l'Ambition tous les traits féducteurs,
Plus fortement encore enchantent tous les cœurs ?

Les Loix de la Nature, hélas ! prefque effacées,
Par Licurgue (1) & Solon (2) ne font point remplacées,

---

(1) Lycurgue étoit fils d'Eunome, Roi des Lacédémoniens : il devint par la fuite Légiflateur des fujets de fon père. Il refufa d'être Roi pour ne point commettre un crime.

(2) Solon, l'un des fept Sages de la Grece, naquit à Athènes : il fut appelé au Gouvernement de fa Patrie, & abolit les Loix de Déacon, qui étoient trop févères, pour en publier de plus douces.

Et toujours le torrent de la cupidité
Rompt la digue, & franchit l'humaine autorité.
C'en est fait ; de son cœur l'Homme a sondé le vuide ;
Plus il a de trésors, plus il en est avide.
Tel dans l'ardente soif, dont il est dévoré,
L'hydropique, en buvant, n'est que plus altéré.
Il faut que la Fortune aveugle en ses largesses,
Au gré des passions répande ses richesses.

❈

Loin d'ici la Vertu, si ces principes vains,
Des Mortels désormais traversent les desseins :
Son masque leur suffit : une fille infernale
S'en saisit à propos, & devient sa rivale.
Tantôt ses yeux au Ciel semblent être fixés ;
Et tantôt sur la terre elle les tient baissés.
Dans son humilité, c'est l'Orgueil qu'elle invoque,
Et l'Austérité peint son visage équivoque.
Sous ce déguisement elle voile à nos yeux,
De son avide cœur les complots factieux,
C'est de l'ambition la compagne fidelle.
Sa sœur, la Politique, aussi perfide qu'elle,
Suit les mêmes sentiers, & marche sur ses pas :
Elle a pris dans son lot le destin des Etats,
Et sait l'art de changer dans ses sombres maximes,
Les crimes en vertus, & les vertus en crimes.

Cependant ces Mortels, d'un vol audacieux,
S'élèvent aux honneurs qui brillent à leurs yeux.
La Brigue dérobant sa marche clandestine,
Du mérite illustré médite la ruine,
Le supplante, & déjà remplit de ses vassaux
Les Camps & les Autels, la Cour, les Tribunaux.
L'Ignorance saisit cette faveur subite.
Dans l'esprit des Humains le vice s'accrédite.
Les Talens méprisés s'exilent de ces lieux.
La Vertu qui les fuit retourne dans les Cieux;
Et, pour unique frein, laisse à l'homme parjure,
Des remords inquiets l'implacable murmure.

✺

Sacré flambeau d'Hymen, qui de deux chastes cœurs
Éternisois jadis les fidelles ardeurs,
Et qui, ne t'allumant que par la sympathie,
Ne craignois point de voir la chaleur amortie;
Tu ne jouiras plus d'un sort si précieux;
L'Hymen froid & glacé ne ressent plus tes feux:
Sans l'aveu de son frère, il suffit pour sa fête,
Que d'une riche dot il fasse la conquête,
Et du concert des cœurs il paroît peu jaloux.
Souvent, sans s'être vus, s'unissent deux époux:
Les parens sont d'accords; faut-il d'autre suffrage?
L'Amour sera, s'il peut, le fruit du mariage.

Fille de la candeur, digne préſent des Dieux,
Sainte & pure Amitié qu'ont chéri nos ayeux,
Ici-bas déſormais tu n'auras plus d'aſyle,
Non, le cœur des Humains n'eſt plus ton domicile :
La Trahiſon, l'Envie & le Déguiſement,
Ont banni de ces lieux ton commerce charmant ;
Et par l'Ambition l'ame toujours guidée,
En conſervant ton nom a perdu ton idée.
On ne vit que pour ſoi. Des intérêts divers
Jettent nos liaiſons en d'étranges revers,
Et dès que la Fortune a formé quelque orage,
La conſtance s'éclipſe, & le cœur fait naufrage.

✵

Quelle horrible Euménide (1) a nourri dans ſon ſein,
Ce monſtre qui paroît ſous un aſpect humain ?
La ſoif du bien d'autrui jour & nuit le dévore ;
Le haſard eſt ce Dieu qu'il craint & qu'il implore ;
Et lorſqu'auprès de lui ſes vœux ſont impuiſſans,
La ſubtile Laverne (2) a part à ſon encens :
Sa contenance eſt ſombre & ſon regard farouche,
Le blaſphême odieux diſtille de ſa bouche :

---

(1) Euménide (ce nom d') déſigne une Furie ; mais le mot par
lui-même ſignifie bienfaiſance.

(2) Laverne eſt la Déeſſe des Larrons & des Fourbes : elle répand les ténèbres & l'obſcurité ſur les crimes.

Des cartes & des dez combinés par le fort,
Il attend un arrêt ou de vie ou de mort ;
Et dans ce trouble affreux ou fon efprit s'égare,
Il fouffre des tourmens inconnus au Tartare (1).

Fatale Ambition ! tels font les maux divers
Que ta funefte main fema dans l'Univers :
Tu parois, & d'abord l'ami ceffe de l'être,
Le fils trahit fon père, & l'efclave fon maître.
Ton ufurpation n'a plus rien de facré.
Le cloître n'eft pas même un afyle affûré.
Où ne s'étend donc pas ton audace infernale ?
Les Autels font brigués, & Thémis (2) eft vénale.

Tanevot.

(1) Tartare, prifon éloignée des Enfers pour punir les impies &
les fcélérats.
(2) Thémis, fille du Ciel & de la terre : elle eft regardée comme
la Déeffe de la Juftice.

N.º 138.

AMBITION (fortie contre l')

Veux-tu fervir d'aftre à la terre,
Ardente & fière Ambition,
Et des nations qu'elle enferre,
Ne faire qu'une nation ?
Ceffe, maîtreffe de nos ames,
De les embrafer de tes flammes ;
Fuis, regagne les fombres bords :
Que le Dieu qui punit les crimes,
Te renferme dans les abymes
Du Ténare (1) affreux d'où tu fors !

Heureux jadis, dignes de l'être,
Vertueux au fein des plaifirs,
Les Mortels fous un fage maître,
Vivoient libres de vains défirs.
Des biens dont ils avoient l'ufage,
L'équité faifoit le partage :

_____

(1) Ténare. _V._ N.º 24.

Tout

Tout suivoit ses loix sous les Cieux.
Chacun des fruits de son domaine,
Cultivé sans trouble & sans peine,
Offroit les prémices aux Dieux.

Tu parois, fatale Déesse,
Tu frappes les yeux des Mortels ;
Devant toi l'Univers s'abaisse ;
Le Ciel frémit de tes autels :
L'Équité fuit avec Astrée (1) ;
La Vertu, tremblante, éplorée,
Cède à ton pouvoir adoré ;
L'Intérêt dans les cœurs se glisse ;
L'Audace, le Dol, l'Injustice,
Enfantent la Guerre à ton gré.

Contre la Puissance céleste
Quelle étrange rebellion !
Quelle troupe énorme & funeste
Veut mettre Ossa (2) sur Pélion (3) !

_____

(1) Astrée, fille d'Astréus, étoit regardée comme la Déesse de la justice. Les crimes des humains la chasserent de la terre, & elle retourna au Ciel.

(2) Ossa, montagne de Thessalie.

(3) Pélion, montagne de Thessalie, voisine d'Ossa.

Q

Sur des rocs qu'Égéon (1) entaffe,

J'apperçois Typhon (2) qui menace

Les Dieux furpris, épouvantés :

Jupiter (3) s'arme de fa foudre,

Les terraffe, les met en poudre,

Et venge les Cieux irrités.

❀

Les monts croulent, la Rage expire,

Le Crime frémit, éperdu ;

L'Orgueil étonné fe retire

A l'afpect du fang répandu.

La Paix revient, Thémis (4) s'avance ;

Et par-tout de l'affreufe engeance

S'empreffe à réparer les maux :

Vains efforts ! inutile attente !

Du fang, dont la terre eft fumante,

Renaiffent des Titans (5) nouveaux.

---

(1) Egéon, nom d'un Géant connu fous le nom de Briarée : il avoit cent bras & cinquante têtes.

(2) Typhon, Géant fameux qui étoit d'une taille prodigieufe, car d'une main il touchoit l'Orient & de l'autre l'Occident, & fa tête s'élevoit jufqu'aux étoiles. Ce monftre, accompagné des autres Géans, attaqua les Dieux & leur fit prendre la fuite.

(3) Jupiter. V. N.º 33.

(4) Thémis. V. N.º 137.

(5) Titans, étoient tous enfans du Ciel & de la Terre ; ils firent tous préfent aux hommes de quelques decouvertes. Ils formerent un Empire qui dura environ 300 ans ; ils chafferent de leurs Trônes les Rois & les Chefs des Nations.

Amour, de superbes chimères,
Tu viens encor lancer tes traits,
Et, sous des biens imaginaires,
Cacher la honte des forfaits.
A l'Orgueil redonnant des armes,
A la Mort tu prêtes des charmes;
Tu sers les folles Passions;
Tu séduis le cœur & la vue;
Et donnant du corps à la nue,
Fais & trahis des Ixïons (1).

Que vois-je ? Un jeune téméraire
S'élève au lambris azuré;
Et seul, du Dieu qui nous éclaire,
Veut guider le char à son gré.
O Ciel ! qu'ose-t-il entreprendre ?
L'Univers, qu'il réduit en cendre,

---

(1) Ixion, Prince du sang des Héraclides, régna à Corynthe: il fit périr Déjonée son beau-frère, parce qu'il exigeoit de lui les présens d'usage. Tout le monde eut horreur de ce crime, & il fut généralement abandonné. Jupiter dont il étoit fils en eut pitié & le purifia. Il devint ingrat, & osa déclarer sa passion à la Reine du Ciel. La colère de son père s'alluma: il fut précipité dans le Tartare, & attaché à une roue environnée de serpens qui devoit tourner sans relâche.

Implore le plus grand des Dieux :
Il tombe écrasé du tonnerre ;
Et sa chûte, encor sur la terre,
Sert d'exemple aux ambitieux.

※

Quel autre, d'un guide fidèle
Imitant l'effort plus qu'humain,
Fuit l'esclavage, & de son aile
Dans les airs se trace un chemin ?
Sauvé ; mais orgueilleux de l'être,
S'élevant plus haut que son maître,
Il tombe & périt dans les eaux.
Désir téméraire & funeste,
En vain le Sage te déteste ;
Que tu fais d'Icares (1) nouveaux !

※

Muse, rappelle d'âge en âge
Les hauts faits les plus reculés,
Tous les prodiges de courage
De tant de siècles écoulés :
Que vois-tu ? D'illustres coupables,
De rangs, d'honneurs insatiables,

___

(1) Icare étoit fils de Dédale, il est le symbole de la témérité.

Amoureux de fantômes vains ;
Des règnes durs & tyranniques,
De noirs complots, des fins tragiques,
Juſte prix des faits inhumains.

※

Regarde ce foudre de guerre,
Qui fit tout céder à ſes coups ;
Ce Grec, ſous qui trembla la terre,
Qui vit cent Rois à ſes genoux.
Chéri de Mars (1) & de Bellone (2),
Il prend les États, & les donne :
Rien ne réſiſte ; eſt-il heureux ?
Non, l'Univers prêt à ſe rendre,
Moins grand que le cœur d'Alexandre (3),
Ne ſauroit ſuffire à ſes vœux.

※

Vois ce Romain que rien n'arrête,
Ni les remparts audacieux,
Ni cent rivaux, ni les tempêtes,
Ni la voix tonnante des Dieux.
Il triomphe : une vaine gloire
Met le grand ſceau de la victoire

---

(1) Mars. *V*. N.º 47.

(2) Bellone étoit fille de Phorcys & de Céto, & ſœur de Mars, dont elle préparoit le chariot & les chevaux lorſqu'il alloit à la guerre ; auſſi, étoit-elle honorée comme une Divinité guerrière.

(3) Alexandre. *V*. N.º 48.

A tous ſes effòrts redoutés :
Plein de l'eſpoir de biens paiſibles,
Il périt de coups plus terribles
Que tous les coups qu'il a portés.

Mais quoi ! juſqu'aux bords du Permeſſe (1),
Superbe Maîtreſſe des cœurs,
Tu viens flatter la noble ivreſſe
Des fiers Nourriſſons des neuf Sœurs.
Moi-même, dès long-temps j'aſpire
Au prix éclatant de la Lyre ;
Tout ſemble applaudir à ma voix,
Et le déſir & l'eſpérance
Sont tous les biens que je reçois.

Anonyme.

(1) Permeſſe, petite rivière qui prenoit ſa ſource dans l'Hélicon: elle étoit conſacrée à Apollon & aux Muſes.

N.º 139.

AMBITION (entretien moral fur l') *démefurée des hommes.*

Fol orgueil ! aveugle foibleffe,
Et fi fatale au cœur humain !
Nous maîtriferez-vous fans ceffe,
Et n'aurons-nous jamais un généreux dédain
Pour tout ce qui s'oppofe aux loix de la fageffe ?
Non ; l'amour-propre en nous eft toujours le plus fort ;
Et, malgré les combats que la fageffe livre,
On croit fe dérober en partie à la mort,
  Quand dans quelque chofe on peut vivre.

    ❀

Cette agréable erreur eft la fource des foins
  Qui dévorent le cœur des hommes.
Loin de favoir jouir de l'état où nous fommes,
  C'eft à quoi nous penfons le moins.
Une gloire frivole, & jamais poffédée,
  Fait qu'en tous lieux, à tous momens,
  L'avenir remplit notre idée ;
Il eft l'unique but de nos empreffemens.
Pour obtenir qu'un jour notre nom y parvienne,
Et pour nous l'affûrer durable & glorieux,

      Q iv

Nous perdons le préfent, ce temps fi précieux;
    Le feul bien qui nous appartienne,
Et qui, tel qu'un éclair, difparoît à nos yeux !
Au bonheur des humains leurs chimères s'oppofent,
    Victimes de leur vanité,
Il n'eft chagrin, travail, danger, adverfité,
    A quoi les Mortels ne s'expofent
Pour tranfmettre leurs noms à la poftérité !

        ❀

    A quel deffein, dans quelles vues,
    Tant d'obélifques, de portraits,
    D'arcs, de médailles, de ftatues,
De villes, de tombeaux, de temples, de palais;
    Par leur ordre ont-ils été faits ?
D'où vient que, pour avoir un grand nom dans l'Hiftoire,
Ils ont à pleines mains répandu les bienfaits ?
Si ce n'eft dans l'efpoir de rendre leur mémoire
    Illuftre & durable à jamais.

        ❀

    Il eft vrai que ces efpérances
Ont quelquefois fervi de frein aux paffions;
Que par elles les Loix, les beaux Arts, les Sciences,
Ont formé les efprits, poli les Nations,
Embelli l'Univers par des travaux immenfes,
Et porté les Héros aux grandes actions.
    Mais auffi combien d'impoftures,

De facriléges, d'attentats,

D'erreurs, de cruautés, de guerres, de parjures,

A produit ce défir d'être, après le trépas,

    L'entretien des races futures !

Deux chemins différens & prefque auffi battus,

Au Temple de Mémoire également conduifent ;

Le nom de Pénélope (1) & le nom de Titus (2),

Avec ceux de Médée (3) & de Néron (4), s'y lifent :

    Les grands crimes immortalifent

    Autant que les grandes vertus.

        ❀

Je fais que la gloire eft trop belle

Pour ne pas infpirer de violens défirs.

La chercher, l'acquérir, & pouvoir jouir d'elle,

    Eft le plus parfait des plaifirs.

---

(1) Pénélope étoit fille d'Icarius, frère de Tyndare, Roi de Sparte. Sa poffeffion fut propofée en difpute par fon père dans des jeux, & ce fut Uliffe qui l'obtint. On l'a toujours regardée comme le modèle de la fidélité.

(2) Titus. *V.* N.° 108 *a.*

(3) Médée. *V.* N.° 88.

(4) Néron, fils adoptif de l'Empereur Claudius, qui fut contraint à ce procédé par les menaces d'Agrippine fa femme, qui ne pouvoit fouffrir Britannicus, fils de Claudius. Ce même Néron s'abandonna aux défordres les plus honteux, & à des crimes horribles : il empoifonna Britannicus, fit mourir fa mère, fa femme Octavie, Poppée qu'il avoit époufée, Séneque qui avoit été fon Gouverneur, & fit mettre le feu dans Rome.

Oui, le bonheur pour l'homme eſt le bonheur ſuprême;
    Mais c'eſt là qu'il faut s'arrêter :
Tout charmé qu'il en eſt, à quelque point qu'il l'aime,
Il a peu de bon ſens quand il va s'entêter
    Du preſſant déſir de porter
    Sa gloire au delà de lui-même;
Et quand, toujours en proie à ce déſir extrême,
    Il perd le temps de la goûter.

Encor ſi, dans les champs que le Cocyte (1) arroſe,
    Dépouillé de toute autre choſe,
    Il étoit permis d'eſpérer
    De jouir de ſa renommée,
    Je ſerois bien moins animée
Contre les ſoins qu'on prend pour la faire durer.
Mais quand nous deſcendons dans ces demeures ſombres,
    La gloire ne ſuit point nos ombres;
Nous perdons pour jamais ce qu'elle a de plus doux :
    Et quelque bruit que le mérite,
La valeur, la beauté, puiſſent faire après nous,
Hélas! on n'entend rien ſur les bords du Cocyte.

Par où donc ces grands noms d'illuſtres, de fameux,
Après qui les Mortels courent toute leur vie,

_____

(1) Cocyte, un des fleuves d'Enfer qui environnoient le Tartare.

Avides de laisser un long souvenir d'eux,
 Doivent-ils faire tant d'envie ?
Est-ce par intérêt pour d'indignes neveux,
 Qui seuls de ces grands noms jouissent ?
Qui ne les font valoir qu'en des discours pompeux,
Et qui, toujours plongés dans un désordre affreux,
 Par des lâchetés les flétrissent ?

   ※

De ces heureux Mortels qui n'ont point eu d'égaux,
 Tel est l'ordinaire partage.
Traités par la Nature avec moins d'avantage
 Que la plupart des animaux,
Leur race dégénère, & l'on voit, d'âge en âge,
En elle s'effacer l'éclat de leurs travaux.
Des choses d'ici-bas, c'est le vrai caractère :
Il est rare qu'un fils marche dans le sentier
 Que suivoit un illustre père :
Des mœurs comme des biens on n'est pas héritier,
 Et d'exemple on ne s'instruit guère.

   ※

Tandis que le Soleil se lève encor pour nous,
 Je conviens que rien n'est plus doux
 Que de pouvoir sûrement croire
Qu'après qu'un froid nuage aura couvert nos yeux,
 Rien de lâche, rien d'odieux,
 Ne souillera notre mémoire ;

Que regrettés par nos amis,

Dans leur cœur nous vivrons encore ;

Pour un tel avenir tous les soins sont permis :

C'est par cet endroit seul que l'amour-propre honore,

Qu'il faut laisser le reste entre les mains du sort :

Quand le mérite est vrai, mille fameux exemples

Ont fait voir que le temps ne lui fait point de tort :

On refuse aux vivans des temples

Qu'on leur élève après leur mort.

※

Quoi ! l'homme, ce chef-d'œuvre à qui rien n'est semblable !

Quoi ! l'homme, pour qui seul Dieu forma l'Univers !

Lui dont l'œil a percé le voile impénétrable

Qui couvre la Nature & ses ressorts divers !

Lui des Loix & des Arts l'inventeur admirable !

Aveugle pour lui seul, ne peut-il discerner,

Quand il n'est question que de se gouverner,

Le faux bien du bien véritable ?

※

Mais d'où vient qu'aujourd'hui mon esprit est si vain ?

Que fais-je ? & de quel droit faut-il que je censure

Le goût de tout le genre humain,

Ce goût favori qui lui dure

Depuis qu'une immortelle main

Du ténébreux chaos a tiré la Nature ?
Ai-je acquis dans le monde affez d'autorité
    Pour rendre mes raifons utiles,
Et pour détruire en lui ce fonds de vanité
Qui ne lui peut laiffer aucuns momens tranquilles ?
    Non : mais un efprit d'équité,
A combattre le faux inceffamment m'attache ;
Et fait qu'à tout hafard j'écris ce que m'arrache
    La force de la vérité.

    Eh ! comment pourrois-je prétendre
    Guérir les Mortels d'une erreur
    Qu'ils aiment jufqu'à la fureur,
Si moi qui la condamne ai peine à m'en défendre ?
Ce portrait, dont Apelle (1) auroit été jaloux,
Me remplit, malgré moi, de la flatteufe attente,
Que je ne faurois voir dans autrui fans courroux.
    Foible raifon, que chacun vante,
Voilà quel eft le fonds qu'on peut faire fur vous.

---

(1) Apelles étoit de l'Ifle de Côs ; il fe trouvoit ordinairement à Ephèfe : on l'appelloit le Prince des Peintres. Il etoit fi habile, qu'Alexandre lui permit de faire fon portrait : il lui donna même une de fes concubines, dont il devint amoureux en travaillant à fon portrait.

Toujours vains, toujours faux, toujours pleins d'injuſtices,
　　Nous crions dans tous nos diſcours
Contre les paſſions, les foibleſſes, les vices,
　　Où nous ſuccombons tous les jours.

Mad. Deshoulieres.

N°. 140.

AMBITION (ſur l').

QUAND la jeuneſſe ardente & vaine
Commençoit d'allumer en vous
Ces feux ſi piquans & ſi doux,
Le charme des cœurs & la peine ;
Alors, pleins de jeunes déſirs,
Vous ne connoiſſiez de plaiſirs
Que ceux qu'un tendre amour inſpire ;
Et comptant le reſte pour rien,
Du ſujet de votre martyre
Vous faiſiez votre unique bien.

Un ſoin plus noble vous dégage
De votre longue paſſion ;
Mais guéri par l'ambition,
Vous croyez être libre & ſage ;

Vous l'êtes pourtant aussi peu,
Que quand vous étiez tout en feu
Pour l'objet de votre tendresse :
C'est toujours, sous des noms divers,
Esclavage, folie, ivresse,
Vous n'avez que changé de fers.

Pour ceux à qui de chaque chose
La raison découvre le prix,
Et qui du seul vrai font épris,
Sans qu'un faux éclat leur impose,
Les grandeurs que vous désirez,
Les honneurs où vous aspirez,
Sont un objet aussi frivole
Que l'objet des vœux des enfans,
(Un léger papillon qui vole)
Vous le paroissoit à vingt ans.

Qui ne rit de leur vaine joie,
Quand vers eux il vient à voler ?
Qui ne rit de les voir brûler
Du désir d'en faire leur proie ?
Sans relâche ils courent après,
Et suivent son vol de si près,

Qu'ils portent les mains fur fes ailes :
Heureux qui peut avoir atteint
Sur la cime des fleurs nouvelles
L'infecte de cent couleurs peint !

Ainfi, dès l'âge le plus tendre,
Tel eft des hommes le deftin,
Que leur état, à le bien prendre,
N'eft qu'un tiffu d'erreurs fans fin.
Quoi que pour nous la raifon tente,
Le plus fouvent foible, impuiffante,
Elle ne fait qu'un vain effort ;
Et malades, toute la vie,
De crainte, d'efpoir ou d'envie,
Nous ne guériffons qu'à la morr.

Regnier.

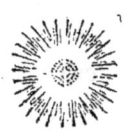

N.º 141.

N.º 141.

AMBITION (fur l') & l'Envie.

Dᴇᴜx monftres différens échappés du Ténare (1) .
   Obtinrent l'encens des Mortels,
   Et les Dieux jaloux des Autels
Sur les adorateurs de ce couple bizarre
Réfolus d'épuifer la vengeance & fes traits,
Voulurent les punir par leur propres forfaits.
Apollon (1) defcendit du féjour du Tonnerre,
Et fes premiers regards trouvèrent fur la terre
   Dans un temple paré de fleurs,
L'Ambition, l'Envie, exécrables idoles,
Troublant tous les efprits, embrafant tous les cœurs.
Vos fouhaits, leur dit-il, ne feront plus frivoles:
L'une peut défirer, & dans le même inftant
   Elle obtiendra tout ce qui peut lui plaire;
   L'autre en aura deux fois autant.
Sans doute il m'appartient de parler la première,
   Dit auffi-tôt l'Ambition altière;
Par la même raifon je puis fans doute auffi

---

(1) Ténare. *V.* N.º 24.
(2) Apollon. *V.* N.º 25.

R

Céder mon droit, cette fois-ci.
Mais l'Envie à ces mots exhalant sa colère
     Par un horrible sifflement,
Tu comptes, je le vois, y gagner doublement !
J'aurois beau souhaiter la félicité même,
     Pourrois-je en goûter la douceur?
     Je ne sentirois que l'horreur
     D'avoir fait ton bonheur suprême;
   Connois-moi donc, je désire & je veux
     Perdre un œil pour t'en ôter deux.
Va, souffre, il me suffit, tes maux seront ma joie,
Va, c'est par les douleurs que tu l'*emporteras*,
Je te verrai du moins à l'amertume en proie !

     L'Ambition fut la dupe par-*là*
     De sa politique profonde :
Tout aveugle qu'elle est, elle prétend toujours
     Donner des loix, régler nos jours;
Et les égaremens font les malheurs du monde.

                M. de Rivry.

N.º 142.

AMBITION (la folle) d'*Alexandre*.

RANGER tous les humains fous la loi d'un Mortel,
Eſt digne du Tonnerre, & non pas d'un Autel.
Parce que ſon orgueil échauffoit ſon courage,
Il crut que l'Univers étoit ſon apanage ;
Que tous les Souverains, & que tous les États
Devoient un plein hommage à l'ardeur de ſon bras :
Il fit un droit certain de l'inſulte & du crime,
Et d'un uſurpateur un Maître légitime.
A peine un fol eſpoir a piqué ſes eſprits,
Que le Trône du père eſt indigne du fils :
Il paſſe dans l'Aſie ; il ſubjugue les Perſes ;
Il fait ployer ſous lui les Nations diverſes ;
Leur fortune & leur ſang ſont dûs à ſa valeur,
Et le Gange (1) & l'Euphrate (2) en changent de couleur...
Aſtre pernicieux ſur la terre & ſur l'onde,
L'effroi de la Nature, & le malheur du Monde...
Ses progrès achevés ceſſent de le flatter ;
Rien ne peut l'aſſouvir, rien ne peut l'arrêter :

---

(1) Gange. *V.* N.º 133.
(2) Euphrate, fleuve d'Aſie, qui prend ſa ſource dans l'Arménie.

Victorieux du Monde, il en demande un autre;
Il en veut un plus riche & plus grand que le nôtre;
Et n'ayant plus à vaincre en ce vaste horizon,
Il sait que l'Univers n'est plus que sa prison.

Brebeuf.

N.° 143.

AMBITION (sortie sur l').

AVEUGLE Ambition, cruelle Politique,
Invincibles attraits d'un pouvoir tyrannique,
Dans quels gouffres de maux m'avez-vous entraîné!
Déchiré de remords, d'horreurs environné,
Chargé du poids affreux de la haine commune,
Le vice m'est suspect, la vertu m'importune.
Loin de moi fuit l'honneur, la foi, la vérité,
Et dans le crime seul je vois ma sûreté;
Je ne puis m'attacher que des cœurs mercenaires,
De mes cruels desseins instrumens nécessaires;
C'est dans leurs mains, ô Ciel! que mon sort est remis;
Quelle honte, ô tyrans, ce sont-là vos amis.

M. Marmontel.

N.º 144.

AMBITION (l') *punie. V.* la lettre P. N.º 2353.

Frédéric II.

N.º 145.

AMBITION (l') *eſt le fléau de la raiſon. V.* la lettre P. N.º 2353.

Frédéric II.

N.º 146.

AMBITION (ſur l') *démeſurée des hommes. V.* la lettre P. N.º 2353.

Frédéric II.

N.º 147.

AMBITION (l'). *V.* la lettre T. N.º 3009.

La Motte.

N.º 148.

AMBITION (l') *punie. V.* la lettre J. N.º 2791.

M ...

R iij

N.º 149.

AMBITION (l') *déplacée.* *V.* la lettre B. N.º 2737.

Piron.

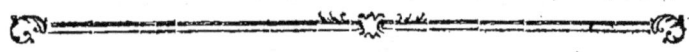

N.º 150.

AME (la véritable grandeur d') *se fait connoître dans l'adversité.*

Souvent le courage héroïque
N'eſt que fantôme chimérique
Que ſoutient la proſpérité :
Et ſi l'or s'éprouve à la flamme,
La véritable grandeur d'ame
S'éprouve dans l'adverſité.

Racine.

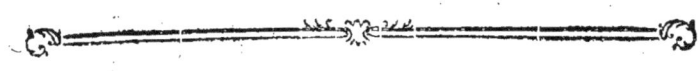

N.º 151.

AME (idée de l') *du Héros.*

L'AME du vrai Héros, tranquille, courageufe,
Sait comme il faut fouffrir une vie orageufe;
Il fait, & c'eft par-là qu'un grand cœur fe confole,
Que fon nom ne craint rien, ni des fureurs d'Éole (1),
 Ni des flots inconftans;
Et que, s'il eft mortel, fon immortelle gloire
Bravera, dans le fein des Filles de Mémoire,
 Et la Mort & le Temps.

Rouffeau.

N.º 152.

AME (entretien d'une) *affligée.*

J'APPELLE à mon fecours, Raifon, Philofophie;
Je n'en reçois hélas! aucun foulagement;
A leurs belles leçons infenfé qui fe fie,
Elles ne peuvent rien contre le fentiment.

---

(1) Éole étoit fils d'Hipotès, defcendant de Deucalion : il avoit le gouvernement des Vents.

R iv

J'entends que la Raison me dit que vainement
Je m'afflige d'un mal qui n'a point de remède;
Mais je verse des pleurs dans ce même moment,
Et sens qu'à ma douleur il vaut mieux que je cède.

L'Abbé de Chaulieu.

N.° 153.

AME (vérités morales sur l').

INSENSÉS, qui du bras céleste
Ne craignez plus le châtiment,
Et qui, dans un calme funeste,
Vous livrez au déréglement;
En vain affermis dans le vice,
Vous vous cachez le précipice
Que vous creuse l'impiété :
Dieu va combler votre misère,
C'est du trésor de sa colère
Que sort votre incrédulité.

Parvenus à l'orgueil suprême
Où s'élève le libertin,
Vous vous faites un faux système
De la nature & du destin.

Rien ne fixe plus vos penſées:
Des erreurs les plus inſenſées
Vous ſucez le fatal poiſon:
Rebelles au joug de la grace,
Il ne manquoit à votre audace
Que d'éteindre encor la raiſon.

Concevez-vous que ce génie,
Cet eſprit par vous mépriſé,
Ne voit que la ſimple harmonie
De votre corps organiſé?
Quoi! cet intelligent ouvrage
De l'Éternel la vive image,
Dans le néant ſe voit réduit?
Ce qu'il paroît n'eſt qu'un vain ſonge;
Eſt-ce donc que par le menſonge
Dieu nous abuſe & nous réduit?

Sourd à la voix de la Natute,
Monſtres dans la ſociété,
Que coûte à votre cœur parjure
La plus noire infidélité?
Si tout périt avec la vie,
Quel droit eſt ſacré pour l'impie?

Il n'eſt plus ni vertu, ni foi;
Tout eſt permis & légitime;
Il ne lui reſte pour maxime
Que de tout rapporter à ſoi.

Dans tous les lieux, dans tous les âges,
L'amour de l'immortalité
Laiſſe d'éclatans témoignages
D'un ſentiment ſi reſpecté :
Prétendez-vous pouvoir détruire
Une loi qui fut nous inſtruire
Dès que le monde a commencé?
Et ce qu'ont cru les plus habiles,
Des aveugles, des indociles,
Croiront-ils l'avoir effacé?

Oſez mettre dans la balance
Des témoignages ſi conſtans :
Douterez-vous d'une exiſtence
Qui n'a d'ennemis que vos ſens?
Mais quoi! l'éternelle ſageſſe
Vous laiſſe endormis dans l'ivreſſe
Où le vice vous a plongés.
Comment ſurmonter les obſtacles!

Vous méprifez les faints oracles :
Par vos mépris ils font vengés.

Ciel ! quelle horrible deftinée
Suit bientôt le profond fommeil,
Quand fur une ame abandonnée
Tu ne luis plus, divin Soleil !
Fais qu'à la voix de ton tonnerre
Tremblent les Peuples de la terre,
Je ferai moins épouvanté.
Sauve-nous ces traits invifibles,
Qui, dans nos ames infenfibles,
Font éclipfer la vérité.

Duché.

N.º 154.

AME (raifonnement de l').

EN naiffant prefqu'inanimée,
Pouviez-voûs donc, à votre gré,
Maffe groffière être formée,
D'un fang plus ou moins honoré ?
Heureux qui ne doit qu'à lui-même,
L'éclat de la grandeur fuprême,

Dont l'Équité l'a revêtu.

On hérite de la Nobleffe ;

Mais il faut un cœur fans foibleffe ;

Pour être fils de la Vertu.

Desforges Maillard.

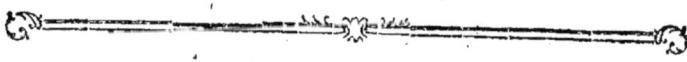

N°. 155.

AME (entretien moral pour relever notre) *dans les fouffrances & les perfécutions.*

ARISTE, je t'écris dans un de ces inftans,

Où l'ame languiffante, affligée & flétrie,

Repouffe avec dégoût la coupe de la vie,

Et demande à quitter des liens trop pefans ;

Du plaifir la flamme agiffante

N'eft plus pour moi qu'une lueur mourante

Qui s'exhale en vaines vapeurs :

Tel un champ que la mort habite

Voit ces feux impuiffans qu'un air impur excite ;

Eclaircir des tombeaux les lugubres horreurs.

Que font ces paffions mobile de mon être,

L'Ambition, la Gloire, l'Amitié,

L'Amour à qui mon cœur a tant facrifié,

De nos fonges trompeurs, le moins trompeur peut-être ?

Toutes ces brillantes erreurs

A mes regards s'éloignent & périffent,

Comme ces fantômes menteurs

Qui doivent à la nuit leur forme & leurs couleurs,

Devant le jour s'évanouiffent.

Le monde difparoît & fe perd à mes yeux :

Ainfi, le vaiffeau qui fend l'onde

Et court fur la plaine profonde

S'abandonner aux vents féditieux,

Voit s'éloigner, blanchir, décroître,

Fuir, s'effacer & difparoître

Les villes, les remparts & les monts fourcilleux.

Je n'envifage plus qu'un effroyable abyme,

Ce gouffre dévorant qu'on ne peut éviter,

Où tout vient fe précipiter

Jufques au tems qui lui fert de victime :

Eh ! pourquoi n'ai-je pas la force d'y courir ?

Pour contempler les flots, la foudre & la tempête,

Dois-je encor retourner la tête ?

Et n'ai-je pas appris, malheureux, à mourir ?

Lorfque je puis rompre mes chaînes,

Lorfqu'un feul inftant peut finir

Un cours d'ennuis & d'éternelles peines,

Qui peut, hélas ! me retenir ?

Tu ne faurois, efclave miférable,

Brifer les murs de ta prifon !

Tu ne fais que traîner cette trifte raifon,

Qui, loin de te prêter une main fecourable,

D'un flambeau faus clarté t'importune & t'accable.

Quel eft donc mon efpoir? Ah! courageux Caton (1);

Ame vraiment romaine & digne de Platon (2),

Que n'ai-je dans mon fein ton audace hardie,

 Ce noble mépris de la mort,

  Qui t'affranchit, par un heureux effort,

  Et de Céfar (3) & de la vie!

Mais, qu'ai-je dit ? Quand ma mourante voix

Appelle ce fommeil, cette heureufe impuiffance;

  Qui doit endormir ma fouffrance,

Et d'un coup m'épargner tant de coups à la fois;

De la Religion j'entends la voix tonnante....

Eh bien ! fille du Ciel, parle, confole-moi;

D'un feul de tes rayons la lueur bienfaifante

De mes pas égarés écartera l'effroi.

---

(1) Caton, Orateur grave & raffis, naquit à Tufculum : il étoit quelquefois fort âpre, malgré qu'il eût en partage un efprit doux. Il poffeda toutes les places les plus importantes de la République de Rome : il étoit de la plus févère intégrité. Il fe maria à l'âge de 80 ans avec une jeune fille dont le père étoit domeftique chez lui.

(2) Platon, ancien & célèbre Philofophe d'Athènes, & Chef des Académiciens, fut premièrement Peintre, Poëte, & puis Philofophe. Il fut en Égypte avec Pythagore, pour conférer avec les Prêtres du pays.

(3) Céfar. *V.* N.º 47.

» Attends, vase orgueilleux, enfant de la poussière,
» Que l'Esprit, qui d'un souffle anime la matière,
   » Qui te forma, te pêtrit à son gré,
» A son gré décompose une argille grossière,
» Et te rende au limon dont il t'avoit tiré;
      » Baisse ta paupière arrogante,
» Homme, ris, souffre, adore, & ne demande pas
» Pourquoi tant d'ennemis s'attachent à tes pas :
» Quand il en sera temps, victime obéissante,
» Reçois, sans murmurer, l'arrêt de ton trépas ".
Trainons donc, malheureux, la chaîne qui nous lie;
Sur les bords de la tombe osons nous arrêter;
Et, sans interroger la main qui nous châtie,
Courbés sous le malheur, sachons la respecter.

M. d'Arnaud.

N.º 156.

AME (vérité sur l'immortalité de l').

JE pense : la pensée, éclatante lumière,
Ne peut sortir du sein de l'épaisse matière.
J'entrevois ma grandeur : ce corps lourd & grossier
N'est donc pas tout mon bien, n'est pas moi tout entier.
Quand je pense, chargé de cet emploi sublime,
Plus noble que mon corps un autre être m'anime.

Je trouve donc qu'en moi, par d'admirables nœuds,
Deux êtres opposés font réunis entr'eux.
De la chair & du sang le corps, vil assemblage,
L'ame, rayon de Dieu, son souffle, son image,
Ces deux êtres liés par des nœuds si secrets,
Séparent rarement leurs plus chers intérêts:
Leurs plaisirs font communs aussi bien que leurs peines.
L'ame, guide du corps, doit en tenir les rênes;
Mais par des maux cruels quand le corps est troublé,
De l'ame quelquefois l'empire est ébranlé.
Dans un vaisseau brisé, sans voile, sans cordage,
Triste jouet des vents, victime de leur rage,
Le Pilote effrayé, moins maître que les flots,
Veut faire entendre en vain sa voix aux Matelots,
Et lui-même avec eux s'abandonne à l'orage.
Il périt; mais le nôtre est exempt du naufrage.
Comment périroit-il? Le coup fatal au corps
Divise ses liens, dérange ses ressorts:
Un être simple & pur n'a rien qui se divise,
Et sur l'ame la mort ne trouve point de prise.
Que dis-je? Tout ces corps dans la terre engloutis,
Disparus à nos yeux, font-ils anéantis?
D'où nous vient du néant cette crainte bizarre?
Tout en sort, rien n'y rentre; & la Nature avare,
Dans tous ses changemens ne perd jamais son bien.
Ton art ni tes fourneaux n'anéantiront rien;

Toi

Toi qui, riche en fumée, ô sublime Alchymiste,
Dans ton laboratoire invoques Trismégiste (1),
Tu peux filtrer, dissoudre, évaporer ce sel;
Mais celui qui l'a fait, veut qu'il soit immortel.
Prétendras-tu toujours à l'honneur de produire,
Tandis que tu n'as pas le pouvoir de détruire?
Si du sel ou du sable un grain ne peut périr,
L'être qui pense en moi craindra-t-il de mourir?
Qu'est-ce donc que l'instant où l'on cesse de vivre?
L'instant où de ses fers une Ame se délivre.
Le corps né de la poudre, à la poudre est rendu;
L'esprit retourne au Ciel, dont il est descendu.
Peut-on lui disputer sa naissance divine?

. . . .

O vous, dont les grands noms sont exempts de la mort!
Eh! pourquoi, dévoré par cette folle envie,
Vais-je étendre mes vœux au delà de ma vie?
Par de brillans travaux je cherche à dissiper
Cette nuit dont le temps me doit envelopper:
Des siècles à venir je m'occupe sans cesse;
Ce qu'ils diront de moi, m'agite, m'intéresse.
Je veux m'éterniser, & dans ma vanité,
J'apprends que je suis fait pour l'immortalité.

---

(1) Trismégiste, c'est-à-dire, trois fois très-grand.

De tout bien qui périt, mon Ame eſt mécontente.

Grand Dieu, c'eſt donc à toi de remplir mon attente!

Si je dois me borner aux plaiſirs d'un inſtant,

Falloit-il pour ſi peu m'appeller du néant?

Et, ſi j'attends en vain une gloire immortelle,

Falloit-il me donner un cœur qui n'aimât qu'elle?

Que dis-je? Libre en tout, je fais ce que je veux:

Mais dépend-il de moi de vouloir être heureux?

Pour le vouloir, je ſens que je ne ſuis plus libre;

C'eſt alors qu'en mon cœur il n'eſt plus d'équilibre;

Et qu'aſpirant toujours à la félicité,

Dans mon ambition je ſuis néceſſité.

Quoi! l'homme n'eſt-il pas l'ouvrage d'un bon Maître?

Puiſqu'il veut être heureux, il eſt donc fait pour l'être.

Sur la terre, il eſt vrai, je vois dans le malheur

La vertu gémiſſante, & le vice en honneur;

Mais j'élève mes yeux vers ce Maître Suprême,

Et je le reconnois dans ce déſordre même.

S'il le permet, il doit le réparer un jour.

Il veut que l'homme eſpère un plus heureux ſéjour.

. . . .

O Mort! eſt-il donc vrai que nos Ames heureuſes

N'ont rien à redouter de tes fureurs affreuſes,

Et qu'au moment cruel qui nous ravit le jour,

Tes victimes ne font que changer de ſéjour?

Quoi! même après l'inſtant que tes aîles funèbres

M'auront enfeveli dans tes noires ténèbres;
Je vivrai? Doux efpoir! que j'aime à m'y livrer!

Racine.

N.° 157.

AME (la tranquillité de l') *ne s'acquiert que par la
confiance dans l'Etre Suprême.*

CELUI qui mettra fa vie
Sous la garde du Très-Haut,
Repouffera de l'envie
Le plus dangereux affaut.
Il dira : Dieu redoutable !
C'eft dans ta force indomptable
Que mon efpoir eft remis ;
Mes jours font ta propre caufe ;
Et c'eft toi feul que j'oppofe
A mes jaloux ennemis.

Pour moi, dans ce feul afyle,
Par fes fecours tout-puiffans,
Je brave l'orgueil ftérile
De mes rivaux frémiffans.
En vain leur fureur m'affiége;
Sa juftice rompt le piége

S ij

De ses chasseurs obstinés :
Elle confond leur adresse,
Et garantit ma foiblesse
De leurs dards empoisonnés.

❋

O toi que ces cœurs féroces
Comblent de crainte & d'ennui,
Contre leurs complots atroces,
Ne cherche point d'autre appui !
Que la vérité propice
Soit contre leur artifice,
Ton plus invincible mur ;
Que son aile tutélaire,
Contre leur âpre colère,
Soit ton rempart le plus sûr.

❋

Ainsi, méprisant l'atteinte
De leurs traits les plus perçants,
Du froid poison de la crainte,
Tu verras tes jours exempts ;
Soit que le jour sur la terre,
Vienne éclairer de la guerre
Les implacables fureurs ;
Ou, soit que la nuit obscure

Répande, dans la Nature,
Ses ténébreuſes horreurs.

※

Quels effroyables abymes
S'entr'ouvrent autour de moi !
Quel déluge de victimes
S'offre à mes yeux pleins d'effroi !
Quelle épouvantable image,
De mort, de ſang, de carnage,
Frappe mes regards tremblans !
Et quels glaives inviſibles
Percent de coups ſi terribles
Des corps pâles & ſanglans !

※

Mon cœur, ſois en aſſurance ;
Dieu ſe ſouvient de ta foi ;
Les fléaux de ſa vengeance
N'approcheront pas de toi :
Le juſte eſt invulnérable ;
De ſon bonheur immuable
Les Anges ſont les garans ;
Et toujours leurs mains propices,
A travers les précipices,
Conduiſent ſes pas errans.

Dans les routes ambiguës
Du bois le moins fréquenté,
Parmi les ronces aiguës,
Il chemine en liberté ;
Nul obstacle ne l'arrête :
Ses pieds caressent la tête
Du Dragon & de l'Aspic ;
Il affronte avec courage
La dent du Lion sauvage ,
Et les yeux du Basilic.

❀

Si quelques vaines foiblesses
Troublent ses jours triomphans ,
Il se souvient des promesses
Que Dieu fait à ses enfans.
A celui qui m'est fidèle ,
Dit la Sagesse éternelle,
J'assurerai mes secours ;
Je raffermirai sa voie ,
Et dans des torrens de joie
Je ferai couler ses jours.

❀

Dans ses fortunes diverses ,
Je viendrai toujours à lui ;

Je ferai dans ses traverses,
Son implacable appui :
Je le comblerai d'années
Paisibles & fortunées ;
Je bénirai ses desseins ;
Il vivra dans ma mémoire,
Et partagera la gloire
Que je réserve à mes Saints.

J. B. Rousseau.

N.° 158.

AME (de l'immortalité de l').

GRAND Dieu ! quand un rayon de la clarté suprême
　Ne m'eût point revélé mon sort,
Mon Ame chaque jour lit au fond d'elle-même,
Qu'en la formant, ta main l'a souftraite à la mort.
Un instinct généreux, un cri de la Nature,
　Contre le néant me rassûre.
Ce qui n'est point matière est immortel en moi,
Ma raison me l'apprend sans être téméraire,
　Et sur cet important mystère
Ne laisse ni combats, ni mérite à ma foi.

S iv

Quoi ! ce souffle émané de la bouche divine,
    Pourroit donc, victime du temps,
Malgré ses attributs, malgré son origine,
N'échapper au néant que pour quelques instans?
Cet être, en qui des traits qu'on ne peut méconnoître,
    M'offrent l'image de ton être,
Pourroit comme l'éclair ?... Ah ! j'en frémis d'effroi.
Non, Seigneur, de tes dons, ce brillant assemblage
    Ne sauroit être ton image,
S'il ne sort de tes mains immortel comme toi.

Lui périr? lui, grand Dieu ! par qui l'espace immense
    Dans un instant est embrassé?
Lui qui d'un prompt essor dans l'avenir s'élance?
Lui qui fait d'un regard revivre le passé?
Lui qui fonde les Cieux, lui qui pese la terre,
    Qui décompose le Tonnerre?
Lui qui connoît son Etre & qui sait l'expliquer?
C'est peu ; lui qui t'entend, qui te connoît, qui t'aime,
    Qui pénetre dans ton sein même,
Ah! la mort dans ton sein pourroit donc l'attaquer?

Eh! pourquoi, s'il est prêt à fondre dans l'abyme,
    De tant de dons le révêtir?

N'aurois-tu donc voulu qu'embellir la victime
Que la mort va frapper, & la terre engloutir ?
Malheur, malheur au jour qui ne m'a donc vu naître.
  Que pour souffrir & disparoître !
Le néant m'épargnoit l'horreur du sort humain.
O, de jours & de maux carrière déplorable !
  Tu me deviens insupportable,
Si d'un séjour plus doux tu n'es point le chemin.

Quoi ! naître dans les pleurs ? Vivre en proie au supplice
  Des passions ou de l'envie ?
Victime, ou des remords qui poursuivent le vice,
Ou du pénible soin de lutter contre lui ?
Ne connoître du vrai qu'une ombre peu certaine,
  Du plaisir qu'une image vaine ?
Au sein de la douleur voir approcher la mort,
Ne pouvoir ni la fuir, ni cesser de la craindre,
  Et tout entier enfin s'éteindre ?
Si tel est mon destin, quel plus horrible sort ?

Le tien, infecte vil, seroit plus favorable ;
  Du seul penchant tu suis les Loix,
Tu sens les maux présens : à leur poids qui m'accable,
Seul des maux à venir j'ajoute tout le poids.

Ton corps fait tous les tiens ; mes deftins inflexibles
 M'en font souffrir de plus terribles,
Enfans de la raifon, pères du défefpoir ;
La Mort fond fur nous deux ; mais le fouverain Maître,
 Avec l'horreur de la connoître,
N'épargne qu'à toi feul l'effroi de la prévoir.

Si dans une carrière à peu de jours bornée
 Tout mon deftin doit s'accomplir,
D'où naît en moi, Seigneur, cette faim effrénée
Qu'exitent tant d'objets, qu'aucun ne peut remplir ?
Ce défir de favoir, cette foif de connoître,
 Inféparables de mon être,
Vers l'immortalité cet effor généreux ?
Je reconnois ta voix dans ces ardeurs confufes ;
 Et c'eft toi-même qui m'abufes,
Si jamais nul objet ne répond à ces vœux.

Quoi ! ce feroit pour l'homme (être vil & frivole,
 Si le néant peut l'engloutir)
Que le monde, grand Dieu ! docile à ta parole,
Du chaos débrouillé fe hâta de fortir ?
Non, non : ou cette terre eft une vafte fcène
 Qui par le combat & la peine,

D'un bonheur éternel peut m'aſſûrer l'eſpoir ;
Ou mon œil, dans ce feu de ta main immortelle,
    Qui me paroît peu digne d'elle,
De tous les attributs ne voit que ton pouvoir.

Mais ſi tout l'homme meurt, je cherche ta juſtice.
    Quels objets m'offre l'Univers ?
La pourpre eſt trop ſouvent le partage du vice ;
Celui de la vertu, la pouſſière ou les fers.
Applaudi, redouté, l'uſurpateur habile,
    De la dépouille du Pupille,
Au mépris de la foudre, éblouit tous les yeux.
La foule qui le voit inſultant ſes victimes,
    S'enivrer du fruit de ſes crimes,
Doute s'il eſt encore un Vengeur dans les Cieux.

Ainſi tant d'attentats pourroient de ta colère
    Éluder la juſte rigueur ?
Tant d'efforts de vertu périroient ſans ſalaire ?
La mort égaleroit le juſte & l'infracteur ?
Ah ! l'impie aveuglé qui croit l'ame mortelle,
    Veut t'anéantir avec elle.
Tu n'es point, ſi tu n'es la ſuprême Équité.
Croire qu'il eſt un Dieu ſans le croire équitable,

C'est par un blasphême effroyable
Substituer un monstre à la Divinité.

Non, je n'en puis douter; ton jour est prêt à luire:
Le fort du juste & du pervers,
Dans un ordre nouveau, dont tu daignes m'instruire,
Va te justifier aux yeux de l'Univers.
Quel trouble cependant! quels périls! quelle attente!
L'Immortalité m'épouvante:
Ah! soutiens mon espoir, ranime mon effort.
Que l'Enfer vainement de piéges m'investisse;
Qu'à jamais heureux je bénisse
La main qui m'affranchit du pouvoir de la Mort.

M. Lemierre.

N.º 159.

AME (la belle). *V.* la lettre B. N.º 546.

M. Dorat.

N.º 160.

AME (la grandeur d'). *V.* la lettre J. N.º 1743.

Anonyme.

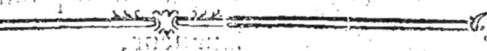

N.º 161.

AME (prière fervente d'une) *affligée.*

Jusques à quand, baigné de larmes,
Gémirai-je sans t'attendrir?
O Dieu! témoin de nos alarmes,
Voudrois-tu me laisser périr?

Jusques à quand tes yeux sévères
Seront-ils détournés de moi?
Jusques à quand de mes misères
Voudrai-je rougir devant toi?

Seigneur, combien de temps encore
Veux-tu me voir humilié?
Quoi! c'est en vain que je t'implore,
Tu m'as pour toujours oublié?

De la rigueur de ton silence,
Tandis que je suis confondu,
Mon ennemi plein d'insolence
En triomphe, & me croit perdu.

Ah! Seigneur, si d'une main prompte
Tu ne relèves ma langueur,
Publiant sa gloire & ma honte,
Il dira qu'il est mon vainqueur.

Si tu ne me rends ta lumière,
Quel sera mon funeste sort?
Accablé d'une nuit entière,
Je m'endormirai dans la mort.

Tu m'écoutes : mon espérance
Ne m'a point flatté vainement,
Et bientôt de ma délivrance,
Je vais chanter l'heureux moment.

Racine.

N.º 162.

AME (entretien moral & philofophique fur l') *des bêtes.*

QUEL ordre rigoureux m'avez-vous impofé !
Ducheffe (1), à quel affront je me vois expofé !
Pourrez-vous fans colère écouter un fyftême,
Dont cent fois la rigueur m'a révolté moi-même?
Laiffez-moi bien plutôt renfermer en fecret
Les dures vérités que je crois à regret.
Mais déjà mon refus commence à vous déplaire.
Je vais donc révéler, Philofophe fincère,
Mes fentimens affreux, barbares, inouis :
Souvenez-vous du moins que je vous obéis.

Lorfque des préjugés brifant la longue chaîne,
Ma raifon libre enfin, me parle en Souveraine;
Ce chien qui fuit mes pas (Ducheffe, plaignez-moi:
Je le répète encor à regret, je le crois),
Ce chien ne m'offre plus qu'une trompeufe image
De la fidélité qui paroît fon partage.

_____

(1) C'étoit à Mad. la Ducheffe de Noailles, que l'Auteur adref-
foit cette Épître.

Infenfible automate, il me fuit fans me voir:
Il fait mes volontés fans jamais les favoir.
Sans colère il s'irrite, il gémit fans fe plaindre;
Sans m'aimer il me flatte, & me fuit fans me craindre.
Le fang fait tout en lui, feul maître de fon corps,
Sans qu'une ame préfide au jeu de fes refforts.
Si dans quelques momens touché de fes careffes,
D'un cœur prêt à l'aimer j'écoute les foibleffes;
Si dans les châtimens qu'il me paroît fouffrir,
Par fes cris douloureux je me laiffe attendrir,
Defcartes, ou plutôt la raifon me rappelle,
Et dictant contre lui fa fentence cruelle,
Le déclàre *machine* ..... A ce mot, quel courroux
En des yeux menaçans change ces yeux fi doux!
Vous vous troublez ... Qui, moi? Perdez cette efpérance.
On ne s'irrite point contre l'extravagance,
Et mon jufte mépris vous met au rang des fous:
Philofophe & rimeur, quels titres contre vous!

⁂

Pourfuivez : amoureux d'honorables injures,
J'offre, à la vérité, ces délices fi pures;
Et d'un ingrat mépris duffiez-vous m'accabler,
Pour défendre nos droits, j'ofe encor vous parler.
Oui, c'eft de l'homme ici que je plaide la caufe,
Et, pour lui-même enfin, contre lui je m'oppofe.

Pouvez-vous

Pouvez-vous consentir qu'à nos fers destinés,
D'indignes animaux à la terre bornés,
Partagent avec nous cette clarté divine
Qui nous rappelle à tous notre illustre origine ?
Consultez la raison : son oracle éternel
Vous dira, comme à moi, que notre être immortel,
L'Ame, rayon de Dieu, son souffle, son image,
Est un don qu'il n'a fait qu'à son plus bel ouvrage.

De ce Dieu, dites-vous, les dons sont différens :
Quand pour nous sa bonté prodigue les plus grands,
Aux plus vils animaux, en biens inépuisable,
Il accorde au lieu d'Ame un *instinct* admirable.
Qui peut ?... Je vous arrête, & ferme sur ce point,
Je proscris un vain nom, un être qui n'est point.
Oui, quand de la raison j'approche la lumière,
Je n'en puis voir que deux, *l'esprit & la matière.*
De ces êtres divers, l'homme, assemblage heureux,
Par des liens secrets les réunit entr'eux :
La matière, être épais, étendu, divisible ;
L'esprit, être pensant, simple, pur, invisible.
Par ce guide immortel dont l'homme est honoré,
Un stupide animal peut-il être éclairé ?
Vous n'osez soutenir une erreur si grossière :
Mais, s'il n'a point ce guide, il n'est donc que matière.

T

Je triomphe, & déjà mon premier argument
Dans votre esprit troublé porte l'étonnement.
Sans chercher, dites-vous, la gloire d'y répondre,
J'argumente à mon tour, & je vais vous confondre.

※

Parcourez d'un coup d'œil tous ces appartemens,
De la cire & du miel, édifices charmans :
Comptez les magasins de cette mouche habile,
Digne de nos regards, & des vers de Virgile (1).
Tous ces bruyans sujets, si soumis à leur Roi,
A vos subtilités répondent mieux que moi.
Contemplez des Fourmis la prévoyance active ;
Admirez des Oiseaux la prudence attentive.
Pourquoi dans les rochers, les arbres, les buissons,
Vont-ils si loin de nous cacher leurs nourrissons ?
Nous les avons contraints à devenir si sages ;
Et notre cruauté les a rendus sauvages.
Puisqu'ils savent nous craindre, & prévoir leur malheur,
Cette crainte est leur gloire, & notre déshonneur.
Le fol amour, suivi de ses transports terribles,
Entre aussi quelquefois dans ces ames paisibles :
La Colombe elle-même apprend à s'irriter.
J'entends d'un Peuple entier la discorde éclater,

---

(1) Virgile. *V*. N.° 10.

Une Hélène (1) a soufflé cette ardeur meurtrière;
Plus d'un Héros pour elle a mordu la poussière:
Et l'oiseau dont le chant, noble cri du réveil,
Doux salut de l'aurore, appelle le Soleil,
Souvent à haute voix célèbre sa victoire,
Tandis qu'abandonnant ses amours & sa gloire,
Le vaincu prend la fuite, en détournant les yeux,
Vers les antiques toits, palais de ses aïeux.
Insectes, Moucherons, respirent tous la guerre;
Et de leurs grands débats veulent remplir la terre.
Ils ont pour attaquer, leurs glaives & leurs dards:
Ils ont, pour se cacher, leurs camps & leurs remparts.
Vengeur de la Patrie, un courageux Pompée (2)
Veut ravir à César (3) sa puissance usurpée,

---

(1) Hélène étoit fille de Tyndarée & de Léda : elle épousa Mé-
nélaüs, Roi de Lycaonie. De tous les personnages de la Fable,
il n'en est point sur lequel il y ait plus de variations que sur l'origine de cette femme célèbre : elle fut enlevée par Thésée & par
Pâris. Elle se retira dans l'Isle de Rhodes après son premier mari,
où elle fut pendue par l'ordre de Polixo sa parente, & qui y com-
mandoit.

(2) Pompée (Cucius Pompeius Magnus) étoit fils de Lucilia. Il
rétablit l'honneur de sa Patrie à l'âge de 23 ans, eut trois grands
triomphes en sa vie. Il fut le grand rival de César qui le vainquit :
s'étant retiré chez Ptolomée, Roi d'Égypte, ce dernier lui fit trancher
la tête.

(3) César. V. N.° 47.

T ij

Guerre plus que civile, où du combat fatal
Mars, l'homicide Mars (1) vient donner le fignal :
Le fang coule, & bientôt le deftin fait entendre
Ce qu'il a réfolu du beau-pere & du gendre.
Mais ce n'eft point toujours par des exploits fi grands
Qu'ils terminent entr'eux leurs nobles différends;
Loin du bruit de Bellone (2), en d'obfcures retraites,
Ils favent méditer des trahifons fecrètes.
Un fil induftrieux perfidement tiffu
Arrête dans les airs un ennemi déçu;
Et ta toile, Arachné (3), quoi que l'on nous raconte,
Même après ton fupplice, à Minerve (4) fait honte.
Ne fera-t-elle auffi qu'automate à vos yeux ?
Profcrivez feulement par ce titre odieux,
La bête (qui voudroit en prendre la défenfe ?)
Dont le nom méprifable annonce l'ignorance,
Celle qui tout un jour rumine dans un pré,
Ou l'immonde animal par le Juif abhorré.

---

(1) Mars. *V.* N.º 47.

(2) Bellone *V.* N.º 138.

(3) Arachné, fille d'Idmon, difputa à Minerve la gloire de
travailler mieux qu'elle en toile & en tapifferie : cette Déeffe en
conçut une fi grande jaloufie, qu'elle lui jetta fa navette à la tête.
Arachné, chagrine de cet affront, fe pendit de défefpoir, & Minerve
la changea en araignée.

(4) Minerve étoit la Déeffe de la fageffe & des beaux Arts.

Mais de nos actions l'imitateur habile,
En tours ingénieux le Singe si fertile ;
Le Renard qui s'échappe aux chiens qu'il a trompés,
Tous deux dans votre arrêt sont-ils enveloppés ?
Quoi ! n'épargnez-vous point la triste Philomèle (1) ?
Ah ! cruels, entendez gémir la Tourterelle,
Et du Cerf aux abois considérez les pleurs.
Mais vous êtes, hélas ! plus durs que les Chasseurs.
Pourquoi chercher si loin des objets de tendresse ?
Contemplez seulement ce Chien qui me caresse.
Avouez, si pourtant vous connoissez l'amour,
Qu'il a bien de mon cœur mérité le retour.
A mes commandemens quelle oreille attentive !
Fut-il obéissance & plus prompte & plus vive ?
Je l'appelle, il accourt ; je me lève, il me suit ;
Je m'arrête, il attend ; je le chasse, il s'enfuit :
Ses soupirs, son œil triste, & sa tête baissée,
Expriment sa douleur, & prouvent sa pensée.
Un rival indiscret ose-t-il me flatter ?
Sa jalouse fureur brûle de l'écarter.
Je m'éloigne ; quel trouble, & qu'elle impatience !
Que de gémissemens pour un moment d'absence !

---

(1) Philomèle, fille de Pandion, Roi d'Athènes, étoit extrêmement belle : elle fut violée par Térée son beau-frère. Elle fut
changée en Rossignol.

T iij

Je reviens : quels tranſports! que de ſoins empreſſés!
Tranſports toujours nouveaux, ſoins déſintéreſſés.
Ardent, ſoumis, fidèle, il m'aime , ſans prétendre
Que quelque heure à me voir, & le reſte à m'attendre.
Ducheſſe, à m'émouvoir vous travaillez en vain.
Songez qu'un Philoſophe, armé d'un cœur d'airain,
Sans que jamais reſpect, ni prière le touche,
Suit d'un pas obſtiné ſa vérité farouche.
Tous ces faits merveilleux, je les ſais, je les croi :
Ils m'étonnent, c'eſt tout ce qu'ils peuvent ſur moi.
Surpris d'une machine, à mes yeux ſi parfaite,
J'en rapporte la gloire à la main qui l'a faite.
J'en cherche les reſſorts, & moins je les puis voir,
Plus j'en dois admirer l'Auteur & ſon pouvoir.
Quand d'une montre encor j'ignorerois l'ouvrage,
Quoiqu'elle offre à mes yeux cette aiguille ſi ſage,
Dont chaque pas égal, juſte règle du temps,
M'avertit d'en ſaiſir les rapides inſtans;
Et quoique le marteau qu'elle renferme en elle,
Dans tous les coups qu'il frappe à l'aiguille fidelle,
Vingt fois me le répète, & réponde à mes doigts,
Dont l'importunité l'interroge vingt fois:
Croirai-je qu'en ſon ſein c'eſt une Ame qui veille,
Pour ſatisfaire ainſi mes yeux & mon oreille?
Non, non, lorſque je ſuis ſervi par un acier
Qu'a façonné la main d'un artiſan groſſier;

Et quand fous des doigts morts une bouche fans vie
Fait foupirer la flûte avec tant d'harmonie,
Que de cuivre & de bois l'automate formé,
Par l'Amant de Syrinx (1) me paroît animé,
Je vois dans l'animal, avec moins de furprife,
Tous les effets d'un fang que fon feu fubtilife.
Tantôt ce fang rapide, à l'Ame obéiffant,
Allume dans nos yeux un regard menaçant ;
Et tantôt fur nos fronts fait rayonner la joie,
Egalement docile à l'Ame qui l'envoie.
Eh ! que dis-je ? Souvent trop prompt à nous trahir ,
Ce fang à l'Ame même ofe défobéir.
En vain l'homme outragé veut étouffer fa rage ;
Un torrent qui bouillonne enflamme fon vifage ;
Et, s'il veut, quand il craint, affecter la valeur,
Son fang qui s'en retire, y laiffe la pâleur.
Des fecrets fentimens qu'excite la Nature ,
Sur nous, & malgré nous, éclate la peinture.
Dans les dangers preffans le corps fait précéder
Notre Ame, qui n'a pas le temps de commander.
Pour défendre mon œil qu'attaque la pouffière,
Un mufcle, fans mon ordre, en baiffe la paupière.
L'enfant prêt à tomber étend fes foibles bras :
Ce gefte involontaire a fuivi fon faux pas ;

(1) Syrinx étoit une Nymphe d'Arcadie, fille du fleuve Ladon,
& compagne de Diane.

T iv

Et la main qui s'expofe au coup inévitable
Prépare pour le front un fecours favorable.
D'ignorans Porte-faix, pour foutenir leur poids,
D'un favant équilibre accompliffent les loix.

Quand je vois tant d'Humains, que l'Ame à peine éclaire,
Je fuis prêt à douter qu'elle foit néceffaire.
Que fert-elle au Sauvage enfoncé dans un bois?
Que fait l'Être penfant dans un brute Iroquois?
En exemples pareils nos climats font fertiles:
Dans nos fots Villageois que d'Ames inutiles!
Ils labourent leurs champs; ils parlent à leurs bœufs;
Et le foin de penfer ne fut point fait pour eux.
Non moins que fes chevaux, leur conducteur ftupide,
Mériteroit fouvent & le mords & la bride.
Un Manœuvre fe lève, & chargeant fur fon bras
La règle, le marteau, l'équerre, le compas,
Va tailler lentement la pierre qu'on lui donne;
Courbé fur elle, il frappe, il polit, il façonne;
La nuit vient, il s'endort, & le Soleil nouveau
Le rappelle à fa pierre; il reprend fon marteau.
Son travail, ou plutôt l'efpoir du gain l'enflamme;
Il paffe ainfi fes jours: bel emploi pour fon Ame!
» S'il alloit me reponddre: Et que fais-tu de mieux?
» De rimes occupé, diftrait, fombre, ennuyeux,

» Tu cours après des fons : bel emploi pour la tienne !
» Aucun trouble du moins n'inquiète la mienne.
» De ma tranquillité laiſſe-moi le bonheur,
» De tes raiſonnemens je te laiſſe l'honneur.

Mais c'eſt trop m'écarter, mon ſujet me rappelle.
J'y reviens, & conclus que la flamme immortelle,
Qu'enferment des Humains les corps les plus épais,
Dans ceux des Animaux ne s'allume jamais.

Et d'où vient qu'en effet la longue expérience
N'augmente point en eux l'adreſſe & la ſcience ?
Ce vieux Chat, vieux rêveur, ſans être plus inſtruit,
De ſes réflexions ne nous montre aucun fruit.
Du premier coup d'eſſai par le même artifice,
Un oiſeau de ſon nid élève l'édifice;
Tandis que les travaux, les leçons, & les ans,
Ont formé par degré nos eſprits ignorans.
Quand je vois ce Caſtor, qui ne fait que de naître,
Si ſavant dans un art dont il n'eut point de maître,
Je ne puis rapporter cet étonnant ſavoir,
Qu'à de ſecrets reſſorts que le ſang fait mouvoir.
Oui, je le crois, Ducheſſe, & la foi me l'ordonne.
Tout prêt à ſoutenir ce mot qui vous étonne,

De Defcartes (1) demain le hardi fectateur

Ofera vous montrer, s'érigeant en Docteur,

(Dût, à titre nouveau, mieux prouver fa fólie)

Sur la Religion fa doctrine établie.

Racine.

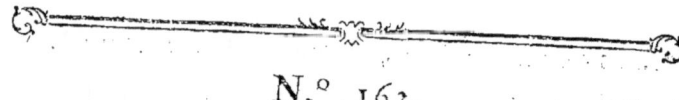

N.º 163.

AME (entretien moral & philofophique fur l') *des bêtes.*

JE viens renouveller un combat peu commun,

Qui ne tenteroit pas mon courage importun,

Si vous étiez femblable à ces femmes frivoles,

Stériles en raifons, fertiles en paroles

Arbitres d'une robe, & juges d'un ruban,

Qui, fans les doux attraits de quelque heureux Roman,

Jamais de leurs regards n'honoreroient un livre.

Ducheffe (2), à d'autres foins votre bon goût vous livre.

Dès long-temps attentive à nourrir votre efprit

D'un entretien folide, ou d'un utile écrit,

---

(1) Defcartes (René), Philofophe célèbre, & grand Mathématicien : il voulut connoître la vérité & les caufes des phénomènes de la Nature. Il fut appellé à la Cour de Chriftine, Reine de Suède, où il mourut peu de temps après fon arrivée. Son corps fut rapporté en France, & enterré à Sainte Geneviève.

(2) Mad. la Ducheffe de Noailles.

Vous réparez l'honneur du fexe à qui l'ufage
Sembloit avoir donné l'ignorance en partage.
C'eſt la cauſe du Ciel que je plaide aujourd'hui,
Et le grand Auguſtin va me ſervir d'appui.

Sous l'empire d'un Dieu tout-puiſſant, équitable,
L'innocence eſt heureuſe, & qui ſouffre eſt coupable.
Au bien de ſes enfans un père intéreſſé
Punit, même à regret, quand il eſt offenſé.
A s'armer de rigueur nous l'avons ſçu contraindre :
Fils ingrats ! fils pécheurs ! eſt-ce à nous de nous plaindre ?
Mais à nos châtimens les animaux unis
Seroient donc à la fois innocens & punis.
En eux je vois la peine & ne voit point le crime ;
Et leur plainte feroit peut-être légitime,
Si, connoiſſant leurs maux, ils élevoient ces cris :
» Victimes du couroux, vils jouets du mépris,
» Quelle eſt donc ta clémence, ou plutôt ta juſtice ?
» Pourquoi foumis à l'homme, objets de ſon caprice,
» Sous ſon règne cruel vivons-nous gémiſſans,
» D'un maître criminel, eſclaves innocens ?
» Grand Dieu ! prends-tu plaiſir à voir des miférables ?
» Par grace, romps le fil de nos jours déplorables.
» Tu nous les a donnés, retire ton préſent :
» Ou rends-nous plus heureux, ou rends-nous au néant.

Ne me répondez pas qu'ils ont commis peut-être
Quelque antique forfait qu'ils ne peuvent connoître.
Verrions nous donc entr'eux ce divers traitement,
Ce partage inégal d'un commun châtiment?
Tout semble rire à l'un, tout conspire à sa joie;
Et l'autre du supplice est l'étérnelle proie.
Tandis que ces Chevaux, à courir destinés,
Et pour vingt sols par heure au Public condamnés,
Attachés nuit & jour à leur tristes voitures,
Chargés injustement de brutales injures,
Maigres, secs, efflanqués, de coups de fouet meurtris,
D'un harnois déchiré traînant les vieux débris,
N'ont, pour mettre à profit l'instant qui les répare,
Que le foin que leur jette une main trop avare.
Le Coursier d'un Prélat, s'engraissant à loisir,
Voit abonder l'avoine au gré de son désir;
Couché nonchalamment sur une ample litière,
Seulement quelquefois levant sa tête altière,
Ecumant, frappant l'air d'un fier hennissement,
Sous un poids qui l'honore il marche lentement.
Ce Dogue, utile esclave, & garde incorruptible,
Si fidèle à son maître, aux voleurs si terrible,
D'une chaîne accablé, gémit dans sa prison:
On lui plaint un pain noir, pêtri d'orge & de son.
Qu'un astre différent éclaira la naissance
De ce Chien, tendre objet de votre complaisance!

Raſſaſié, content, il dort ſur vos genoux,
Et pour tout dire enfin, il eſt aimé de vous.
Le Ciel auroit-il pu, juſte dans ſa vengeance,
Entre des criminels mettre tant de diſtance ?
Parmi nous, il eſt vrai, quoique tous condamnés,
Il eſt des Favoris qui ſemblent épargnés,
Des Mortels qu'en tout temps la Fortune careſſe,
Que ſur des lits de fleurs, pleins d'une douce ivreſſe,
Dans leurs brillans palais endort la volupté :
Du tonneau d'amertume ont-ils jamais goûté ?
Le Pauvre, né pour eux, leur vend ſes bras ſerviles:
L'un brûlé du ſoleil, rend leurs terres fertiles;
L'autre de leurs repas médite les apprêts,
Et par des goûts nouveaux en réveille les mets.
Ce déſordre m'apprend que d'un Juge équitable
Cette terre n'eſt point l'empire véritable.
Roi ſuprême, qui vois tes ſujets dans les pleurs,
Tu dois venir un jour terminer leurs douleurs.
Ils attendent ton règne, &, dans cette eſpérance,
Ils ne murmurent pas d'un moment de ſouffrance.
Mais ſi le ſentiment conduit les Animaux,
S'ils ſouffrent, quel eſpoir peut adoucir leurs maux ?

Croirons-nous qu'un ſéjour de douceurs éternelles
Doive récompenſer leurs Ames immortelles ?

A ce hardi foupçon la Foi vient s'oppofer.

Je veux bien toutefois encore le fuppofer:

Mais contre l'homme injufte, & fon règne barbare,

Pour la Bête opprimée alors je me déclare.

Rougiffons, Rois cruels, de tant d'arrêts de mort,

Qui n'ont pour fondement que la loi du plus fort.

Eh ! quel droit avons-nous fur des jours refpectables?

Miférables, du moins épargnons nos femblables.

Si l'immortel rayon luit dans les Animaux,

Dieu qui les fit pour lui, les rendit nos égaux ;

Et partageant entr'eux nos careffes fincères,

Nous devons les aimer, & les traiter en frères.

Autrefois, nous dit-on, l'ardente charité

De ce Saint fi fameux par fon humilité,

De ce Père fécond, dont la nombreufe race

A répandu par-tout le Froc & la Beface,

Aux Bêtes par amour prodiguoit ce doux nom.

» Paiffez, s'écrioit-il, mon frère le Mouton;

» Mon frère, dans ces bois paiffez en affurance;

» A l'Auteur de mes jours vous devez la naiffance :

» Béniffons-le tous deux. Vous, Cigale ma fœur,

» Par vos fons éclatans célébrez fa douceur.

❈

Ainfi parloit d'un Saint la pieufe foibleffe.

Mais que nous fommes loin de cette humble tendreffe,

Nous ingrats, nous fouillés du fang de la Brebis,
Qui nous a tant de fois couvert de fes habits !
Les Bœufs, qui tous les ans, aux Laboureurs dociles,
Dans nos champs ont tracé tant de fillons utiles,
Sous l'indigne marteau par notre ordre expirans,
Apprennent ce qu'on gagne à fervir des tyrans.
Que de meurtres commis pour nos goûts déteftables !
Et que d'êtres penfans immolés à nos tables !
De ces arbres épais cet habitant fi doux
N'eft point dans la retraite à l'abri de nos coups.
Malheureux l'Animal dont la chair délicate
Offre à la volupté quelque attrait qui le flatte.
Que dis-je ? l'oifeau même inutile au repas,
Tombe, frappé d'un plomb qu'il ne méritoit pas.
Par fon vol inégal la rapide Hirondelle
Irrite des Chaffeurs l'adreffe criminelle.
Rome voit fon Palais femé de corps fanglans,
Un Empereur pourfuit des infectes volans.
Peut-être qu'adorant la main qui les immole,
D'un fi noble trépas la gloire les confole.
Mais aux lentes douleurs ce Dogue dévoué,
Qui fur un échafaud indignement cloué,
Aux cruels écoliers, victime anatomique,
Va de fon corps ouvert montrer la mécanique ;
Qui le confolera, lorfque tant de bourreaux
Contemplent avec joie, en fuivant leurs cifeaux

Les mouvemens d'un cœur d'où la rage s'exhale,
Des inteftins fumans le tortueux dédale,
Et fes canaux qu'un lait fi prompt à s'écouler
Aux yeux d'Afellius (1) fut enfin décéler?
Ah! réparons du moins notre gloire offenfée,
Et loin des Animaux écartons la penfée.
Pour calmer nos remords, & fauver notre honneur,
Croyons que nos fujets ignorent leur malheur.

Eh quoi! s'ils en avoient la trifte connoiffance,
Ne les verrions-nous pas courir à la vengeance?
Un feul Cartéfien (2) déchiré par leur dents
Rendroit dans leurs difcours les autres plus prudens;
Et l'Auteur d'une fecte odieufe & terrible,
N'eût jamais dans fon lit fait une mort paifible. —
Nous les euffions vus tous de rage tranfportés,
Sur l'ennemi commun fondre de tous côtés:
Son fang eût effacé fes barbares maximes,
Et tout le mien fans doute effaceroit mes rimes.
Mais à tant de fureur duffai-je m'expofer,
Trop heureux, fi mes vers ont pu vous amufer.

Racine.

(1) Afellius (Gafpard) de Crémone , Savant Médecin , vivoit en 1630.

(2) Cartéfien, Philofophe attaché aux principes de Defcartes.

N.° 63 *a.*

N.º 163 a.

AMÉRICAINS (les). *V.* la lettre E. N.º 1689 à
M. de Sacy.

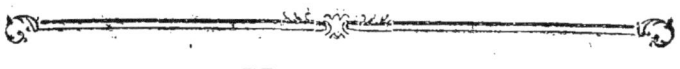

N.º 163 b.

AMÉRICAIN (les reproches de l') *à l'Européen.*

Maître de mes destins & de mon existence,
Réponds ! Qui t'a donné cette affreuse puissance ?
Je suis ton bien, dis-tu ? Tu me cites tes Loix !
Tes Loix ont-elles pu me priver de mes droits ?
Tes Loix ont-elles pu m'ôter mon caractère,
Et te faire oublier que je suis né ton frère ?...
Penses-tu par l'orgueil m'inspirer de l'effroi ?
La terre, avec ses fruits, m'appartient comme à toi ;
Quoiqu'un monde tremblant te serve & te renomme,
Je me crois ton égal, je le suis... je suis homme.

. . . .

. . . .

Périsse l'Univers, que sans cesse on opprime,
Où la force est un droit, & la foiblesse un crime ;
Où le sang des humains, vendu par leurs égaux,
Répandu goutte à goutte, abreuve nos bourreaux !

V

Qu'en nous rendant nos droits la tombe nous raffemble!
Efclaves, oppreffeurs, expirant tous enfemble,
Que la deftruction de ce féjour d'horreur,
A tous les malheureux offre un jour de bonheur!

✤

Eh bien ! tu difois vrai, tu n'es point mon femblable;
Tu n'es, à mes regards, qu'un monftre impitoyable,
Féroce de fang froid, qu'on doit plus abhorrer
Que le tigre cruel qui naît pour dévorer.
Du moins ne te plains pas, fi, marchant fur ta trace,
Ma vengeance t'imite & même te furpaffe;

. . . .

. . . .

Tu prétends m'opprimer, je faurai me défendre,
J'ai droit de tout ofer & de tout entreprendre.
Je veux, jufqu'en ton cœur, chercher ma liberté,
Dans ton fang répandu tarir ta cruauté.
Je le veux; j'armerai contre ta tyrannie
La fourde trahifon, l'infame perfidie.
Oui, je m'affranchirai, malgré tous tes efforts,
De ce joug que je traîne & du frein que je mords.

✤

L'Efclave qu'enhardit le tranfport de la haine,
Devient fouvent plus fort que celui qui l'enchaîne;

Le défefpoir l'inftruit au crime de tes arts ;
Et de fes fers brifés il forge des poignards.

D'Afriquains foulevés une foule héroïque
Fait déjà retentir les forêts d'Amérique . . .
Terribles, s'élançant du fond de leurs déferts ;
Ils vont, par un feul coup, terminer nos revers,
Et vous redemander leurs mères & leurs femmes,
Inftrumens méprifés de vos plaifirs infames.

Cent mille malheureux, courbés fous les travaux,
A leur puiffante voix deviendront des Héros ;
Ils leur tendent les bras, ils brûlent de les fuivre,
Fatigués de l'opprobre & du tourment de vivre.

A peine pouvons-nous maudire notre fort ;
On nous ôte le droit de nous donner la mort ;
Et loin de confoler, d'adoucir nos misères,
Nos femmes dans les pleurs, gémiffent d'être mères,
Au berccau, par pitié, raviffent nos enfans,
Leur prodiguent la mort dans leurs embraffemens ;
Ou déchirent, bravant le Maître qui nous brave,
Les flancs infortunés qui portoient un efclave.

Quand l'Orgueil, l'Avarice, en marchant devant toi,
Forcèrent l'Océan d'obéir à ta loi ;
Lorfqu'ofant apporter un pouvoir tyrannique,
Tu viens me marchander dans les fables d'Afrique ;
Hélas ! tu vis mon père au bord de fon tombeau,
Qui careffoit mes fils, penché fur leur berceau ;
Tu vis ma jeune époufe, adorant fon ouvrage,
Des pleurs de la nature inonder mon vifage.
Eh bien ! tigre ! il falloit leur déchirer les flancs ;
Il falloit me jetter fur leurs corps tout fanglans.
Cet horrible forfait, digne de ta furie,
De la honte du moins n'eût point fouillé ma vie.

M. Doigni.

N.° 164.

AMI (le véritable).

Qu'un Ami véritable eft une douce chofe !
Il cherche vos befoins au fond de votre cœur ;
  Il vous épargne la pudeur
  De les lui découvrir vous-même ;
  Un fonge, un rien, tout lui fait peur,
  Quand il s'agit de ce qu'il aime.

La Fontaine.

N.° 164 a.

AMI (reproches à un) *négligent.*

Quand je vous ai quitté, beau Sire,
En bons & fidèles amis,
D'être soigneux de nous écrire,
Nous nous sommes tous deux promis.
Prompt à tenir comme à promettre,
J'ai fais partir lettre sur lettre,
De réponse il ne m'en vient point ;
Et je dois cesser d'en attendre.
Si vous avez été soigneux,
C'est uniquement de m'apprendre,
Que promettre & tenir font deux.

Ne puis-je pas sur ce refrain
Vous faire, en style d'antiquaille,
Pendant que je me trouve en train,
Un virelai vaille que vaille ?
Du milieu du sacré sommet,
Le grand Apollon (1) me promet

_____

(1) Apollon. *V.* N.° 25.

Son secours & son existence,
Et s'il vient à tromper mes vœux,
Je retiens toujours la sentence,
Que promettre & tenir sont deux.

Pour gagner l'aimable Silvie,
Et vaincre toute sa rigueur,
Je lui jurai que pour la vie,
Ses charmes captivoient mon cœur.
Ma promesse ne fut pas vaine,
L'Amour changea cette inhumaine,
Elle répondit à mes vœux.
Je cessai bien-tôt d'être tendre,
Bien-tôt s'éteignirent mes feux,
Et ma froideur lui fit comprendre
Que promettre & tenir sont deux.

Pour me duper, une autre femme
Me jura, sur sa tendre foi,
Que jamais son cœur ni son ame
Ne seroient à d'autres qu'à moi.
La Coquette, avec artifice,
M'attira dans le précipice.
En échange des billets doux,
J'envoyai bagues & bijoux,

Mais bientôt je ne pus fuffire ;
D'un autre elle écouta les vœux,
Et fut très-clairement me dire ,
Que promettre & tenir font deux.

Un nouvel ami vous careffe ,
Et dans les termes les plus doux ,
Comptez , dit-il , plein de tendreffe ,
Qu'au befoin ma bourfe eft à vous.
Le befoin naît en affûrance ,
Vous demandez fon affiftance ,
Et lui peignez votre embarras ,
De fecours vous n'en aurez pas.
Avec douleur il vous refufe ,
Il fe dit le plus malheureux ,
Et vous apprend , par fon excufe ,
Que promettre & tenir font deux.

Defmahis.

V iv

N.º 165.

AMI (à un) *menacé d'une difgrace.*

A ces adverfités oppofe un front d'airain,
    Reçois d'un vifage ferein,
    La nouvelle de ta défaite;
    Fais une honorable retraite.
Ne va pas par des cris exhaler ta douleur;
    Qu'elle foit fage & circonfpecte,
    Et que ton filence refpecte
    L'injuftice de ton malheur.

L'Abbé de Chaulieu.

N.º 166.

AMI (l') *fincère.*

Entre vrais amis, c'eft un crime,
Dis-tu, de rien diffimuler:
Tu me prêches cette maxime,
Quand tu veux me faire parler;
Si je t'en crois, quoi que je dife,
Tu recevras bien ma franchife.

Eh bien ! faifons tes volontés !
Voici mon point préliminaire :
Orgon, tu ne pardonnes guère
A qui te dit tes vérités.

Le Préfident Bouhier.

N.º 167.

AMI (le véritable) *ne fe démontre que par les effets.*

Que je hais entre amis ces proteftations,
 Cette impétueufe careffe,
 Ces bruyans tranfports de tendreffe ;
Ces élans, ces baifers & ces contorfions !
 Lorfqu'un événement funefte
 Livre mon ame à la douleur,
 Pour nous marquer fa vive ardeur,
 Le bon Ami ne fait qu'un gefte
 Qui part de la bourfe & du cœur.

Pannard.

N.° 168.

AMI (langage d'un) *à un homme qui débute dans le*
monde, & qui prétend à une charge en vertu du mérite
de ses aïeux.

Vous entrez dans le monde, & vous allez paroître
Sur ce fameux théatre, où j'ignore comment
J'ai pu me soutenir jusques à ce moment;
Vous n'êtes pas encore instruit de ses mystères,
Jusqu'ici, vos emplois, vos devoirs militaires,
Vous en ont écarté. La Cour est en tout temps
Une terre inconnue à tous ses habitans.
Après un long séjour, après un long usage,
On s'y retrouve encore à son apprentissage;
On y marche toujours sur des piéges nouveaux;
On y vit entouré d'un peuple de rivaux
Ou d'Amis dangereux. Heureux qui les devine !
On n'y peut s'élever que sur quelque ruine ;
On n'y peut profiter que des fautes d'autrui :
Tel au gré de ses vœux s'y maintient aujourd'hui,
Qui demain ne pourra faire tête à l'orage ;
Et l'on finit souvent par y faire naufrage.
Mais, d'après ce portrait, qu'on ne peut qu'ébaucher,
N'avez-vous en secret rien à vous reprocher ?

Ce font vos actions, plutôt que vos ancêtres,
Qui vous feront combler des faveurs de vos maîtres,
Et monter aux honneurs que vous follicitez.
Les bienfaits font à ceux qui les ont mérités.
Les graces ne font point des biens héréditaires !
Nous n'en fommes jamais que les dépofitaires ;
Mais par la même voie, on peut les obtenir.
Vos pères ont laiffé leur nom à foutenir,
Leur vertu, leur exemple & leur carrière à fuivre.
Voilà ce qu'après eux il faut faire revivre,
Et dont vous vous devez mettre en poffeffion.
Tout le refte n'eft point de leur fucceffion.
Vous êtes né prudent, humain, doux & flexible :
Ce font-là les moyens qui rendent tout poffible.
Il faut gagner les cœurs ; la fortune les fuit,
Lorfque vous le pouvez ; qu'elle erreur vous féduit ?
On ne peut s'obferver avec trop de fcrupule,
Un langage fuperbe eft toujours ridicule,
Plus on eft élevé, plus il eft mefféant.
C'eft ainfi que le peuple, au fond de fon néant,
Toujours féditieux, quelque bien qu'on lui faffe,
Parle indifcrétement de ceux qui font en place ;
Vous en feriez traité de même à votre tour,
Si vous étiez chargé de le conduire un jour.

La Chauffée.

N.° 168 a.

AMI (à mon vieux).

Toi qui, du temps bravant l'affront,
Couvres des lauriers de Thalie (1)
Les traits qu'imprime à notre front.
De ce Dieu la main ennemie,
Collé (2), dont l'heureux enjoûment
Sans peine accorde à ta vieilleſſe,
Ce que promet ſi vainement
L'auſtère & pénible ſageſſe,

Permets que dans ces vers, ſans méthode & ſans art,
Ton ami librement avec toi s'entretienne ;
Permets que dans ton ame il épanche la ſienne,
Et que laiſſant errer ma penſée au haſard,
     A l'amitié toujours fidèle ;
Mon Apollon (3) vieilli, peut-être un peu bavard,
Conſacre de ſon feu la dernière étincelle.

_____

(1) Thalie, une des neuf Muſes, Déeſſe de la Comédie & de la Poéſie lyrique. Son nom ſignifie la Floriſſante : elle eſt toujours couronnée de lierre.

(2) Collé, Secrétaire ordinaire de Monſeigneur le Duc d'Orléans ; Auteur de pluſieurs pièces de théatre fort goûtées.

(3) Apollon, eſt en général le Pere des Sciences & des beaux Arts ; mais chaque Artiſte a ſon Apollon particulier qui le dirige.

Phébus (1) fur ton berceau répandit les talens :
Mais l'aveugle Plutus (2), qui comble de richeffes
Tant d'indignes mortels, tant de vils importans,
    Sur toi verfa peu fes largeffes.
Trop rarement ces Dieux uniffent leurs préfens.

    Long-temps appellé par Thalie
A la fucceffion de ton coufin Renard,
L'impétueux befoin enchaîna ton génie ;
    Tu l'as recueillie un peu tard :
    Mais cette gaîté peu commune,
Qui loin de ta vieilleffe écarte les ennuis,
De tes beaux ans du moins confola l'infortune.
    Combien de fois j'ai vu les ris,
    S'introduifant avec audace
    Chez ton Notaire à cheveux gris,
    Malgré lui, dérider fa face,
    Et, fur ton pupitre furpris,
    Mettre *Rabelais* (3) à la place
    De la Coutume de Paris !

---

(1) *Phébus*, ce nom étoit donné à Apollon : il fait allufion à la lumière du Soleil, & à la chaleur qui donne la vie à toutes chofes.

(2) *Plutus*, Dieu des richeffes, étoit mis au nombre des Dieux infernaux. Il naquit de Cérès & de Jafion dans l'Ifle de Crète.

(3) Rabelais, célèbre Auteur, mort en 1553. Il eft cité comme un modèle de gaîté : il fut de toutes fortes d'états, Cordelier, Médecin, Chanoine, Bénédictin, puis Curé.

Combien j'ai lu de fois une plaifante épître,

    Ou bien un couplet libertin,

    A la marge du parchemin,

    Où ta main griffonnoit un titre

    Pour quelque fortuné faquin !

    O ! l'heureux temps de notre vie,

    Où, pour tout bien ne poffédant

    Qu'un peu de joyeufe folie,

    Dédaigné du fat opulent,

    Nous lui faifions pourtant envie !

Vainement l'or en main, pourfuivant les plaifirs,

Dans fon ftérile cœur il cherchoit des défirs,

Lorfque notre gaîté, fans fafte, fans dépenfes,

    Inventive dans fes tranfports,

    Créoit pour nous des jouiffances,

    Que ne donnent point les tréfors.

    Ces jours de bonheur & d'ivreffe,

Comme un vain fonge, hélas ! fe font évanouis :

    Mais bien que mêlés de trifteffe,

    Leur fouvenir, dont je jouis,

    Eft un plaifir pour ma vieilleffe.

Je rappelle fouvent à mon efprit charmé

Ce caveau (1), malgré nous, bientôt trop renommé,

---

(1) Caveau, aujourd'hui le Café d'Orléans, qui fert de rendez-vous, & quelquefois de lieu d'affemblée à un grand nombre de perfonnes les plus honnêtes : il conferve encore le nom de Caveau.

Dont enfin nous chaſſa la bonne compagnie,

    (J'entends celle qui prend ce nom)

    Où, préſidant ſans flatterie,

    L'amitié nous donnoit le ton;

Où d'un vin champenois, qui croiſſoit dans la Brie,

La mouſſe pétillante échauffant nos propos,

Faiſoit voler enſemble & bouchons & bons mots:

    Là, de notre verve allumée

    Le feu rapide etincelant,

    Tel qu'un artifice brillant,

    Mêloit l'éclat & la fumée.

    Nous poſſédions le Dieu du chant,

    Jéliotte (1) étoit notre Orphée (2);

    Et quand partant tous à la fois,

Sous un vain bruit de mots, la raiſon étouffée,

    Ne pouvoit réclamer ſes droits,

Il chantoit, & ſoudain à ſa douce harmonie,

Plus farouches ſouvent que les monſtres des bois,

L'amour-propre laiſſoit déſarmer ſa furie,

Et la confuſion ſe taiſoit à ſa voix.

---

(1) Jéliotte, Acteur chantant de l'Opéra.

(2) Orphée étoit fils d'Œagre, Roi de Thrace. Il paſſoit auſſi pour être le fils d'Apollon & de la Muſe Calliope. Il jouoit des inſtrumens avec tant d'habileté, qu'il charmoit les choſes inſenſibles, & attiroit les bêtes les plus féroces.

Dans ce caveau, fâcheufe école
Pour les préfomptueux talens,
On ne s'érigeoit point d'idole :
Sévères dans nos jugemens,
Jamais la perfide hyperbole (1)
Ne prodiguoit un faux encens
A celui qu'abfent on immole :
Mais en public, toujours ardens
A fe protéger l'un & l'autre,
On ne favoit pas à demi
Se déclarer pour un ami,
Et fon fuccès étoit le nôtre.
Chacun de nous fe fit l'Apôtre
Du jeune *Crébillon* (2) & de fon Tanzaï.
Tandis que le père d'Atrée (3),
La Mufe alors en cheveux blancs,
Sur un tas de lauriers fanglans,
D'une meute de chiens repofoit entourée,
Que prodiguant fes foins pour eux,

(1) Hyperbole, figure de Réthorique, par laquelle on emplifie la vérité.

(2) Crébillon (Claude Profper Jolyot de), Auteur de Tanfaï, étoit fils de Profper Crébillon, Auteur d'Atrée.

(3) Atrée étoit fils de Pélops & d'Ippodamie. Sa haine affreufe pour fon frère Thyefte donna lieu aux plus grands crimes.

Et

Et négligeant sa renommée,
Ce tragique à jamais fameux
Du tabac dans les airs exhaloit la fumée ;
Son fils, jeune & brillant, sur les pas d'*Hamilton* (1)
  Marchoit au Temple de Mémoire ;
  Et déjà par son *écumoire*,
  Ayant acquis un grand renom,
  A Vincenne (2) expioit la gloire ...
  De *Dardanus* (3) Auteur charmant,
  Ta lyre harmonieuse & tendre,
  Respiroit grace & sentiment :
  Nous avons pleuré sur ta cendre,
  Et ma muse, dans ce moment,
  Prend plaisir encore à répandre
  Quelques fleurs sur ton monument.
  Combien du Temps la faux cruelle,
  Qui, menaçant mes cheveux gris,
  Déjà sur ma tête étincelle,
  A moissonné de nos amis !
Du Dieu de la vendange aimable favori,
Et de nos premiers ans le compagnon chéri,

(1) Hamilton (Antoine Comte d'), Auteur très-agréable.
(2) Vincennes, maison royale de l'Isle de France, à une lieue au levant de Paris. On y renferme aujourd'hui des Prisonniers d'État.
(3) Dardanus (Opéra de la Bruere & de Rameau), étoit fils de Jupiter & d'Électre : il fonda le royaume des Troyens en Phrygie.

X

Qui feul de la gaîté te difputant la pomme,

Davouft, qu'aucun de nous n'égaloit en bonté,

Luffan, dont nous aimions la douce urbanité,

Enfin, l'illuftre Auteur de la *Métromanie* (1),

Qui d'un enfant malin eut la naïveté,

Et peut-être un peu trop négligeant l'harmonie

Ne joignit pas du goût toute la pureté

    A la richeffe du génie;

    Mais qui, dans le Temple immortel,

    Qu'à Molière éleva Thalie,

    Aura fûrement un autel;

    Du moins plein de gloire & d'années,

    Il termina fes deftinées.

Mais que mon cœur éprouve un fenfible tourment,

    Quand je me rappelle l'image

De ce gentil *Bernard* (2) que nous pleurons vivant,

    Et qui de nous fut le plus fage!

O vain efprit de l'homme! O foibleffe! O néant!

De l'Auteur de *Caftor* tel eft donc le partage!

D'une pitié ftérile objet humiliant,

---

(1) De la Métromanie, Comédie en vers & en profe de Piron.

(2) Bernard (N.), Garde des livres du cabinet du Roi à Choify, Poëte excellent & plein de goût. C'eft de lui dont parle M. de Voltaire dans une petite pièce en vers adreffée aux trois Bernards de la France : Bernard (le Saint), Bernard (le Plutus), & Bernard (le Gentil) qui eft celui-ci. Il fit Caftor & pollux, Opéra.

Victime de l'Amour dont il chanta l'empire ;
   Ce n'est plus qu'un fantôme errant,
   Qu'une vaine ombre qui respire.
Étranger à son mal, moins il le sent, hélas !
   Plus nous plaignions son infortune :
Notre douleur s'accroît de celle qu'il n'a pas.
Écartons loin de nous cette idée importune ;
Et sans nous consumer en regrets superflus,
Détournons nos regards d'un malheur sans remède.
Dans cet âge où des maux la foule nous obsède,
Où l'on possède encore, où l'on ne jouit plus,
Sous son propre fardeau, la vieillesse succombe :
Mais par le bon esprit, on le rend plus léger,
Et supportant gaîment ce qu'on ne peut changer ;
On sème encor de fleurs le chemin de la tombe.

M. Saurin.

N.° 169.

AMI (la févérité d'un) *eſt préférable aux complaiſances d'un flatteur.*

Que j'aime d'un Ami le langage févère !
    Que je hais le diſcours flatteur,
    D'un Eſclave, d'un Impoſteur,
  Qui me trompe en voulant me plaire !
    Perfide, loin de m'éclairer,
    Tu ne cherches qu'à m'égarer
    Par tes diſcours foibles & lâches;
Tu me livres la guerre en m'annonçant la paix :
    Les vérités que tu me caches
    Sont des larcins que tu me fais.

Teſtu.

N.° 170.

AMI (il eſt preſque impoſſible à l'homme de ſe paſſer d'un).

*UN homme ſans ami, n'eſt homme qu'à demi.
Timon (1), même Timon, des hommes l'ennemi,
Ce miſanthrope altier, dont la noire ſatire,
De tout le genre humain fit gloire de médire,
Qu'Athènes (2) vit, d'orgueil & de haine animé,
Répandre des écrits où chacun fut nommé;
Timon cherche pourtant un témoin de ſa haine,
Un confident des fruits de ſa maligne veine,
Au ſein duquel ſon cœur pût verſer à foiſon,
De ſes noires vapeurs le fiel & le poiſon.

De l'homme pour aimer la nature eſt formée,
La loi de l'amitié dans nos cœurs imprimée,
Nous fait à chaque pas avouer malgré nous,
Qu'elle eſt de tous les biens le plus grand, le plus doux.

(1) Timon, Athénien, homme ſauvage & ennemi du genre humain : il chériſſoit le petit Alcibiade, parce qu'il prévoyoit qu'il ſeroit la cauſe de la ruine de ſes compatriotes. Il vivoit du temps de la guerre de Péloponnèſe.

(2) Athènes, ville de la Grece, Capitale de l'Attique, célèbre dans l'antiquité pour avoir été le ſiége des Sciences, des Arts, & le théatre de la valeur.

Par-tout de l'amitié brillent les avantages ;
On en trouve par-tout d'éloquentes images ;
Dès qu'on ouvre les yeux, on voit dans l'Univers
L'affemblage frappant de tant de corps divers,
Devoir tout fon éclat au nœud qui les affemble :
Tableau de ces mortels, qui, nés pour vivre enfemble,
Doivent à l'amitié leur bonheur & leurs biens,
Sans elle, mille fois on vit les citoyens,
De l'aveugle Difcorde embraffant les maximes,
Du trône renverfer les Princes légitimes ;
D'un dur & trifte joug follement fe charger,
Et fe livrer en proie aux mains de l'Etranger.

※

De la Divifion, tant de fuites terribles,
A tous de l'amitié font des leçons fenfibles ;
Chacun a fon malheur, ou fa profpérité ;
Le cœur, dans l'un & l'autre, inquiet, agité,
Succombe, s'il ne trouve un Ami fecourable,
Qui foutienne le poids qui l'élève ou l'accable.

※

La Fortune vous rit ! il faut pour en jouir,
Qu'avec vous un Ami vienne fe réjouir,
Que vos yeux fur les fiens mefurant votre joie,
Y lifent le bonheur que le Ciel vous envoie.
Le Sort nous eft contraire ! on foutient tous fes coups,
Quand un fidèle Ami les foutient avec nous.

Scipion (1), loin de Rome exilé par l'Envie,
Donnant à l'Amitié les restes de sa vie,
Consolé par les soins d'un Ami (2) généreux,
Crut retrouver un sort plus doux & plus heureux,
Que quand, trois fois vainqueur de la fière Carthage (3),
Du fameux Asdrubal (4) il recevoit l'hommage,
Et forçoit le Romain d'honorer sa vertu,
Du nom de l'Africain qu'il avoit abattu.
Un Ami lui restoit; ce fut pour ce grand homme
Un bien plus précieux que la faveur de Rome.

L'Abbé de Villiers.

(1) Scipion (S. C.), Général d'armée en Espagne, fut défait &
tué en bataille par les Carthaginois, contre lesquels il fut condamné par une sorte de disgrace de la part des Romains, dont il
fut regretté ensuite.

(2) Lélius, Lieutenant de P. C. Scipion en Afrique.

(3) Carthage, dite la grande, fut la Capitale d'un grand Empire : elle disputoit à Rome l'Empire du Monde, & Scipion le
jeune la ruina.

(4) Asdrubal, Général des Carthaginois, étoit fils d'Amilcar &
frère d'Annibal : il fut vaincu plusieurs fois par P. C. Scipion.

N.º 170 a.

A M I (l') *chagrin de ne pas voir son ami.*
V. la lettre J. N.º 1675 a.

Lalane.

N.º 171.

A M I (sur le choix d'un).

*O vous qui désirez un bien si nécessaire,
Cherchez une amitié noble, tendre, sincère,
Choisissez vos amis. C'est par ce choix d'abord,
Que l'amitié se fait un bon ou mauvais sort.

Si le cœur fait le choix, la raison l'examine;
C'est elle qui le fixe & qui le détermine;
Et le penchant du cœur conduit par la raison,
Est ce qui des amis forme la liaison.

Consultez donc toujours, consultez l'un & l'autre;
Si votre choix vous donne un cœur comme le vôtre,
Si la raison l'approuve, allez, il est permis,
Et d'aimer qui vous aime, & de vous dire amis.

Toujours dans un penchant si propre à vous séduire,
Laissez à la raison le soin de vous conduire,
Et souffrez que toujours prompte à vous éclairer,
Elle s'oppose au goût qui peut vous égarer.

Ne cherchez point d'amis dans la folle jeunesse,
Parmi ceux qui toujours récusent la sagesse,
En qui déja prévaut la molle oisiveté,
Et qui, se déguisant leur propre lâcheté,
Pensent que leur folie est bienséance d'âge,
Qu'en eux, à point nommé, reviendra le courage,
Qu'on les verra réglés, sages, laborieux,
D'autres hommes enfin, quand ils feront plus vieux.

Laissez-là ces amis, que l'âge les mûrisse.
Sans principes, sans mœurs, livrés à leur caprice,
Et la raison sur eux n'ayant aucun pouvoir,
Une sage amitié pourroit-elle en avoir ?

Ce n'est point l'amitié, c'est le plaisir qui lie
Ceux que le même goût & la même folie
Fait, sous le nom d'amis, se voir, se fréquenter ;
Trop indignes du nom qu'ils osent emprunter,
Ils n'ont de l'amitié que la frivole image,
Et, si de mes leçons ils veulent faire usage,

Il faut qu'un généreux, un noble & prompt effort
Les arrache à l'ivreſſe où leur ame s'endort.
Quand, en ayant ſuivi la vîteſſe égarée,
L'imprudénte amitié ſe ſera déclarée,
Il faudra ſoutenir, ou ce choix imprudent,
Ou d'un eſprit léger le reproche évident.

❀

L'amitié n'admet point d'égarement coupable,
Et l'on n'eſt point ami, ſi l'on n'eſt raiſonnable.

❀

Que jamais de ce nom ne ſoit chez vous nommé
Celui qui, dès l'abord, aime & veut être aimé ;
Craignez de votre orgueil de vous trouver la dupe :
Souvent quand nous croyons qu'à nous plaire on s'occupe,
Et qu'un ami nouveau jure, en nous embraſſant,
Qu'en nous eſt un mérite, un charme ſi puiſſant.....
Que, ſans délibérer, il force de ſe rendre.....
De ce diſcours flatteur, cherchez à vous défendre,
De ces airs conquérans, l'amour-propre encenſé,
Eſt ſurpris par celui qui n'a point balancé.

❀

Choiſiſſez un ami qui, pour toute richeſſe,
Ne cherche en ſes amis qu'une égale tendreſſe ;
Un ami généreux, un cœur noble & conſtant,
Qui, bornant ſes déſirs, & de ſon ſort content,

Sache fe refufer à d'injuftes falaires,
Et vivre de fes biens, ou de ceux de fes pères.

L'Abbé de Villiers.

N.° 171 a.

AMI (à un) *fur la mort de fon fils. V.* la lettre R.
N.° 2634 a.

N.° 172.

AMI (le caractère du véritable).

UN bon ami, fincère & vertueux,
N'avilit point fon air affectueux,
Par le fatras d'un éloge burlefque ;
Et, fans s'armer d'un courroux pédantefque,
Sait, ménageant un trop foible cerveau,
De la raifon gouverner le flambeau ;
Des paffions il excufe l'ivreffe,
Et, pardonnant ce qui n'eft que foibleffe,
Au vice feul, que fans ceffe il pourfuit,
Montre avec foin la lumière qu'il fuit.
Tel un Roi jufte, ennemi des entraves
Où le tyran fait gémir fes efclaves,

Veut feulement fes fujets vertueux,
Sans oublier qu'il eft homme comme eux.
A fes projets fes peuples applaudiffent ;
D'éloges vrais tous les lieux retentiffent ;
On le chérit, & fon aimable afpect,
Dans tous les cœurs joint l'amour au refpect :
Tel un ami compatiffant & tendre,
Sait pardonner plus fouvent que reprendre ;
Toujours heureux, il jouit à fon tour
Des droits charmans d'un mutuel retour.

Anonyme.

N.° 173.

AMIS (beaucoup de gens font cas de leurs) *comme
d'un jeu de cartes.*

QUE d'hommes, Laurenzo, par l'intérêt guidés,
Pour qui l'amitié n'eft qu'un commerce fervile !
Ils prennent des amis, comme un joueur habile
Prend dans fes mains un jeu de cartes ou de dés :
On les voit s'en fervir, & leur joie eft parfaite
Tant qu'ils ont quelque efpoir d'arriver à leur but :
    Mais la partie eft-elle faite,
    Ils les jettent au rebut.

Bientôt ils ont recours au même stratagême ;

   Ils le font renaître à propos ;

   Ils prennent des amis nouveaux,

Ils s'en servent encore, & les traitent de même.

De Pagès.

N.° 174.

AMIS (les) *comme il y en a peu.*

Deux vrais amis vivoient au Monomotapa (1),

L'un ne possédoit rien qui n'appartînt à l'autre ;

   Les amis de ce pays-là

   Valent bien, dit-on, ceux du nôtre.

Un de nos deux amis sort du lit en alarme :

Il court chez son intime, éveille les valets :

Morphée (2) avoit touché le seuil de ce palais.

L'ami couché s'étonne, il prend sa bourse, il s'arme,

Vient trouver l'autre, & dit : Il vous arrive peu

De courir quand on dort ; vous me paroissiez homme

A mieux user du temps destiné pour le somme ;

N'auriez-vous point perdu tout votre argent au jeu ?

---

(1) Monomotapa, Royaume d'Afrique dans la Cafrerie.

(2) Morphée, étoit fils du sommeil & de la nuit, le premier des songes, & le seul qui annonçât la vérité.

En voici. S'il vous eſt venu quelque querelle,
J'ai mon épée, allons. Vous ennuyez-vous point
De coucher toujours ſeul ? Une eſclave aſſez belle
Étoit à mes côtés, voulez-vous qu'on l'appelle ?
Non, dit l'ami, ce n'eſt ni l'un ni l'autre point :
     Je vous rends grace de ce zèle.
Vous m'êtes, en dormant, un peu triſte apparu.
J'ai craint qu'il ne fût vrai, je ſuis vîte accouru.

La Fontaine.

N.° 175.

AMIS (les quatre) réſolus de ſe retirer du grand monde.

Détrompés de la Cour, fatigués de la Ville,
Réſolus de penſer dans un loiſir utile,
De jouir de leur être & de tous leurs momens,
Tels ſont de quatre amis les derniers ſentimens.
Ils ont dit ; nous irons dans un lieu ſolitaire,
Dans un ſéjour champêtre, aſyle du myſtère,
Avec la paix de l'ame & la ſanté du corps,
Vivre ſans préjugés, & mourir ſans remords.
Là, chacun ſe trouvant auprès de ce qu'il aime,
La pure volupté règlera leur ſyſtême ;
Le cœur ſera ſans feinte, & la beauté ſans fard ;
La Nature agira ſans le ſecours de l'Art.

De ſes tendres enfans cette mère indulgente,
Soulagera les maux d'une main diligente.
Du ſimple néceſſaire abondamment pourvus,
Ils n'auront point de vœux que les biens ſuperflus.
Leur riante maiſon, moins belle que commode,
N'offrira point aux yeux ces meubles à la mode,
Ces glaces, ces tapis, ces marbres, ces cryſtaux ;
Mais de bons canapés, mais de larges carreaux.
Point de chambre qui n'ait ſa bergère pliante ;
Par-tout on trouvera lit de repos en pente.
L'hiver, pour ſe parer des frimats pénétrans,
Ils feront entourés de triples paravents.
L'été, ſur ces gazons, dans ce bocage ſombre,
Ils iront ſe coucher & ſommeiller à l'ombre.
Le Printemps, arrivé ſur l'aile des Zéphirs,
Fera, parmi les fleurs, éclore leurs plaiſirs.
Ces plaiſirs, renaiſſant du ſein de la Nature,
Des diverſes Saiſons vêtiſſant la parure,
Seront moins des plaiſirs que des raviſſemens ;
Pour eux les plus longs jours feront de courts momens.
Même aux lieux, s'il en eſt, ignorés de l'aurore,
Tout ſe change en bonheur avec ce qu'on adore.
Par la tendre amitié tous les lits feront faits ;
Le goût ſeul aura ſoin d'aſſaiſonner les mets.
D'un vin délicieux la pétillante mouſſe,
Leur donnera ſouvent quelque aimable ſecouſſe ;

Ils n'y feront du jeu qu'un simple amusêment;
Une courte lecture aura son agrément;
Des livres bien choisis formeront leur étude;
Minerve (1) descendra dans cette solitude.
Si l'Amour peut jamais y combler leurs désirs,
Tout l'Olympe (2) jaloux enviera leurs plaisirs.

Desmahis.

N°. 176.

AMIS (les faux).

Habiles à prévoir de loin une infortune,
Ils ne paroissent plus dans les temps orageux.
Le calme revient-il ? on peut compter sur eux :
Il ramène avec lui leur troupe mercenaire.
Dans le monde, en un mot, c'est l'usage ordinaire
Qui fut & qui sera toujours comme aujourd'hui,
On n'aime à partager que le bonheur d'autrui.

La Chaussée.

(1) Minerve. *V*. N.° 162.

(2) Olympe, montagne de Thessalie, qui signifie le Ciel, parce que sa cime est cachée dans les nues.

N.° 177.

N.º 177.

AMIS (les) *du temps.*

AH! ce n'eſt plus ainſi que l'on aime à préſent :
Sur le choix des amis on eſt plus complaiſant.
J'ai ſouvent obſervé qu'en ce temps déteſtable,
L'amitié n'eſt qu'un nom qui cache un cœur coupable ;
De la ſociété c'eſt un lien trompeur,
Que forme le haſard ſans l'aveu de l'honneur,
Qu'entretient le plaiſir, que la licence anime,
Qui pèſe plus ſouvent l'intérêt que l'eſtime,
Et dont l'intérieur frivole ou criminel,
N'a jamais d'autre objet que ſon bien perſonnel.

Anonyme.

N.º 178.

AMIS (les quatre) *exaucés, mais peu contens.*

IL étoit quatre amis qu'aſſortit la Fortune ;
 Gens de goût & d'eſprit divers.
L'un étoit pour la blonde & l'autre pour la brune ;
Un autre aimoit la proſe, & celui-là les vers ;
L'un prenoit-il l'endroit ? l'autre prenoit l'envers.

Y

Comme toujours quelque difpute

Affaifonnoit leur entretien,

Un jour on s'échauffa fi bien,

Que l'entretien devint prefque une lutte :

Les poumons l'emportoient ; raifon n'y faifoit rien.

Meffieurs, dit l'un d'eux, quand on s'aime,

Qu'il feroit doux d'avoir même goût, mêmes yeux !

Si nous fentions, fi nous penfions de même,

Nous nous aimons beaucoup, nous nous aimerions mieux.

Chacun étourdiment fut d'avis du problême ;

Et l'on fe propofa d'aller prier les Dieux

De faire en eux ce changement extrême.

Ils vont au temple d'Apollon (1)

Préfenter leur humble requête ;

Et le Dieu fur le champ, dit-on,

Des quatre ne fit qu'une tête :

C'eft-à-dire, qu'il leur donna

Sentimens tous pareils, & pareilles penfées ;

L'un comme l'autre raifonna.

Bon, dirent-ils, voilà les difputes chaffées.

Oui : mais auffi voilà tout charme évanoui ;

Plus d'entretien qui les amufe ;

Si quelqu'un parle, ils répondent tous : oui.

C'eft déformais entr'eux le feul mot dont on ufe.

_____

(1) Apollon avoit le talent de connoître l'avenir, il réuniffoit plus d'oracles lui feul que tous les autres Dieux enfemble.

L'ennui vint ; l'amitié s'en fentit altérer.

Pour être trop d'accord nos gens fe défuniffent.

Ils cherchèrent enfin, n'y pouvant plus durer,

    Des amis qui les contredifent.

C'eft un grand agrément que la diverfité.

    Nous fommes bien comme nous fommes.

    Donnez le même efprit aux hommes ;

Vous ôtez tout le fel de la fociété.

L'ennui naquit un jour de l'uniformité.

De la Motte.

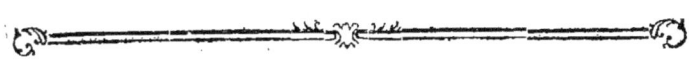

N.º 179.

AMIS (fur les ménagemens que l'on doit à fes).

Jugez de vos amis avec plus de juftice,

Sur d'innocens dehors ne taxez point de vice ;

Pardonnez quelquefois ce qu'on peut corriger,

Du foin de fon ami, l'ami doit fe charger ;

Qu'il conferve, en l'aimant, ce zèle charitable ;

Pour le rendre meilleur, il faut l'aimer coupable,

Et ne fût-il encor vertueux qu'à demi,

Il deviendra parfait, vous ayant pour ami.

L'Abbé de Villiers.

Y ij

N.º 180.

AMIS (les trois), ou *Leçon allégorique à ceux qui ne connoiffent point les charmes de l'amitié.*

IL n'eft point de Dieu pour l'impie :
Pour les cœurs durs il n'eft point d'amitié ;
    Mais voyez ce *Trio* lié
    Par la plus douce fympathie ;
    Demandez-lui s'il eft heureux ;
Tous les trois s'écrieront : ô puiffante harmonie !
    Liens facrés, aimables nœuds !
Vous êtes le feul bien qui faffe aimer la vie.
    Azar, Ibas & Nouskirfan,
    Les trois amis de cette Fable,
    Dans les plaifirs du Khoraffan (1),
    Penfoient ainfi de ce nœud refpectable.
Lun d'eux, c'étoit Ibas, d'un deftin miférable
    Sentit un jour le poids affreux ;
    J'ai mes amis, dit-il ; auquel des deux
    Vai-je donner la préférence ?
Il fait que l'un & l'autre ont même amour pour lui :
    S'il prend Azar pour fon appui,

---

(1) Khoraffan, Royaume confidérable de l'Afie.

Il va faire à l'autre une offenfe ;
Mais comme il faut, quand notre ame balance,
Qu'enfin elle prenne un parti,
Ce fut à Nouskirfan, que parvint la peinture
Des maux & des befoins d'Ibas.
Nouskirfan, pour tout bien dans cette conjonĉture,
Ne poffédoit que vingt ducats ;
Dans une bourfe bien fcellée
Toute la fomme raffemblée
Va confoler Ibas de fon adverfité :
Au moment qu'elle arrive, Azar de fon côté
Près d'Ibas avoit députe :
Son befoin eft urgent, il appelle à fon aide ;
La bourfe vole à fon fecours.
Mais de fes maux à peine Azar voit le remède,
Que Nouskirfan à lui feul a recours ;
Aux befoins d'un ami, mon propre befoin cède,
Dit Azar, & voilà foudain
Pour la troifieme fois les ducats en chemin.
De Nouskirfan, la furprife eft extrême.
Quoi ! dit-il, c'eft ma bourfe même !
On ne l'a point ouverte, & voilà mon cachet
En bon état & bien complet !
C'eft chez Ibas qu'un valet l'a portée,
Et c'eft Azar qui me l'envoie ici.
De cet événement fon ame eft agitée ;

Il court chez Azar son ami.

Mon cher Azar ; que veut dire ceci ?

D'où vous vient, dit-il, cette bourse ?

D'Ibas, répond Azar ; à l'instant, près de lui,

J'avois trouvé cette ressource ;

Vos besoins sur les miens ont obtenu le pas,

On s'achemine chez Ibas,

Et puis Dieu sait, quand on eut sû l'affaire,

Si chacun d'eux eut des remercimens

Et des complimens à se faire !

Combien le cœur s'épancha doucement !

Si l'on se fit mainte caresse,

Et si, dans leur vive allégresse,

Par le trésor entre eux trois partagé,

Chaque besoin ne fut pas soulagé !

Fiers Publicains, Grands de la terre,

Vous qui croyez du Ciel être les favoris,

Dans votre ivresse passagère

Ne soyez point énorgueillis ;

Vous embrassez tous la chimère ;

Le vrai jouir est pour nos trois amis.

M. le Bret.

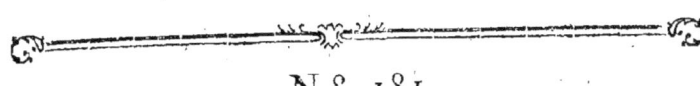

N.º 181.

AMIS (leçon aux mauvais). *V.* la lettre C. N.º 649.

Le Brun.

N.º 182.

AMIS (fur le choix des). *V.* la lettre O. N.º 2150.

De la Motte.

N.º 183.

A MIS (les) *que l'on doit moralifer ou défendre lorfqu'on parle mal d'eux.*

* MÉPRISEZ l'amitié qui n'a, lâche ou timide ,
Pour les amis abfens , qu'un filence perfide ,
Qui n'ofe en leur faveur s'expliquer qu'à demi ,
Et laiffe fans replique un difcours ennemi.

N'appellez point amis ceux qui , quand on déchire
Un ami malheureux, font les premiers à dire ,
C'eft fa faute , il a tort : eft-ce à vous d'accufer
Celui que l'Amitié doit tâcher d'excufer ?
Ne dites point, *jamais il n'a voulu me croire.*
Ainfi parle un ami , qui follement fait gloire ,

Y iv

D'avoir prévu le mal, d'en avoir averti,
Et qui ne rougit pas de l'indigne parti,
D'achever, par des mots qu'il fait tout bas entendre....
De décrier celui qu'il auroit dû défendre;
Moins cruels font les coups que porte un ennemi;
Par-là le médifant s'autorife, affermi,
Et détruit d'un feul mot les doutes qui furviennent:
Peut-on douter d'un mal dont les amis conviennent?

✸

Faites, pour vos amis, hautement déclaré,
Qu'en vous & devant vous leur nom foit révéré,
Qu'en tout temps, en tous lieux, votre bouche fidelle,
Sans honte & fans délai, s'ouvre pour leur querelle.

✸

Mais des amis abfens, éloquent défenfeur,
Soyez-leur, tête à tête, un févère cenfeur;
Que leurs fautes ailleurs, avec art excufées,
Sans fard foient par vos foins à leurs yeux expofées.
Soyez de vos amis l'appui, le protecteur,
Mais jamais leur complice ou leur adulateur.

✸

Un mal plus grand encor, la baffe flatterie,
D'éloges impofteurs & de fourbes nourrie,
Corrompt de l'amitié les devoirs généreux;
Et malheur aux mortels qui, fe croyant heureux,

N'ont, pour fe faire aimer, que leur fortune utile !
D'affidus courtifans le devoument fervile
Offre, à leurs volontés, des cœurs toujours foumis,
Ils ont mille flatteurs, & n'ont aucuns amis.

L'Abbé de Villiers.

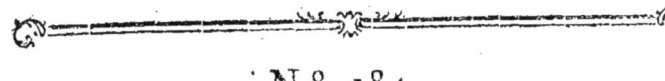

N.º 184.

AMITIÉ (les délices de l') *peu connues.*

DU chantre de la nuit, j'entends les cris perçans ;
De fa bruyante voix les fons retentiffans,
Sont une fentinelle auprès de moi placée,
Pour élever aux cieux mon cœur & ma penfée....
De Dieu l'œil eft fixé fur moi.... fur l'univers...
Hélas! qu'il me retrouve opreffé de revers !
Les pleurs feuls pour mes yeux ont encore des charmes...
Laifferai-je couler les torrens de mes larmes ?....
Non... vainquons mes ennuis... chaque être a fes malheurs.
L'homme ceffe d'être homme en cédant aux douleurs.
Il s'engage en naiffant à fouffrir des difgraces.
Les maux jufqu'à la tombe accompagnent fes traces.
Pour rendre moins pefans leurs redoutables faix,
Je dois les accepter... & les porter en paix.

❀

Toi dont le cœur étoit un tréfor de morale,
Dont la bouche éloquente, au vice fi fatale,

De la fageſſe même empruntoit les accens,
Philandre, ils ne ſont plus ces fortunés inſtans,
Où fuyant des humains le commerce frivole,
Nous mettions à profit un loiſir qui s'envole.
Les ſeuls accords du Sage enchantoient nos eſprits.
Nous détournions nos yeux de ces honteux écrits,
Qui, malgré la raiſon, trop aſûrés de plaire,
Peuplent d'adorateurs les temples de Cythère (1).
C'étoit pour devenir enſemble vertueux,
Qu'en épurant nos cœurs nous nous aimions tous deux.

Du folâtre Zéphyr (2) en reſpirant l'haleine,
De la tendre amitié nous reſſerrions la chaîne.
Sur les bords d'un ruiſſeau, l'un près de l'autre aſſis,
Que de beaux jours d'été nous avons embellis !
Combien de jours d'hiver nos diſputes fertiles,
Ont-elles abrégés en les rendant utiles !....

Amitié, ſacrés nœuds, fruit de l'égalité,
C'eſt toi qui des mortels fais la félicité.

---

(1) Cythère, Iſle de l'Archipel, où Vénus prit naiſſance. Le
Temple qui y fut élevé paſſoit pour être le plus ancien de la
Grece.
(2) Zéphyr. *V*. N.° 14.

Le nectar, que des fleurs renferment les calices,
Exprimé par l'Abeille, offre moins de délices....

Lorsque le bonheur daigne approcher des humains,
Qu'il vient remplir sur eux les ordres des Destins,
Il cherche où se poser... où replier ses ailes....
Il descend dans le sein de deux amis fidèles :
Il épure leur joie, il chérit leur lien,
Il resserre leurs nœuds.... lui-même est le soutien
De leurs cœurs réunis, appuyés l'un sur l'autre....
Quel sort!... ce sort, Philandre..... hélas!... étoit le nôtre.

Amitié, tes douceurs n'ont pu s'évanouir;
Ni la mort, ni le temps, ne sauroient te flétrir.
Sous la faux du trépas, en vain Philandre tombe,
Il existe en mon cœur.... il y brave la tombe.

Amitié, ton éloge est l'objet de mes vers,
Ma lyre à te chanter consacre ses concerts.

Le feul cœur d'un ami vaut toutes les richesses...
Rien, non rien n'est égal au prix de ses largesses.
Ce qu'il peut nous donner, Laurenzo, le fais-tu ?
Viens l'apprendre de moi.... Le bonheur... la vertu,

Couple dont la Nature a réuni l'empire,
Qu'on ne peut désunir, sans soudain le détruire......

❀

L'exercice du corps rend plus doux le repos....
Souvent pour méditer en secret leurs travaux,
Les ames ont besoin de converser ensemble,
Et qu'un commerce heureux avec choix les rassemble.
La retraite rend sombre, elle abrutit l'esprit.....
L'entretien d'un ami l'épure & le polit,
Met un frein à sa fougue... arrête son délire.....
Lui fait de la raison reconnoître l'empire.
Il ouvre à la pensée un champ plus étendu,
La fait étinceler d'un éclat imprévu;
De l'émulation la noble jalousie,
Prête à tous nos accens ce feu... cette énergie....
Ces charmes séducteurs.... & cette nouveauté
Qui ravissent l'estime & l'immortalité.

❀

Du choc des sentimens, la raison ébranlée
Laisse jaillir du vrai l'étincelle celée.
La vérité se plaît à déployer ses feux
Aux yeux de deux amis qui l'implorent tous deux.

❀

C'est ainsi qu'en luttant, les accès du génie,
Se prêtent à l'envi le mouvement.... la vie.

Mais fi dans le filence on les enfevelit ,
Ou l'oubli les efface , ou les anéantit.

L'homme s'inftruit par eux.... par eux il fe confole....
S'il fuffit de penfer... pourquoi donc la parole ?
Le don de s'énoncer n'eft-il pas le creufet
D'où l'efprit épuré s'élance plus parfait ?
C'eft de l'expreffion , dont on peint la penfée ,
Qu'elle prend les couleurs dont elle eft nuancée....
C'eft d'elle qu'elle tient fa force & fa grandeur.....
Elle la frappe au coin qui marque fa valeur....
La langue eft l'inftrument , l'organe des Sciences.

Il en eft des bienfaits , comme des connoiffances.
Le bienfaiteur qui donne , acquiert en me donnant.
Le favant qui m'inftruit , apprend en m'enfeignant.
Lui-même dans la lice , en me fervant de guide ,
S'exerce à la franchir d'un effort plus rapide.

Combien ont dans la nuit croupi de vérités ;
Dont on eût vu jaillir les brillantes clartés ,
Si le feu pétillant d'un entretien utile ,
En avoit confumé l'enveloppe infertile !

L'Océan (2), de ſes flots chaſſe l'impureté,
Par le flux & reflux dont il eſt agité;
Mai. l'onde ſe corrompt dans le lac immobile....

Fuyons donc quelquefois un ſolitaire aſyle,
Eveillons notre eſprit trop long-temps endormi,
Allons nous éclairer du flambeau d'un ami,
Allons nous enivrer du délice ſuprême,
De goûter dans ſes bras la félicité même....
Que je plains le deſtin de l'homme déſolé,
Qui s'obſtine à paſſer ſes inſtans iſolé!
L'art de ſe rendre heureux, n'eſt-ce pas la ſageſſe?
Celle qui fuit ce but, qui l'évite ſans ceſſe,
Ne donne-t-elle pas dans les plus noirs excès,
Où la folie encor ait pu donner jamais?

Le fou de la raiſon, l'eſt toujours ſans meſure....
Il eſt cent fois plus fou que ceux de la nature;
Mais auſſi n'eſt-il pas malheureux à demi....
Laurenzo, le vrai ſage eſt toujours un ami.

Connois-tu le bonheur?... cet être ſans mélange!
C'eſt des plus doux plaiſirs un mutuel échange;

---

(1) Océan, on entend par ce mot l'immenſe étendue qui em-
braſſe les grands continens du globe que nous habitons.

L'ingrat, qui le veut tout, le fait évanouir.
Il faut le partager, si l'on veut en jouir.
Il n'est point de mortel, on n'en verra point naître,
Qui seul puisse être heureux autant qu'il pourroit l'être.

※

Quel que soit du plaisir le sentiment vainqueur,
Si c'est pour s'y fixer qu'il descend dans le cœur,
Il languit, il s'éteint sans chaleur, sans puissance;
Mais si pour se répandre à l'instant il s'élance,
Si du fidèle sein d'un vertueux ami,
Soudain jusques au mien il bondit réfléchi,
Alors tous ses transports de mes sens sont les maîtres,
Il s'empare de moi.... le bonheur veut deux êtres.

※

Prends garde toutefois au nœud qui t'a lié.
Il n'est point sans vertu de solide amitié.
Fuis celle du pervers.... sa chaîne est flétrissante....
La raison la défend.... & le crime l'enfante.

※

Qu'il est beau de chérir ensemble la vertu,
De courir dans la lice, où ce seul prix est dû!
Cette rivalité, dont l'amitié s'honore,
Loin d'aigrir deux amis, les unit plus encore:
Elle donne à leurs nœuds plus de célébrité,
Les fait entrer de front dans l'immortalité.

Sans retour de ta part n'attends pas que l'on t'aime.
Il faut, pour être aimé, favoir aimer foi-même....
Quelle eft donc votre erreur, Grands, illuftres ingrats,
En exigeant des nœuds que vous ne formez pas?
Telle en gardant fon cœur, l'infidelle coquette,
Brûle du cœur d'autrui de faire la conquête....
Mais fon efpoir eft vain.... le vôtre l'eft encor....
Les yeux de l'amitié ne s'ouvrent point fur l'or....

✻

Penfez-vous que d'un Duc le perfide fourire,
Afsûre fur les cœurs un fouverain empire?
Il n'eft point d'amitié, s'il n'eft point de retour....
Détrompez-vous.... l'amour peut feul payer l'amour.

✻

Voulez-vous pour jamais gagner les cœurs d'un autre?
Il n'eft qu'un feul moyen.... c'eft de donner le vôtre.
Tous chantent l'amitié.... tous cherchent des amis....
Peu veulent toutefois les acheter leur prix,...

✻

Rien n'eft plus d'élicat qu'un ami qui nous aime,
Sa fenfibilité.... fa tendreffe eft extrême.
Craignons de l'attrifter.... le plus léger foupçon,
Va foudain l'abreuver du plus mortel poifon:
La réferve le bleffe, & la froideur l'offenfe;
Il trouve le trépas dans notre défiance....

L'apparence

L'apparence eft trompeufe.... elle féduit les fens.
Pour choifir un ami délibérons long-temps ;
Souvent tel dont l'efprit & l'afpect nous engage,
Sans en avoir le cœur en offre le vifage.

⁂

Pour faire un heureux choix, confultons la raifon ;
Dès que nous l'avons fait, banniffons le foupçon.
Uniffons-nous à lui, mais pour toute la vie ;
Que le dernier foupir à peine nous délie.
Rien n'eft plus glorieux que ce nœud refpecté ;
Il honore à la fois l'ami, ... l'humanité.

⁂

S'il eft quelque péril, dont nous craignons l'atteinte,
Penfons, pour en braver la grandeur & la crainte,
Que c'eft pour l'amitié que nous l'ofons courir,
Quel mortel, à ce prix, ne voudroit l'acquérir !....

⁂

S'il n'eft un cœur qui m'eftime & qui m'aime,
Maître de l'Univers je ne poffède rien ;
L'Amitié procure ce bien,
Il eft la félicité même :
Pour un ami cédons un diadême.

⁂

Tels de Philandre étoient les aimables accens :
Mon refpect animoit & fa lyre & fes chants.

Z

Bacchus (1), ce Dieu par qui la gaiété se déploie,
Nous versoit en riant le nectar & la joie.

✤

Amitié que tes nœuds doivent être chéris !
Mais il faut que le temps en consacre le prix....
La nôtre avoit reçu le sceau de vingt années,
Le fuseau des plaisirs filoit nos destinées....

✤

Philandre, où retrouver ces fortunés momens !
De nos deux cœurs unis les doux épanchemens !
Félicité du Ciel, toujours trop peu connue,
Je t'ai goûtée, hélas !.... mais mon cœur t'a perdue.
Ah ! pourquoi n'est-il plus de Philandre pour moi ?
Mon bonheur s'est plongé dans la tombe avec toi.

✤

Quel barbare osera condamner mes alarmes ?....
Qu'il éprouve mes maux.... il versera mes larmes....
Je t'ai beaucoup aimé ;.... mais je t'aime encor plus ;
La tombe a déployé l'éclat de tes vertus.

✤

Que ne m'as-tu laissé tes pinceaux.... ton génie,
Pour te peindre en ce lit où s'éteignoit ta vie ;

---

(1) Bacchus. V. N.° 14.

Pour tracer aux mortels ta sublime grandeur,
A l'instant où la Mort t'ouvroit sa profondeur.

❀

De l'homme vertueux que le trépas dévore,
La touchante peinture est à tracer encore.
Anges de l'Eternel, pour remplir ce dessein,
Il faut, & vos crayons, & votre auguste main.
Anges, vous l'avez vu...., votre garde environne
L'homme de bien mourant, qu'aucun péril n'étonne;
Et son lit sur lequel vos regards sont fixés,
Est le poste d'honneur où Dieu vous a placés....

❀

Puis-je de mon ami laisser périr la gloire ?...
Aux voiles de l'oubli ravissons sa mémoire....
J'entends sa voix sortir de la nuit des tombeaux;
Lui-même il me prescrit de saisir les pinceaux:
Essayons.... L'Amitié.... Dieux ! quel devoir barbare ?
Quelle secrète horreur de mon être, s'empare ?....
Où fuis-je ?.... quelle nuit m'ôte l'éclat du jour ?....
Quel voile ténébreux couvre ce noir séjour ?....
Il me semble d'errer dans ces demeures sombres,
Que des vastes palais cachent sous leurs décombres.
Dieux !.... suis-je descendu sous les voûtes des morts ?...
Je ne découvre plus sur ces funestes bords

Z ij

Que la pâle lueur des lampes sépulchrales,
Qui répandent en vain leurs lumières fatales
Sur la poudre des Rois, dans la tombe entraînés,
Et de leurs vils flatteurs enfin abandonnés....

✳

Arrêtons un moment pour recueillir mon ame....
Le trépas a frappé l'ami que je réclame....
J'entre en ce sanctuaire, où Philandre, à jamais,
Repose au calme heureux d'une éternelle paix.
Que vois-je ?... un lit de mort... non... un lit de victoire.
Le Juste ne meurt point.... Voyez briller sa gloire.
Vous profanes, fuyez, redoutez son aspect,
Ou n'approchez d'ici que saisi de respect.

✳

Le séjour où le Juste achève sa carrière,
Est comme un temple saint, un sacré sanctuaire,
Dont les portes jamais n'ouvrent que sur les Cieux.
Ici la vérité brille de tous ses feux ;
Du perfide hypocrite ici le masque tombe ;
Les héros de la terre ici sont confondus,
Leur orgueil se dément, l'héroïsme n'est plus....

✳

La Vertu, de la Mort brave seule le glaive :
Ses héros sont plus grands quand leur course s'achève.

Trépas.... cruel tyran, quelles font tes rigueurs....
Il a fur toi, Philandre, épuifé fes fureurs.
Arrachant de tes mains la coupe du délice,
Il t'a fait boire, hélas! tout le fiel du calice.
Le barbare qu'il eft, l'a frappé fans pitié,
Dans les bras de l'Amour, au fein de l'Amitié....

*

Soit que pour toi le jour voulût fuir ou renaître,
Victime des tourmens, fouffrant dans tout ton être,
Tu mourois fur un lit, où le feu des douleurs,
Pour confumer ta vie, uniffoit leurs horreurs.
Nul repos, nul relâche.... en proie à la torture....
L'épuifement fatal de la foible nature....
L'effroi de l'ame, au bord d'un abyme inconnu....
Le glaive du Trépas qui brilloit imprévu....
Un foleil qui s'efface, un tombeau qui s'entr'ouvre,
Une voix qui s'éteint.... la Mort qui fe découvre....
Et le dernier.... comment rendre ce mot cruel?....
Le dernier...., d'un ami le filence éternel......

*

Mais que dis-je?... où font donc ces terreurs formidables?
Ces tourmens du mourant.... ces combats redoutables?..
Je croyois de tracer le portrait d'un mortel...
Déjà Philandre étoit un citoyen du Ciel....

Z iij

Quelle paix dans fon cœur ! quel calme en fa détreffe !
Sur fon front rafûré quels rayons d'allégreffe !....
Eft-ce-là l'homme en butte aux tranfes de la mort?....
Des liens de la vie eft-ce ainfi que l'on fort ?....
Non, il avoit franchit cette borne fatale
Qui de la Terre au Ciel fépare l'intervalle.
Le Très-Haut foutenoit fon courage vainqueur;
Il lui communiquoit fa divine fplendeur....

⁂

Quels biens ne laiffe pas le Jufte qu'on contemple ?
Philandre, en expirant, nous léguoit fon exemple....
Pour lui le temps finit.... il doit finir pour moi....
Rangés près de fon lit.... immobiles d'effroi....
A l'admiration nous joignons nos alarmes.
La joie & la douleur fe mêloit dans nos larmes....

⁂

Quel eft ce noir fantôme ?....ah ! c'eft l'affreux Trépas.
Philandre voit fon glaive & ne murmure pas.
Il livre à fa fureur fa dernière journée,
Et termine fans crainte avec la deftinée....

⁂

Il eft un Dieu, Mortels; croyez à la Vertu;
Pour être différé, le prix n'eft point perdu....

A l'heure où le foleil tombe fous l'hémifphère (1),
Quand les fombres vapeurs montent vers l'athmofphère (2),
Que l'ombre, qui defcend fur les airs épaiffis,
Commence de couvrir les vallons obfcurcis,
On voit le haut fommet d'une tour orgueilleufe,
Et d'un mont élevé la cime fourcilleufe,
Encore retenir l'éclat des derniers feux
De l'aftre difparu fous les flots écumeux.

✻

Ainfi dans ces inftans de trouble & d'épouvante,
Qui répandent l'effroi fur la foule rampante
Des vulgaires mortels que frappe le trépas,
Philandre triomphant des plus affreux combats,
Elevoit les rayons de fa tête éclatante,
Au deffus des horreurs de la Mort dévorante.

✻

Pour lui s'ouvre le fein de l'immuable paix.
Le calme de fon ame eft peint dans tous fes traits.
Sur fon augufte front l'efpérance étincèle,
De la félicité le gage s'y décèle ;
Et la deftruction aux yeux de l'Eternel,
Dans fes bras dévorans le préfente immortel.

De Pagès.

---

(1) Hémifphère, moitié du globe terreftre.
(1) Athmofphère, la maffe d'air qui environne la terre, & où
fe forment les météores.

N.º 185.

AMITIÉ (l') *imprévue.*

GRAND-MERCI, charmante Amélie,
Vous m'avez comblez de faveurs;
Et loin que mon cœur les oublie,
Souffrez, pour adopter vos mœurs,
Que ma vanité les publie.
Pardonnez-moi si je trahis
De mes plaisirs le doux mystère:
Etre heureux & savoir se taire
N'est pas la mode en ce pays.

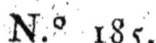

Quand des bords où vous êtes née
Vous vîntes embellir Paris,
Vous vous vîtes environnée
D'une foule de beaux esprits,
Dont la lyre tendre & polie
Ne se monta plus que pour vous,
Et soupira des vers plus doux
Que ceux du Chantre de Lesbie (1).

_____

(1) Lesbie, ou Clodia, amante de Catule, fut fort célébrée
dans les écrits de ce dernier.

Moi-même j'allai chaque jour
Admirer votre ton modeste,
Contempler le charmant contour
De votre visage céleste,
Ce beau corsage fait au tour,
Ce sein qui s'élève & se baisse,
Et ces grands yeux bleus, où l'Amour
Se dispute avec la sagesse.

Je sentois mon cœur s'échauffer
A poursuivre votre conquête :
Vos dix-neuf ans, cet air honnête,
Dont nous aimons à triompher ;
Tout cela me tournoit la tête :
Dans vos regards mon œil cherchoit
Et vos désirs & vos foiblesses,
Et déjà ma main vous couchoit
Sur la liste de mes Maîtresses.
Trop téméraire dans mes vœux,
Et me croyant sûr de vous plaire
Dans ma cervelle un peu légère,
Je m'arrangeai pour être heureux.
En vous voyant jeune & jolie,
Je vous jugeai folle à l'excès ;
Je vous crus de l'étourderie,
De l'amour pour nos airs Français,

Du goût pour la coquetterie :
Je vous jugeois, dans mon erreur,
D'après Chloé (1), Flore (2), & Junie (3),
Femmes de bonne compagnie.
Qui m'ont un peu gâté le cœur.

❋

Dans ma pétulante saillie
Vous m'avez vu, tout semillant,
De la fine galanterie
Parler le langage brillant ;
Je crus que ma minauderie,
Mes gentillesses, mon jargon,
Ma ridicule afféterie,
Vous paroîtroient du meilleur ton ;
Mais la pudeur & la raison
Reçurent bien mal la folie.
Que j'ai rougi du rôle plat
Qui me couvroit d'ignominie !
Grand-merci, charmante Amélie :
Sans vous, je n'eusse été qu'un fat.

---

(1) Chloé, Nymphe.
(2) Flore. *V.* N.° 14.
(3) Junie, Vestale d'une vertu digne des anciens temps : elle fut qualifiée de céleste personne.

Bientôt pour me punir peut-être
D'avoir peu ſu vous eſtimer,
Vous prîtes la peine d'aimer
Mon ami, mon guide, mon maître,
Pour qui j'ai ſouvent demandé
Les dons que le Ciel doit répandre
Sur le mortel que d'un œil tendre
Minerve (1) a ſouvent regardé.
Enfin mon attente eſt remplie;
Mon ami voit combler ſes vœux;
Vous l'aimez, il devient heureux:
Grand-merci, charmante Amélie,
Vous nous avez ſervis tous deux.

L'Amour, dont la main fortunée
Avoit déjà ſu vous unir
Dans le temple de l'Hyménée (2)
Vient donc encor de vous bénir!
On m'a dit que ce Dieu propice
A votre légitime ardeur,
Pour conſommer le ſacrifice,
Voulut écarter la pudeur.

---

(1) Minerve étoit la Déeſſe de la ſageſſe & des beaux arts.
(2) Hyménée, Temple d'une Divinité qui préſidoit aux noces.

Quand des plaisirs la vive escorte
Suit les époux de ce pays,
Ils entrent seuls dans le logis,
Et la pudeur reste à la porte :
Mais votre compagne en ce jour
Voulut voir la cérémonie,
Où, servant de Dame d'atour,
La Volupté, sage & bénie
Met la bague au doigt de l'Amour :
On dit même que cette Vierge
Lui disputa long-temps l'anneau,
Ainsi qu'un fidèle Concierge
Défend les clefs de son château.
Que votre époux, belle Amélie,
Compte aujourd'hui d'heureux instans !
Des roses de votre printemps,
Vous allez embellir sa vie :
Vous écarterez loin de lui,
Et les traits perçans de l'envie,
Et les bâillemens de l'ennui,
Et la triste mélancolie.
Entre vous, les Arts, Uranie (1),
Vous verrez son cœur partagé,
Et vous tirerez son génie.

_____

(1) Uranie étoit fille du Ciel & de la Lumière, c'étoit elle qui préfidoit aux générations.

De cette froide léthargie,
Où si long-temps il fut plongé.
Sa gloire sera votre ouvrage :
Ainsi dans le monde on a vu
Naître la force & le courage,
Lorsqu'aux beaux jours du premier âge,
L'honneur s'unit à la vertu.

❋

J'aime à vous voir, malgré l'usage,
Époux, sans cesser d'être amans
Dans la paix d'un petit ménage,
Vous prodiguer des noms charmans,
Vous caresser comme au village,
Et vous aimer comme au vieux temps.

❋

Lorsque le Dieu qui suit vos traces,
Et qui sourit à votre époux,
Viendra tenir cercle chez vous,
Se croyant chez une des Graces ;
Souvenez-vous que l'Amitié
Doit être de votre partie :
Comme elle va souvent à pié,
Et qu'elle est sans cérémonie,
Sans éclat, sans pompe & sans train ;
Chez vous souvent, sage Amélie,
Je m'offre à lui donner la main.

Légier.

N.º 185 a.

AMITIÉ (portrait de l').

J'AI le visage long, & la mine naïve,
 Je suis sans finesse & sans art ;
Mon teint est fort uni, la couleur assez vive,
 Et je ne mets jamais de fard.
Mon abord est civil, j'ai la bouche riante,
 Et mes yeux ont mille douceurs ;
Mais quoique je sois belle, agréable & charmante,
 Je règne sur bien peu de cœurs.
On me proteste assez, & presque tous les hommes
 Se vantent de suivre mes loix.
Mais que j'en connois peu dans le siècle où nous sommes,
 Dont le cœur réponde à la voix !
Ceux que je fais aimer d'une flamme fidelle
 Me font l'objet de tous leurs soins ;
Et, quoique je vieillisse, ils me trouvent fort belle,
 Et ne m'en estiment pas moins.
On m'accuse souvent d'aimer trop à paroître,
 Où l'on voit la prospérité ;
Cependant, il est vrai qu'on ne peut me connoître
 Qu'au milieu de l'adversité.

      Perrault.

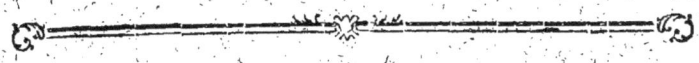

N.º 186.

AMITIÉ (éloge de l').

Amitié ! doux penchant des humains vertueux,
Le plus beau des befoins, & le plus faint des nœuds ;
Le Ciel te fit pour l'Homme, & fur-tout pour le Sage.
Trop fouvent l'infortune eft fon trifte partage :
Ta bienfaifante main vient effuyer fes pleurs.
Trop heureux deux mortels dont tu charmes les cœurs!
Leurs plaifirs font plus vifs & leurs maux s'affoibliffent,
En fe réuniffant, leurs ames s'agrandiffent.

M. l'Abbé de Lille.

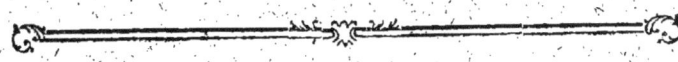

N.° 187.

AMITIÉ (tableau de l'habitation de l'), ou *la vie champêtre.*

Dans les États d'une Beauté,
Qui n'eft ni coquette, ni prude ;
Dans un château peu fréquenté,
Et dont l'abord eft affez rude ;
Mais d'où l'œil eft au loin porté
Sur une rare multitude.

D'objets pleins de variété,

Logent l'amitié, la gaîté,

La franchise, la liberté.

Exemts de soins, d'inquiétude,

Ici nous goûtons aujourd'hui

La retraite, sans solitude,

Avec le repos, sans ennui.

Nous consacrons les matinées

Aux arts, aux loisirs studieux;

De mille riens ingénieux

Nous savons remplir nos journées,

Qui sont sagement terminées

Par des soupers délicieux.

La chère est simple & délicate;

Il ne faut, pour plaire à Comus (1),

Ni le luxe de Lucullus (2),

Ni le régime d'Hippocrate (3).

---

(1) Comus. *V.* N.º 47.

(2) Lucullus (Lucius Lucinius), personnage éloquent & riche qui remporta cette mémorable victoire sur Tigrane. Il vivoit très-splendidement, & se faisoit distinguer par le luxe de ses habits, de ses meubles & de sa table. Il avoit appris l'éloquence sous d'habiles maîtres.

(3) Hippocrate, Prince des Médecins, naquit dans l'Isle de Côs. Il s'adonna le premier à la connoissance du corps humain, & donna les premiers préceptes de médecine. Il étoit sensible & compatissant; aussi, les Grecs lui déférèrent-ils les mêmes honneurs qu'à Hercule.

Minerve

Minerve (1) eſt auprès de Momus (2);
Et, ſi nous admettons Socrate (3),
Épicure (4) n'eſt point exclus.
Sur toutes ſortes de chapitres
Nous tenons de joyeux propos;
Sans reſpect des rangs, ni des titres;
En dépit des mortiers, des mitres,
Nous faiſons le procès aux ſots.
Nous parlons de tout, ſans myſtère,
Et de tout ce que l'on a dit

---

(1) Minerve. *V.* N.º 185.

(2) Momus étoit fils du ſommeil & de la nuit : il s'occupoit à reprendre avec beaucoup de liberté les actions des Dieux & des hommes; auſſi, étoit-il regardé comme le Dieu de la raillerie.

(3) Socrate, Philoſophe, étudia ſous Anaxagoras & Archelaüs, & s'attacha entièrement à la morale : il reçut un ordre de la part des cinquante Tyrans de ne plus enſeigner la jeuneſſe, parce qu'il étoit trop perſuaſif.

(4) Épicure, Philoſophe, né à Gargétium près d'Athènes. Il s'adonna dès l'âge de 14 ans à l'étude la plus profonde. Il faiſoit conſiſter le ſouverain bien dans la volupté, non pas comme ſes ennemis l'ont cru, dans une volupté infâme, mais dans une volupté inſéparable de la vertu. Quelques-uns de ſes Diſciples livrés aux plaiſirs brutaux, donnèrent lieu aux calomnies les plus atroces contre lui.

Aa

Ou de l'Olympe (1) ou de Cythère (2) ;

Sur le mérite fans crédit,

Ou la faveur héréditaire.

Quand l'entretien fe refroidit

Il n'eft rien que l'on voulût taire.

Enfin, dans ce riant féjour,

Les plaifirs règnent tout le jour ;

Eux feuls habitent ces retraites ;

J'excepte les peines fecrètes

Que pourroit y caufer l'Amour.

Defmahis.

(1) Olympe exprime fouvent le Ciel ou le féjour des Dieux ; mais il ne devroit être regardé que comme une montagne de Theffalie, dont le fommet paroît dans les nues.

(2) Cythère, Ifle de l'Archipel, aujourd'hui Cérigo, particulièrement confacrée à Vénus : le Temple qu'elle y avoit paffoit pour le plus ancien.

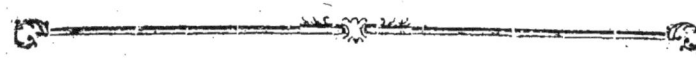

N.º 188.

AMITIÉ (la folide).

L'Amitié fur l'Amour a cette préférence :
Elle ne prend jamais ce vol impétueux,
Cet effor de l'amour vif & tumultueux.
Ce n'eft point un éclair, de qui les traits de flammes
Répandent le défordre & l'efpoir dans nos ames,
Qui fait, par fon ivreffe, oublier les vertus,
Dont les fers font brifés, dès qu'ils ne bleffent plus.
L'Amitié nous unit par un nœud plus aimable,
Rien n'en peut altérer la fource refpectable,
Nous voyons tous les jours fes liens pleins d'attraits
S'étendre, fe prêter, fans fe rompre jamais,
Et des temps & des lieux rapprocher la diftance,
Par les bienfaits, l'eftime, & la reconnoiffance.

Anonyme.

N.º 189.

AMITIÉ (la base de l')

DE l'amitié, des parens, de l'état,
L'amitié doit tirer son lustre & son éclat :
C'est un degré de plus pour fonder son empire,
Quand la fatuité ne vient pas le détruire.
Par ses nœuds enchanteurs l'Univers est lié,
Et le premier besoin des cœurs, c'est l'amitié.
Des mortels qu'elle unit, voici la différence ;
Les uns ont le plaisir de la reconnoissance,
Les autres ont pour eux le plaisir des bienfaits,
C'est pour ce sentiment que les hommes sont faits ;
Le plaisir d'obliger est le seul bien suprême,
Qui puisse élever l'homme au dessus de lui-même.
Mon frère, croyez-moi, c'est le plus grand des maux,
Que de n'avoir jamais d'amis que ses égaux.

Anonyme.

N.º 190.

AMITIÉ (conseils sur l').

OUI, l'on devient ami, comme on devient amant.
Pour faire une maîtresse, il ne faut qu'un moment :
Mais l'amitié, du moins comme je l'envisage,
De part & d'autre exige un long apprentissage ;
Et l'on devroit savoir, à ses propres dépens,
Qu'un ami véritable est l'ouvrage du temps.
J'aimerois cent fois mieux une amitié stérile,
Que celle qui me nuit en voulant m'être utile.
Pour être serviable, il faut être prudent ;
On est bien dangereux quand on est trop ardent.....
Dans le monde souvent voilà ce qui se passe,
On conseille un ami sans se mettre à sa place ;
Ce qui fait qu'on le perd, c'est qu'ordinairement
La vanité, l'humeur, & le tempérament
Suggèrent la plupart des avis qu'on lui donne :
Il vaudroit cent fois mieux ne conseiller personne.

Destouches.

A a iij

N°. 191.

AMITIÉ (l') *tyrannique.*

* Pourquoi chez les humains, sans excepter les Grands,
En voit-on tous les jours qui sont de vrais tyrans ?
Qui sont de leurs amis de malheureux esclaves ?
Leur pénible amitié n'est que fers & qu'entraves :
Toujours jaloux & prêts à se formaliser,
Il leur faut des sujets qu'ils puissent maîtriser.

La Chaussée.

N.° 192.

AMITIÉ (la parfaite).

* Non, la bonne amitié n'est point impérieuse,
C'est une liaison libre & délicieuse,
Dont le cœur & l'esprit, la raison & le temps
Ont ensemble formé les nœuds toujours charmans ;
Et sa chaîne, au besoin plus souple & plus liante,
Doit prêter de concert, sans qu'on la violente.

La Chaussée.

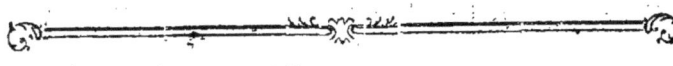

N.° 193.

AMITIÉ (reproches à l').

Amitié, vain fantôme, ombre que j'ai chérie ;
Toi qui me confolois des malheurs de la vie,
Bien que j'ai trop aimé, que j'ai trop méconnu ;
Tréfor cherché fans ceffe & jamais obtenu,
Tu m'as trompé, cruelle, autant que l'Amour même ;
Et maintenant pour prix de mon erreur extrême,
Détrompé des faux biens trop faits pour me charmer,
Mon deftin me condamne à ne plus rien aimer.

M. de Voltaire.

N.° 194.

AMITIÉ (les charmes de l') *font plus durables que ceux de l'Amour.*

Divinité dont les traits délicats
Font reconnoître l'air de ton aveugle frère ;
   Mais qui joins à tous fes appas,
Les yeux clairs & fereins de ta célefte mère ;
  Tendre Amitié, doux afyle des cœurs,
    C'eft à toi que je facrifie ;
    Si l'Amour nous donne la vie,
   Toi feule en donnes les douceurs.

A a iv

Qu'un infenfé porte à ce Dieu cruel
  Le facrifice de fes larmes ;
Que d'un cœur déchiré de chagrins & d'alarmes,
  Il aille parer fon autel ;
  S'il en obtient une couronne,
Il ignore quel prix elle doit lui coûter.
  Ta libéralité nous donne
Les biens que ce tyran nous fait trop acheter.
  Quand les appas d'une douce union
   Nous engagent fous fon empire,
   Ils ne viennent pas nous féduire
   Par une courte illufion.
  Chez toi la vertu, le mérite,
Nous découvrent toujours mille nouveaux attraits ;
Chez toi les vrais plaifirs font toujours à la fuite
  De l'innocence & de la paix.

  En amour tout eft impofture ;
  Jufqu'au filence tout y ment :
Ce qui pour l'un eft fiècle, eft pour l'autre un moment.
  Tout s'y donne à fauffe mefure.
Chez toi la vérité fait entendre fa voix ;
  Sa lumière nous fert de guide :
  Sur nos goûts la raifon décide,
  Et le temps refpecte fon choix.

Au joug d'airain les cœurs affujettis,
    Font l'un de l'autre le fupplice,
    Quand, par un bizarre caprice,
    Amour les a fait affortis.
Sous les aimables loix dont l'Amitié nous lie,
Et les biens & les maux, tout doit fe partager :
Mais quel partage heureux ! le bien s'y multiplie,
    Et le mal y devient léger.

           Le Marquis de Saint-Aulaire.

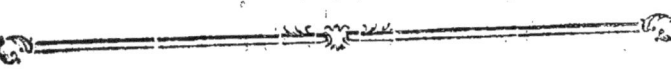

N.° 195.

AMITIÉ (entretien fur les charmes de l').

Noble compagne des difgraces,
Sœur & rivale de l'Amour,
Sans fes défauts ayant fes graces,
Et fes plaifirs fans leur retour,
Qui t'enrichis, qui nous confoles
Des pertes cheres & frivoles
Qu'il fait dans nos cœurs chaque jour :
O toi dont les douceurs chéries
Font l'objet de mes rêveries,
Entre ces fleurs, fous ce berceau,
Amitié, doux nom qui m'enflamme,

Befoin délicieux de l'ame,.
Je reprends pour toi le pinceau.

✿

Mais où t'adreffer mon hommage ?
Où te trouver, charme vainqueur ?
Quels lieux embellit ton image !
Comme elle eft peinte dans mon cœur !
Au fein des cités répandue,
Cherchant l'opulence & les rangs,
Vas-tu, complaifante, affidue,
Languir à la fuite des Grands ?
Te trouverai-je confondue
Dans la foule de tes Tyrans?
Mais non, ce n'eft que ton fantôme
Qu'on voit errer fous leurs lambris.
Des ruines & des débris,
L'ombre des bois, un toit de chaume,
De noirs cachots font ton pourpris.
Tu fuis le fafte & l'impofture ;
Tu vas, loin des folles rumeurs,
Chercher, au fein de la Nature,
La paix, l'égalité, les mœurs.
Tu prends plaifir à vifiter
Le fage occupé de fon être,
Le feul qui fache te connoître,
Le feul qui fache te goûter.

Tu viens dans les belles foirées,
Quand les jeunes Amans des fleurs,
A leurs beautés défigurées
Rendent la vie & les couleurs :
Tu viens fans bruit, mais gaie & tendre,
Tu viens avec la liberté
Agréablement le furprendre
Sous le tilleul qu'il a planté ;
Et fans attendre qu'il t'invite,
Tu cours, aimable parafite,
T'affeoir à table à fon côté ;
Te rapprochant des mœurs antiques,
Et préférant les mets ruftiques,
Sur la table fervis fans choix,
A ces feftins afiatiques,
Où l'on s'ennuie avec les Rois.

❀

Dans cette fage & libre orgie,
Quels traits, quel mélange charmant
Et de candeur & d'énergie,
Et de fublime & d'enjoûment !
Quel long & doux épanchement
D'efprit, de cœur, de caractère !
Quel intérêt ! quel agrément !
Quel plaifir pur que rien n'altère !

La Nuit n'eſt pour vous qu'un moment,
Et le Soleil vous trouve encore
Au milieu des parfums de Flore (1),
Sous le tilleul, la coupe en main,
Libre des ſoins du lendemain,
Dans le ſein de la confiance,
Diſputant d'Arts & de Science,
Et des erreurs du genre humain.

O joie ! ô douceur inconnue
Au vice, à la frivolité !
Viens donc ainſi, Nymphe ingénue,
Porter dans mon obſcurité
Le jour de la félicité.
Parois dans ce berceau champêtre,
Et par ta préſence éclaircis
Les vapeurs qu'autour de mon être
Exhale l'eſſaim des ſoucis.
Fais ſuccéder ta douce flamme
Au feu rapide & deſtructeur,
Qu'allument encor dans mon ame
L'âge & ton frère ſéducteur.
Sois mon oracle & mon modèle,
L'appui, la compagne fidelle,

_____

(1) Flore. *V.* N.º 14.

Et le témoin de tous mes pas.
Sans tes folitaires appas,
Que font les douceurs de la vie,
Les biens les plus dignes d'envie?...
Qu'eft-ce que tout où tu n'es pas?
Je vois fous la pourpre fuprême,
Entre les bras du bonheur même,
Gémir les Dieux du genre humain ;
Pofer l'orgueil du diadême
Et la foudre qu'ils ont en main,
Et s'échappant, loin de leur temple,
A l'Univers qui les contemple,
Dans l'ombre te chercher en vain.
Je les vois défirer d'être hommes,
Envier l'état où nous fommes,
Pour fe repofer dans ton fein.
Sans toi l'homme s'abaiffe & tombe
Dans le néant de la langueur ;
Arbriffeau foible & fans vigueur,
Il cède aux vents, il y fuccombe,
Et rampe en proie à la rigueur.
A l'abri même des tempêtes,
Au milieu des jeux & des fêtes,
Son cœur s'abat & fe flétrit :
Tel qu'une vigne fortunée,

Qui loin de l'Aquilon (1) fourit,
A fa foibleffe abandonnée,
Vers le fable penche entraînée,
Et fous fes propres dons périt.

✺

Par toi, l'homme augmente fon être
Il fe reproduit dans autrui ;
Et fous le dais & fous le hêtre,
Tu lui fais moins fentir l'ennui,
Ou mieux fentir le plaifir d'être,
Par la douceur de ton appui ;
De fes befoins vive interprète,
Malgré fes foins à les cacher,
Tu vas, généreufe & difcrète,
Par la route la plus fecrète,
Au fond de fon cœur les chercher.
Tu le calmes dans fes alarmes,
Tu taris le cours de fes larmes,
Tu romps l'effort de fa douleur,
Et tu retiens, & tu défarmes
Son bras armé par le malheur.
Tu portes plus loin tes fervices,
Tu l'arraches du fein des vices.

---

(1) Aquilon, vent froid & orageux.

Heureufe dans l'art d'émouvoir,
Ta voix, auffi douce que libre,
Par fon infinuant pouvoir,
Remet fon cœur dans l'équilibre,
Et le rappelle à fon devoir,
(Quel eft fon fuprême mérite!)
Seul bien qu'il doive fouhaiter.
Tu lui reftes, quand tout le quitte;
Sans lui laiffer rien regretter.

🎵

Viens donc, compagne chafte & pure,
Fille du Ciel, objet vainqueur;
Viens fous mon toit, viens dans mon cœur,
Habiter avec la Nature.
Du fond de mon obfcurité,
Je t'appelle fans impofture;
J'ignore la cupidité.
Ah! fi, dans mon indifférence,
Par toi je me laiffois charmer,
C'eft fans projets, fans efpérance;
J'aime pour le plaifir d'aimer.
Qu'un autre regardant fon être,
Aille, fous ton nom, courtifer
Ces Grands, fi peu digne de l'être,
Que l'on apprend à méprifer,

En apprenant à les connoître :
Profanant les facrés liens
Que, dans l'ombre, fon ame vile
En faffe un inftrument fervile,
Pour n'ufurper que de faux biens :
Pour moi de ta beauté fuprême
L'efprit frappé, le cœur épris,
Je ne cherche en toi que toi-même ;
Toi feule, à mes yeux, fais ton prix.

❀

Mais quoi ! fe peut-il qu'on t'immole,
Source féconde en vrais tréfors,
Au foible efpoir d'un bien frivole,
Qui de nos mains fuit & s'envole,
Et ne laiffe que des remords ?
Que font un fceptre, une couronne,
Un dais que la foudre environne,
Au prix d'un feul de tes tranfports ?
Difparoiffez, vapeur légère,
Vuide aliment du fol orgueil ;
Grandeur, richeffe menfongère
Qu'engloutit la nuit du cercueil :
Vain fimulacre qu'on renomme,
Du monde réel ennemi,
Fuyez... il me fuffit d'être homme,
Et d'avoir un fidèle ami.

O tendre

O tendre moitié de mon être,
Objet divin, fois rafsûré :
Ofe éprouver, ofe connaître
Mon cœur par l'honneur épuré.
Tu le verras, toujours fidèle,
Suivre ton char dans les déferts ;
T'aimer, t'adorer dans les fers ;
En te trouvant toujours plus belle ;
Trouver dans ton fein l'Univers.

Mais auffi daigne me conduire,
Daigne dans mon choix m'éclairer,
En te cherchant je puis errer ;
Mon cœur trop facile à féduire,
Par fon penchant peut m'égarer :
Je pourrois devenir, peut-être,
Ami, comme on devient amant :
Un amant aime fans connaître ;
L'Amour eft l'enfant d'un moment.
Qu'au deffous des folles tendreffes,
A la raifon je fois foumis :
Le fentiment fait les maîtreffes,
Et la raifon fait les amis.

Vers ton Temple règle ma marche,
Veille, préviens toute démarche

Bb

Dont je pourrois me repentir ,
Et ne laiſſe ſur mon paſſage ,
Que cœurs bien faits , dignes du Sage ,
Nobles & vrais , nés pour ſentir.
Ecarte ces cœurs intraitables ,
Toujours d'eux-mêmes différens ,
Altiers , bizarres , indomptables ,
De leurs amis , jaloux tyrans :
Ces cœurs équivoques & ſombres ,
D'éternels ſoupçons accablés ,
Enveloppés d'épaiſſes ombres ,
Même avec toi diſſimulés :
Ces cœurs qu'endurcit l'opulence ,
Fiers de paroître protéger ;
Dont l'inſultante bienveillance
T'avilit ſans te ſoulager :
Ces cœurs qu'accable un faſte extrême ,
Froids , ſtériles , inanimés ,
Inſenſibles au bien ſuprême ,
Au bien d'aimer & d'être aimés :
Ces cœurs légers , ces eſprits vuides ,
D'objets nouveaux toujours avides ,
Ardens & glacés tour-à-tour ,
Qui , ſans repos , ſans conſiſtance ,
Te font , livrés à l'inconſtance ,
Autant d'outrages qu'à l'Amour :

Ces cœurs vers la terre sans cesse
Par leur propre poids entraînés,
Pêtris des mains de la bassesse,
Par l'or à son char enchaînés ;
Qui prévoyant de loin l'orage,
Sans bruit désertent les lambris ;
Par un lâche & dernier outrage,
Ne retournant dans ton naufrage,
Que pour t'en ravir les débris :
Ces cœurs affreux, ces cœurs infames ;
Contre leurs bienfaiteurs trompés,
Marchant dans l'ombre, enveloppés
De noirs complots, de sourdes trames ;
Et qui, sous ton sacré manteau,
De la rampante Perfidie,
Par les ténèbres enhardie,
Cachant l'homicide couteau,
Volent, en leur fureur tranquille,
D'un air affable & caressant,
Dans tes bras, leur unique asyle,
T'assassiner en t'embrassant ;
Ces esprits faux, vains & futiles,
Aussi malfaisans qu'inutiles,
Du blâme avides écumeurs,
Par l'organe de qui circule
Le fiel amer du ridicule,

Sur les talens & fur les mœurs,
Dont la méchanceté frivole
Te perd gaiement pour un bon mot;
Et pour prix de tes foins, t'immole
Au vil amufement du fot.
Je veux, me refpectant moi-même,
Que mon ami me faffe honneur;
Qu'on m'eftime, parce que j'aime
Les belles qualités du cœur;
Qu'un double lien nous uniffe,
Mais par d'irréprochables nœuds :
Je n'en veux point dont je rougiffe;
Qui peut rougir n'eft plus heureux.
Mais dans ce calme des prairies,
De mes profondes rêveries,
Qui rompt le fil intéreffant?....
Un jour plus pur dore ces rives,
Le verd de ce berceau naiffant
Devient plus doux, ces eaux plus vives,
Et ce zéphyr plus careffant.
O charme! ô joie inattendue !
Je vois, fous ces ombrages frais,
Je vois l'Amitié defcendue !
Mon cœur me rappelle fes traits.

Paré des mains de la Nature,
Son visage brille sans fard ;
Ses yeux charment sans imposture,
Son front s'épanouït sans art :
Sur ses lèvres, avec les Graces,
Siège l'utile Vérité :
La Paix, les Mœurs, la Liberté,
Suivent son char, sement ses traces.
Des roses de la Volupté.
O toi ! l'honneur de la Nature !
Belle des outrages du Temps
Dont notre hiver fait le printemps ;
Passion d'un cœur qui s'épure,
Asyle de tous les instans,
Nymphe, dont j'adore l'image,
Qui viens à moi les bras ouverts,
Reçois mon éternel hommage.
C'est toi qui m'inspira ces vers ;
Embellis - les de tous tes charmes.
Qu'avec de si puissantes armes,
Ils parcourent tout l'Univers,
Moins pour conquérir les suffrages,
Pour ravir l'encens des mortels,
Que pour forcer leurs cœurs volages
A le brûler sur tes Autels.

Guymond de la Touche.

N.º 196.

AMITIÉ (l'). a *ſes droits ſur les cœurs des conquérans*
qui ont paru le plus intrépides dans les chocs, & dans
les batailles.

Lorsqu'en des tourbillons de flamme & de fumée,
Cent tonnerres d'airain, précédés des éclairs,
De leurs globes brûlans renverſent une armée,
Quand de guerriers mourans les ſillons ſont coûverts,
    Tous ceux qu'épargna la foudre,
    Voyant rouler dans la poudre
    Leurs campagnons maſſacrés,
    Sourds à la pitié timide,
    Marchent d'un pas intrépide
    Sur leurs membres déchirés :
Ces féroces humains, plus durs, plus inflexibles
Que l'acier qui les couvre au milieu des combats,
S'étonnent à la fin de devenir ſenſibles,
D'éprouver la pitié qu'ils ne connoiſſent pas ;
    Quand la mort qu'ils ont bravée
    Dans cette foule abreuvée
    Du ſang qu'ils ont répandu,
    Vient d'un pas lent & tranquille,

Seule aux portes d'un afyle
Où repofe la Vertu.

Une famille entière, interdite, éplorée,
Voit ce fpectre avancer vers un lit de douleurs ;
La victime l'attend, pâle, défigurée,
Tendant une main foible à fes amis en pleurs ;

Tournant en vain la paupière
Vers un refte de lumière
Qu'elle gémit de trouver.
Elle préfente fa tête,
La faux rédoutable eft prête,
Et la Mort va la lever.

Le coup part, l'ame fuit, c'en eft fait ; il ne refte
De tant de dons heureux, de tant d'attraits fi chers,
De ces fens animés d'une flamme célefte,
Qu'un cadavre glacé, la pâture des vers.

Ce fpectacle lamentable,
Cette perte irréparable,
Vous frappe d'un coup plus fort
Que cent mille funérailles,
De ceux qui, dans les batailles,
Donnoient & fouffroient la mort.

O Bareith (1) ! ô vertus ! ô graces adorées !
Femme fans préjugés, fans vice & fans erreur,

_____

(1) *Bareith*, fœur de Frédéric II, Roi de Pruffe.

B b iv

Quand la mort t'enleva de ces triftes contrées ;
De ce féjour de fang, de rapine & d'horreur,
    Les Nations acharnées
    De leurs haines forcenées,
    Sufpendirent les fureurs;
    Les difcordes s'arrêtèrent,
    Tous les Peuples s'accordèrent
    A t'honorer de leurs pleurs.

Des veuves, des enfans, fur ces rives funeftes ;
Au milieu des débris des murs & des remparts,
Cherchant de leurs parens les pitoyables reftes,
Ramaffoient, en tremblant, les offemens épars;
    Ton nom feul eft dans leur bouche :
    C'eft ta perte qui les touche ;
    Ta perte eft leur feul effroi,
    Et ces familles errantes,
    Dans la misère expirantes,
    Ne gémiffent que fur toi.

De la douce vertu tel eft le sûr empire;
Telle eft la digne offrande à tes manes facrés.
Vous qui n'êtes que Grands, vous qu'un flatteur admire,
Vous traitons-nous ainfi lorfque vous expirez ?
    La mort, que Dieu vous envoie,
    Eft le feul moment de joie
    Qui confole nos efprits.
    Emportez, ames cruelles,

Ou nos haines éternelles,

Ou nos éternels mépris.

Mais toi, dont la vertu fut toujours secourable,

Toi dans qui l'héroïsme égala la bonté,

Qui pensois en grand homme, en Philosophe aimable,

Qui de ton sexe enfin n'avois que la beauté,

Si ton insensible cendre

Chez les morts pouvoit entendre

Tous ces cris de notre amour,

Tu dirois, dans ta pensée,

Les Dieux m'ont recompensée

Quand ils m'ont ôté le jour.

C'est nous, tristes humains, nous qui sommes à plaindre,

Dans nos champs désolés & sur nos boulevards

Condamnés à souffrir, condamnés à tout craindre

Des serpens de l'Envie & des fureurs de Mars (1),

Les Peuples foulés gémissent :

Les Arts, les Vertus périssent :

On assassine ses Rois;

Tandis que l'on ose encore,

Dans ce siècle que j'abhorre,

Parler de mœurs & de loix !

Beaux Arts, où fuirez-vous ? Troupe errante & céleste

---

(1) Mars. *V.* N.° 47.

De l'Olympe (2) ufurpé, chaffés par des Titans (3):
Beaux Arts! elle adoucit votre deftin funefte,
Puifqu'elle eut du génie, elle aima les talens:

    Ces talens que Dieu difpenfe,

    Avilis fous l'ignorance,

    Gémiffant fous l'oppreffeur,

    Ces enfans de la lumière,

    Que l'impofture groffière

    Offufque de fa noirceur.

Des tranquilles hauteurs de la Philofophie,
Ta pitié contemploit, avec des yeux fereins,
Ces fantômes changeans du fonge de la vie,
Tant de travaux détruits, tant de projets fi vains;

    Ces factions indociles

    Qui tourmentent dans nos Villes

    Nos Citoyens obftinés;

    Ces intrigues fi cruelles

    Qui font des Cours les plus belles

    Un féjour d'infortunés.

Du temps qui fuit toujours, tu fis toujours ufage:
O combien tu plaignois l'infâme oifiveté
De ces efprits fans goût, fans force & fans courage,

---

(1) Olympe, montagne de Theffalie, que les Poëtes prennent pour le Ciel.

(1) Titans, ou Géans, qui s'étoient rendus maîtres d'une partie de la terre, & chafferent plufieurs Rois de leurs Royaumes.

Qui meurent pleins de jour , & n'ont point exifté!

 La vie eft dans la penfée ;

 Si l'ame n'eft exercée ,

 Tout fon pouvoir fe détruit ;

 Ce flambeau , fans nourriture ,

 N'a qu'une lueur obfcure ,

 Plus affreufe que la nuit.

Illuftres meurtriers , victimes mercenaires ,

Qui redoutant la honte & maîtrifant la peur ,

L'un par l'autre animés aux combats fanguinaires ,

Fuiriez fi vous l'ofiez , & mourez par honneur :

 Une Femme , une Princeffe ,

 Dans fa tranquille fageffe ,

 Du Sort dédaignant les coups ,

 Souffrant fes maux fans fe plaindre ,

 Voyant la Mort fans la craindre ,

 Etoit plus brave que vous.

Mais qui célébrera l'Amitié courageufe ,

Frémira des vertus , paffion des grands cœurs ,

Feu facré dont brûloit ton ame généreufe ,

Qui s'épuroit encore au creufet des malheurs ?

 Rougiffez , ames communes ,

 Dont les divérfes fortunes

 Gouvernent les fentimens :

 Frêles vaiffeaux fans bouffole ,

Qui tournez au gré d'Éole (1),

Plus léger que fes enfans.

Augufte & cher objet d'intariffables larmes ,

Une main plus illuftre, un crayon plus heureux ,

Peindra tes grands talens , tes vertus & tes charmes ,

Et te fera régner chez nos derniers neveux :

Pour moi dont la victoire tremblante ,

Dans ma vieilleffe pefante ,

Peut à peine s'exprimer ,

Ma main tombante, accablée ,

Grave fur ton Maufolée ,

Ci gît qui favoit aimer.

F***

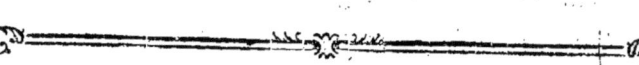

N.° 197.

AMITIÉ (le triomphe de l'). *V*. la lettre T. N.° 3014.

Anonyme.

N.° 198.

AMITIÉ (les délices de l'). *V*. la lettre A. N.° 195.

Guymont de la Touche.

---

(1) Éole , fils d'Ipothès , defcendant de Deucalion , fut le Dieu des vents.

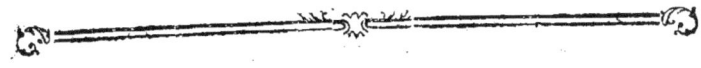

N.º 199.

AMITIÉ (les regrets de l'). *V.* la lettre R.
N.º 2634 *a.*

Anonyme.

N.º 200.

AMITIÉ (l'éloge de l'). *V.* la lettre A. N.º 194.

Le Marquis de Saint-Aulaire.

N.º 201.

AMITIÉ (l') *des femmes.*

Non, vous dis-je, Mademoiselle,
Non, je ne change point d'avis :
A-t-on le malheur d'être belle ?
Il faut renoncer aux amis.
Sexe adoré qui nous occupes,
En amour nous sommes tes dupes ;
Mais l'être encore en amitié,
Oh ! ce seroit trop de moitié.

Belle Ninon (1), il a peut-être
L'art de tromper bien finement ;
Quoique perfide il est charmant :
Est-il ami ? Sans compliment,
Il ne l'est point, ni ne peut l'être.

❈

En doutez-vous ? Faut-il prouver ?
Du vieux temps perçons les ténèbres,
Je cherche à vos beautés célèbres
Des amis, & n'en puis trouver.
Je sais bien qu'Omphale (2) eut Alcide (3) ;

<hr />

(1) *Ninon*, Demoiselle très-célèbre, dont le véritable nom étoit de Lenclos ; sa maison étoit le rendez-vous de ce que la Cour & la ville avoient de gens polis & estimables par leur esprit. Les mères les plus vertueuses briguoient sa société pour leurs fils. M. l'Abbé de Château-neuf disoit d'elle : " Elle joint toutes les " vertus de notre sexe aux graces du sien, en dépit duquel elle " fut mise au rang des hommes illustres ". Saint-Évremont terminoit son Éloge par ces vers :

　　　" *L'indulgente & sage Nature*
　　　" *A formé l'ame de Ninon*
　　　" *De la volupté d'Épicure,*
　　　" *Et de la vertu de Caton.*

(2) *Omphale*, Reine de Lydie, femme d'Hercule. On raconte qu'il fut son esclave, & qu'elle le faisoit filer.

(3) *Alcide* étoit fils d'Alcée : il fut appellé Hercule, parce qu'il déchira dans le berceau deux serpens que Junon avoit envoyés pour le dévorer.

Sapho (1), Phaon (2) ; Júlie (3), Ovide (4) ;
Qu'Hélène (5) brûla pour Pâris (6) ;
Que Renaud (7) fut goûté d'Armide (8),

---

(1) *Sapho* fut fort célèbre : elle devint amoureufe de Phaon qui ne la paya d'aucun retour ; de défefpoir elle courut fur la montagne de Leucade, & fe précipita dans la mer.

(2) *Phaon* étoit un fort bel homme qui fe fit extrêmement aimer du fexe.

(3) *Julie*, fille unique de l'Empereur Augufte , fut très-renommée par fes débauches.

(4) *Ovide*, fameux Poëte latin, Auteur des Métamorphofes célèbres de la Fable, naquit à Sulmone dans le Royaume de Naples : il vivoit fous l'empire d'Augufte , fous le règne duquel il fut envoyé en exil, pour avoir compofé l'Art d'aimer, & pour une autre raifon qui a toujours été ignorée , comme il dit lui-même :

Pérdiderint cum me duo crimina, carmen & error.
Alterius facti culpa filenda mihi eft.

Il mourut fous le règne de Tibère.

(5) *Hélène* étoit fille de Jupiter & de Léda. De tous les perfonnages de la Fable , il n'en eft pas fur lequel il y ait plus de variations que fur l'origine de cette femme fi célèbre. Hélène étoit la plus belle femme de l'Univers , & caufa de très-grands malheurs. Son enlèvement par Pâris caufa le fiége de Troye.

(6) *Pâris* étoit fils de Priam, Roi de Troye, & d'Hécube qui, pendant fa groffeffe , eut un fonge funefte qui fe réalifa dans la défolation de fa Patrie par fon fils.

(7) *Renaud*, fameux par fes exploits guerriers dans les Croifades.

(8) *Armide*, Mufulmane, qui s'étoit paffionnée pour Renaud, qui ne voulut point trahir fa religion pour plaire à fon Amante, mais qui parvint au contraire à la convertir.

Que Vénus (1) eut Mars (2), Adonis (3),

Et cætera : ce qui m'attriste,

C'est que je vois dans cette liste

Beaucoup d'amans & point d'amis.

D'une autre part, les belles ames

De Castor (4), de Pirithoüs (5),

Et de Pilade (6), & de Nisus (7),

De l'amitié sentoient les flammes ;

Oui : mais, parmi ces noms connus,

Je ne vois point de noms de femmes.

---

(1) *Vénus* étoit fille de Jupiter & de Diane : elle épousa Vulcain, auquel elle ne fut pas fidelle ; car elle favorisa la passion de Mars. Elle est une des Divinités les plus célèbres de l'Antiquité Payenne : elle est regardée comme la Déesse de la beauté, & la mère de la galanterie. Ses amours avec le charmant Adonis firent beaucoup de bruit.

(2) *Mars* étoit le Dieu des batailles & des combats.

(3) *Adonis* étoit le fruit de l'inceste commis par myrrha avec Cyniras son père : il fut reçu des Naïades à sa naissance, qui le lavèrent dans les larmes de sa mère. Cet enfant, dit Ovide, étoit si beau que l'Envie elle-même auroit été forcée de l'admirer.

(4) *Castor* eut Tyndare pour père, & par-là fut favorisé de l'Immortalité au détriment de Pollux son frère.

(5) *Pirithoüs* étoit fils d'Ixion, & Roi des Lapythes, il fut lié de l'union la plus étroite avec Thésée.

(6) *Pilade* étoit fils de Strophéius, Roi de Phocide & d'Anaxibie ; il se lia d'une si grande amitié avec Oreste, qu'ils furent inséparables jusqu'à la mort.

(7) *Nisus*, célèbre par son amitié pour le jeune Euryale qu'il voulut sauver en se livrant à la mort pour lui.

Laissez-moi

Haïffez-moi fi je vous mens.

L'amitié veut des facrifices :

Vous autres, dans vos bons caprices,

Vous n'en faites qu'à vos amans.

L'amitié veut des confidences ;

Et, fi j'en crois vos médifances,

Nous devons craindre vos caquets ;

Vos cœurs, peu femblables aux nôtres,

Ne font pas, dit-on, fort difcrets ;

Vous gardez très-bien vos fecrets,

Mais pas aufli bien ceux des autres.

Enfin l'amitié veut des foins ;

Et, lorfqu'on eft jeune & jolie,

Où les placer ? Tant de befoins !

Tant de plaifirs ! . . . Voyez *Julie*,

Voyez *Églé* (1), *Flore* (2), *Célie*.

Quand le Soleil a fait le tour

De la moitié de l'hémifphère,

On ouvre une longue paupière,

On tire un cordon, il eft jour ;

---

(1) *Églé*, une des Graces.

(2) *Flore*, Nymphe des Ifles fortunées, qui s'appelloit Chloris : Zéphyr l'enleva pour en faire fon époufe, & lui donna le domaine des fleurs.

D'abord billets-doux, & lecture :

Il en est un dont l'écriture

Est reconnue, & qu'on relit.

Prompte réponse faite au lit.

On court à la glace, on sourit ;

Puis le café, puis la toilette,

Quelques visites du matin :

Un Colonel, un Médecin,

Un jeune Abbé, sur quelque emplette,

Et sur ses yeux, & sur son tein,

On les consulte : l'heure sonne ;

Il faut voler à l'Opéra :

Il le faut ; *Arnoud* (1) chantera.

On cause, on rit, M*** détonne ;

On dit : mais *Guimard* (2) n'est pas mal ;

J'attends *Vestris* (3) à la chaconne :

Quelle jambe a ce *Dauberval* (4) !

Vient le souper, très-grande chère,

Très-jolis vins ; il faut y plaire ;

Il faut paroître tour-à-tour,

Sensible, folâtre, ingénue ;

---

(1) *Arnoud* (Mlle), première chanteuse de l'Opéra.

(2) *Guimard* (Mlle), danseuse célèbre de l'Opéra.

(3) *Vestris*, premier danseur dans les chaconnes.

(4) *Dauberval*, premier danseur dans les ballets.

Des mots que chacun s'attribue,
Des souris agaçant l'amour,
Et des regards qu'on distribue
Aux élégans qui font leur cour ;
Enfin le Wisk (1).... Mais les bougies
Baissent déjà : plus de parties,
Et chacun sort. Monsieur un tel,
Par la plus étrange aventure,
N'a ni ses gens, ni sa voiture ;
Attendre seul est trop cruel :
Aussi, Madame, très-honnête,
Pour charmer cet ennui mortel,
Veut bien rester en tête à tête.
Lisette rentre.... une heure après ;
On va reprendre un teint plus frais ;
On se couche en grondant ses femmes ;
Voilà le jour bien employé !
Dans tout cela, pardon, Mesdames,
Je n'ai rien vu pour l'amitié.

❀

Belle Ninon, quelle existence !
Ce n'est pas tout-à-fait ainsi
Que vos jours coulent en Provence :
Mais pour l'amitié, quand j'y pense,

---

(1) *Wisk*, jeu Anglois.

Avez-vous plus de temps qu'içi ?

Eh ! croyez-moi : foyez moins belle,

Cachez ces rofes & ces lis,

Cette bouche au tendre fouris,

Ces yeux où l'efprit étincelle,

Si vous voulez, Ninon cruelle,

N'avoir jamais que des amis.

Mais je me prête à vos chimères;

Je fuis votre ami, je le veux.

Que nous nous abufions tous deux !

Cette amitié ne dure guères.

Il n'eft point d'homme apparemment

Affez heureux dans ma patrie

Pour être jamais votre amant :

Mais (paffez-moi cette folie)

J'en fuppofe un pour le moment.

Dès-lors l'amitié languiffante

N'a que des entretiens glacés,

De froids pláifirs, des ris forcés;

L'amant paroît, l'ami tourmente;

Je l'abhorre, j'en fuis jaloux; ·

Il l'eft auffi de moi peut-être;

De moi ! fans doute, il peut bien l'être.

Les amans ne font-ils pas fous ?

La guerre enfin devient trop forte ?
C'eſt un procès bientôt jugé,
Bientôt perdu ; l'amant l'emporte :
Je ſuis l'ami ; j'ai mon congé.
Et ſi l'amant eſt infidèle ?
(Ne trompe-t-il pas la plus belle ?)
On daigne alors me rappeller.

Qu'une jeune amie eſt touchante,
Lorſqu'on voit ſes larmes couler !
Que ſa douleur eſt pénétrante !
Par degrés je me ſens troubler ;
Vous avez vingt ans, j'en ai trente ;
Dieux ! quel plaiſir... de conſoler !

Entre notre ſèxe & le vôtre,
Il eſt donc vrai, chère Ninon,
Que l'amitié n'eſt qu'un vain nom,
Et par ſa faute & par la nôtre.
Mais, quel vacarme dans Paris !
Què dis-je ? dans toute la France !
Nos tendres beautés que j'offenſe
Ont des fureurs, pouſſent des cris.
» Eh, mais ! voyez l'impertinence !
» On permet de pareils écrits !

» Nous refufer... quelle infolence !

» Vous verrez qu'on n'a point d'amis « !

Ah ! Mefdames, de la méprife

Mille pardons, vous en avez ;

Pardon, Madame la Marquife ;

Ce jeune Duc que vous favez,

Qu'on reçoit en petite loge,

Que l'on ramène en vis-à-vis,

Oh ! je le crois de vos amis,

Et j'en conviens à votre éloge.

Le Chevalier, vif & charmant,

Qui, fans hériter de fa tante,

Vient de payer fon régiment,

De Madame la Préfidente

Eft l'ami, très-certainement.

Pour vous, Madame la Ducheffe,

Vous eûtes, dit-on, tour à tour

Quinze amis : quel fonds de tendreffe !

Quinze ! c'eft affez à la Cour ;

Et même on difoit l'autre jour,

Qu'un d'eux encor vous intéreffe.

Ah ! quel crime ai-je donc commis ?

Comme on fe trompe fur les femmes !

Vous eûtes, vous avez, *Mefdames*,

Vous aurez toujours des amis.

M. Barthe.

N.º 202.

AMITIÉ (invocation à l').

O DIVINE Amitié ! viens pénétrer nos ames,
Des cœurs éclairés de tes flammes ,
Avec des plaifirs purs , n'ont que des jours fereins.
C'eft dans tes nœuds charmans que tout eft jouiffance ;
Le temps ajoute encore un luftre à la beauté ;
L'Amour te laiffe la conftance ;
Et tu ferois la Volupté
Si l'homme avoit fon innocence.

Bernard.

N.º 203.

AMITIÉ (beau trait d') *dans la perfonne de Pilade ,
qui veut abfolument mourir pour fauver les jours de fon
ami.*

LE voilà donc rempli, ce vœu fi légitime !
De l'amitié, je meurs honorable victime.
O mon unique ami ! foufcris à mon bonheur ;
Soufcris au choix des Dieux , fi cher à mon honneur.
Laiffe-moi mourir feul, & d'un ami fidèle,
Donner à l'Univers l'exemple & le modèle :

C c iv

Qu'avec étonnement il apprenne d'un Roi,
Jufqu'où de l'amitié s'étend l'augufte loi.
Tu ne peux mieux payer les foins de ma tendreffe,
Qu'en rempliffant mes vœux & ceux de la Prêtreffe.

Guimont de la Touche.

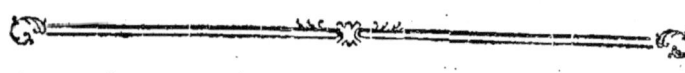

N.° 204.

AMITIÉ (le prix de l').

En trouvant un ami vertueux & fidèle,
Crois de la main de Dieu recevoir un tréfor;
Crois du fiècle de fer paffer au fiècle d'or;
Crois voir du feu célefte une vive étincelle.
Il fera ton foutien dans les plus grands travaux,
Il fera ton flambeau dans la nuit de tes maux,
Ton port dans la tempête, & ton bonheur fuprême.
C'eft ton Ange vifible & ton cher défenfeur:
C'eft l'efprit qui le meut, c'eft un autre toi-même,
C'eft l'ame de ton ame, & le cœur de ton cœur.

D'Andilly.

N.º 205.

AMITIÉ (le temple de l').

Au fond d'un bois à la paix confacré,
Séjour heureux de la Cour ignoré,
S'élève un Temple où l'art & fes preftiges
N'étalent point l'orgueil de leurs prodiges,
Où rien ne trompe & n'éblouit les yeux,
Où tout eft vrai, fimple & fait par les Dieux.
De *bons* Gaulois, de leurs mains le fondèrent,
A l'Amitié leurs cœurs le dédièrent ;
Las ! ils penfoient, dans leur crédulité,
Que par leur race il feroit fréquenté.
En vieux langage, on voit fur la façade,
Les noms facrés d'Orefte (1) & de Pilade (2),
Le médaillon du *bon* Pirithoüs (3),
Du fage Acate (4), & du tendre Nifus (5),

(1) *Orefte* étoit fils d'Agamemnon & de Clytemneftre : fon union intime & inviolable avec Pilade eft citée comme un exemple des plus rares.

(2 *Pilade. V.* N.º 201.

(3) *Pirithoüs. V.* N.º 201.

(4) *Achate* étoit confident d'Énée, & fon confeil.

(5) *Nifus. V.* N.º 201.

Tous grands héros, tous amis véritables ;
Ces noms sont beaux ; mais ils sont dans les Fables.

❋

La Déité de cet obscur séjour,
Reine *sans faste*, & femme sans intrigue,
Divinité sans Prêtres & sans brigue,
Est peu fêtée au milieu de sa Cour ;
A ses côtés sa fidelle interprète,
La Vérité, charitable & discrète,
Toujours utile à qui veut l'écouter,
Attend en vain qu'on l'ose consulter ;
Nul ne l'approche, & chacun la regrette ;
Par contenance un livre est dans ses mains,
Où sont écrits les bienfaits des humains,
Doux monumens d'estime & de tendresse,
Donnés *sans faste*, acceptés sans bassesse,
Du bienfaiteur noblement oubliés,
Par son ami sans regret publiés :
C'est des Vertus l'histoire la plus pure ;
L'histoire est courte, & le livre est réduit
A deux feuillets de gothique écriture,
Qu'on n'entend plus, & que le temps détruit.

❋

Or des humains quelle est donc la manie ?
A l'Amitié nul d'eux ne sacrifie,

Et cependant on les entend toujours
De ce beau nom décorer leurs discours,
Ses ennemis ne jurent que par elle,
En la fuyant chacun s'y dit fidèle :
Froid par dégout, amant par vanité,
Chacun prétend en être bien traité.
De leurs propos la Déesse en colère,
Voulut enfin que ces mignons chéris,
Si contens d'elle, & si sûrs de lui plaire,
Vinssent la voir en son sacré pourpris,
Fixa le jour, & promit un beau Prix,
Pour chaque couple au cœur noble & sincère,
Tendre comme elle, & digne d'être admis,
S'il se pouvoit, au rang des vrais amis.

❀

Au jour marqué viennent d'un vol rapide,
Tous nos François que la nouveauté guide ;
Un Peuple immense inonde le parvis.
Le Temple s'ouvre : on vit d'abord paraître
Deux Courtisans flatteurs d'un commun Maître
Par l'intérêt depuis long-temps unis,
Par l'amitié tous deux ils croyoient l'être :
Vint un Courier qui leur dit, qu'à l'instant
Auprès du Prince un poste étoit vacant.
Nos deux amis brusquement se quittèrent,

Déeſſe , & Prix , & Temple abandonnèrent ;
Chacun des deux en ſon ame jurant,
D'anéantir ſon très - cher concurrent.

❀

Quatre dévots , à la mine diſcrète,
Le dos voûté , leur Miſſel à la main ,
Unis en Dieu de charité parfaite ,
Et tout brûlant de l'amour du prochain ,
Pſalmodioient & bâilloient en chemin.
L'un riche Abbé , Prélat à longue oblique ,
Au menton triple , au col apopleĉtique ,
L'eſtomac plein d'un pâté d'eſturgeon ,
Fut pris , en bref , d'une indigeſtion.
Ces trois amis au Temple le laiſsèrent ,
Le bénéfice en leur cœur dévorèrent ;
Et le trio dévotement rival ,
En ſe jurant fraternité ſincère ,
Les yeux baiſſés courut au Cardinal ,
De Janſeniſme accuſer ſon Confrère.

❀

Gais & brillant , après un long repas ,
Deux jeunes gens ſe tenant ſous le bras ,
Liſant tout haut des lettres de leur Belle ,
Danſant , ſifflant , leur figure étaloient ;
En détonnant quelque chanſon nouvelle ,
Près de l'Autel enſemble ils accouroient ;

Nos étourdis pour rien se querellèrent,
Flamberge (1) au vent, dans le Temple escrimèrent,
Et le moins fou laissa, tout éperdu,
Son pauvre ami sur la place étendu.

Plus loin venoient, d'un air de complaisance,
Nonchalamment clochant sur leurs patins,
Lise & Cloé, qui, dès leur tendre enfance,
Se confioient tous leurs petits desseins ;
Se caressant, se parlant sans rien dire,
Et sans sujet toujours prêtes à rire ;
Elles s'aimoient, hélas ! si tendrement :
Nos deux beautés en public s'embrassèrent ;
Un étourdi passe dans ce moment,
Lise & Cloé pour lui se décoëffèrent.

Enfin Thémire à son tour y parut,
Avec ses yeux où languit la mollesse,
Où l'amour brille, où loge la tendresse.
Mais l'Amitié soudain la reconnut.
Allez, allez, vous vous trompez, dit - elle,
Ce n'est pas moi qu'il vous faut aujourd'hui ;
C'étoit l'Amour que vous cherchiez, ma belle,
Gardez-vous bien de me prendre pour lui.

(1) Flamberge , en terme de raillerie, signifie une épée.

L'autre deux fois ne fe le fit redire ;
Le Dieu d'Amour eft le Dieu de Thémire ;
Elle partit ; aucun ne demeura ;
De l'Amitié le Prix fut laiffé-là ,
Et la Déeffe en tous lieux célébrée,
Jamais connue & toujours défirée ,
Gela de froid fur ces triftes Autels :
J'en fuis fâché pour les pauvres mortels.

M. de Voltaire.

N.° 206.

AMITIÉ (les devoirs de l').

PRÉVENANT, tendre, égal, fidèle en vos promeffes,
Et toujours aux bienfaits ajoutant vos careffes,
N'attendez donc jamais que de befoins preffé,
Un ami vous apporte un air embarraffé,
Et vous vienne expliquer, d'une bouche interdite,
L'humiliant détail du bien qu'il follicite.
Prévenez un difcours qui doit le chagriner,
Pour aider fes befoins, fachez les deviner ;
Qu'il ignore avec vous les termes dont on prie,
Et même épargnez-lui ceux dont on remercie.

N'imitez point le riche à son or attaché,
D'où ne sort aucun don qui ne soit arraché,
De qui l'on ne l'obtient, si l'on ne sait surprendre
Quelqu'un de ces côtés dont il sait le défendre.

Son portier a toujours des ordres rigoureux,
De n'admettre chez lui que des amis heureux,
Et d'éloigner tous ceux, dont la maigre figure,
D'un redoutable emprunt porte le triste augure.

Si, cachant sous un air un peu plus assûré,
D'un fâcheux emprunteur le visage abhorré,
Vous arrivez à lui, dès que la voix baissée,
Vous lui dites : *Monsieur, une affaire pressée*
M'oblige.... il vous arrête, & vous tire à l'écart;
Vous dit, de ses malheurs qu'il veut vous faire part;
Qu'il vous parle d'un cœur affligé, mais sincère,
Qu'à peine, lui qui parle, il a son nécessaire;
Qu'en ces temps malheureux de toutes parts pressé,
Quelque riche qu'on soit, on est embarrassé;
Qu'il vient, à prix d'argent, de marier sa fille;
Qu'il lui reste de plus une grande famille,
Un garçon à pourvoir, une autre fille encor
Qu'il lui faudra cloîtrer, & même au poids de l'or.

Tout coûte, ajoute-t-il, & charges & difpenfés,
Et combien de faux frais, & de fourdes dépenfes?
C'eft par des fouterrains, mais payés largement,
Que j'ai de mes emplois obtenu l'agrément.
D'ailleurs jamais l'argent, l'argent ne fut plus rare.....
Ami, d'un faux ami l'avarice barbare
Se plaît à vous tracer, dans fes affreux difcours,
Les befoins dont chez lui vous cherchez le fecours;
Ainfi par les raifons dont ce tigre s'excufe,
Il femble demander l'argent qu'il vous refufe.

Ignorez l'art groffier de ces lâches refus;
Et dès que votre ami s'adreffe à vous confus,
Accourez libéral : montrez que la fortune
Doit entre les amis toujours être commune.

Homme droit & fincère, on doit à fes amis
Garder fidèlement ce qu'on leur a promis,
Ignorer les délais dont un perfide amufe
Le crédule indigent qu'il trompe & qu'il refufe.

Apprenez qu'être exact à dégager fa foi,
Toujours de l'Amitié fut la première loi;
Qu'on ne pardonne point la fourbe ou la foibleffe
Qui manque à fa parole, & trahit fa promeffe,

Et

Et qu'un ami toujours fe doit reffouvenir
De ne promettre rien que ce qu'il veut tenir.

L'Abbé de Villiers.

N.º 207.

AMITIÉ (l') *médecin.*

L'Envie & la Mort font deux fœurs,
Efpèces à-peu-près égales :
Mêmes haines, mêmes noirceurs :
Toutes deux peftes infernales :
Et, ce qui ne manque jamais ,
Frappant de leurs flèches fatales
Les bons plutôt que les mauvais.
Telle eft enfin leur deftinée,
Que l'une avec l'autre étant née,
L'une, autant que l'autre vivra :
L'envieux mourra, non l'Envie.
Tout Médecin auffi mourra ,
Et la Mort ici-bas fera ,
Tant qu'ici-bas fera la vie.

D d

Un jour le monftre au cœur d'airain,
Levant fa faux épouvantable,
Que fa Germaine impitoyable
Venoit d'aiguifer de fa main,
Lui fit ce ferment exécrable :

&

Ma fœur, j'attefte ici les eaux
Du fleuve horrible dont ma rage
Peuple fans ceffe le rivage,
Que je foulagerai tes maux !
Oui, fi l'afpic (1) qui te dévore,
Ne te laiffe quelque repos,
Que dans les gouffres du chaos (2)
Le néant me replonge encore !
Dirige mon vol & mon bras :
Indique où tu veux que je frappe !
Parle : & fallût-il de Pallas (3)
Percer l'égide (4), ne crains pas
Que la victime nous échappe.

---

(1) *Afpic*, ferpent dont la morfure eft fort dangereufe.
(2) *Chaos*, matière première exiftant éternellement fous une feule forme, dans laquelle le principe de tous les êtres particuliers étoient confondus.
(3) *Pallas. V.* N.º 14.
(4) *Égide*, bouclier de Pallas.

La Joie, à ces mots s'approcha
Du cœur où siége le Murmure;
L'Envie en riant décocha
Un serpent, qu'elle détacha
De son affreuse chevelure.
Il vole, siffle, & trace en l'air
La route que la Mort doit prendre :
Du lugubre suppôt d'enfer,
L'aile noire, prompte à s'étendre,
L'emporte après comme un éclair.
Sur les bords heureux, que la Seine
Lave de ses flots argentés,
Se distingue entre les Cités
Celle qui du monde est la Reine.
Là, parmi de brillans palais,
Qu'éleva l'orgueil à grands frais,
S'abaisse un toit simple & modeste,
Séjour divin, réduit céleste,
Du Goût, temple délicieux,
Dans lequel être admis vaut mieux
Que de posséder tout le reste.
Aussi, des illustres du lieu
L'élite s'empresse à complaire
A la Prêtresse, à qui le Dieu
Remet les clefs du sanctuaire,
Avec ordre aux trois Déités

Aglaure (1), Euphrosine (2) & Thalie (3),

Dans les jours de cérémonie

D'être de la solemnité,

Et d'officier aux côtés

De cette Vénus-Uranie (4).

Tout rit à son aimable aspect.

Devant elle, on voit le Respect,

Libre du fardeau de la Crainte :

Un autre beau présent des cieux,

L'Amitié sincère & naïve,

Brûlant d'un zèle officieux,

Prévenante, inquiète, active,

Suivant la Prêtresse en tous lieux ;

Jour & nuit pour elle au qui vive,

Et d'Argus (5) ouvrant tous les yeux

Sur un salut tout précieux.

---

(1) Aglaure étoit fille de Cécrops, Roi & fondateur d'Athènes. Elle est regardée comme le symbole de l'indiscrétion & de la jalousie : elle fut changée en rocher par Mercure, pour avoir voulu empêcher ce Dieu d'entrer chez Hersé son Amante. *Sans doute que l'Auteur vouloit désigner Aglaïa, la première des trois Graces.*

(2) Euphrosine, une des trois Graces.

(3) Thalie, une des trois Graces.

(4) Vénus-Uranie, ou la Vénus céleste, étoit fille du Ciel & de la lumière. C'est elle qui animoit toute la Nature.

(5) Argus, surnommé Panoptès, avoit cent yeux à la tête. Il n'en fermoit que deux à la fois, les autres faisoient sentinelle.

C'eſt vers cette tête chérie,
Que d'un venin mortel enflé,
Le trait de la maigre Furie
Conduiſit le ſquelette ailé.
Mais de l'Amitié vigilante,
On ne ſauroit tromper les ſoins.
Elle apperçut venir de loin
L'objet d'horreur & d'épouvante;
Artificieuſe au beſoin,
Voici la ruſe qu'elle invente:

❀

Au devant du ſpectre édenté,
Charmé déjà du bon augure,
Elle s'offre ſous la figure
D'un Membre de la Faculté.
Contenance grave, aſſûrée (1),
Face impoſante, & décorée
D'un grand air de capacité;
Ton de maître, langue dorée,
Regard auſtère, & ſans pitié.
Un Lynx (2) eût-il, ſous l'enveloppe
De la morgue du *Miſanthrope,*
Reconnu la douce Amitié?

(1) Portrait d'Aſtruc.
(2) Lynx, animal qui a la vue ſi fixe & ſi pénétrante, qu'il voit
même en dormant.

Sous cette forme & ce vifage,
Arrêtant le monftre au paffage,
Où cours-tu? lui dit-elle: Eh quoi!
N'aurons-nous qu'un vain caractère?
Et feras-tu fubir ta Loi,
Sans notre docte miniftère?
Pas un inftant pour notre emploi?
Quoi! mourir fans autre myftère,
Et fans que la fanté s'altère?
Nul intervalle entr'elle & toi?
Crains la Faculté mécontente!
Tremble, & fonge à ce que tu dois
A gens qui l'ont fait mille fois
Triompher contre ton attente!
Recule, ingrate, & laiffe nous
Te préparer un peu la voie:
Tu peux t'en remettre à nos coups,
Sans craindre de manquer ta proie.

La Mort fufpendit l'attentat,
Sur cette apoftrophe finiftre,
Et fit comme le Potentat
Secondé par un bon Miniftre.
Sa diabolique majefté
Dépofa fon autorité

En des mains qu'elle crut fidelles
Et s'éloignant à tire-d'ailes,
Laiffa pour l'acheminement
A fa place, entrer feulement,
Une fièvre des plus cruelles
Qu'on éconduifit, à fon tour,
Et qui ne fit pas long féjour.
Grace éternelle en foit rendue
A la tendre fœur de l'Amour,
A qui l'heureufe cure eft due !
L'Amitié triomphe en ce jour.

Mufes, de vos chants d'allégreffe
Faites retentir le Permeffe (1) :
Heureufes mille fois, hélas !
Heureufes, qu'en cette aventure,
L'Amitié fuivant pas à pas
La fage & favante Nature,
De nos bourreaux n'emprunta pas
L'art auffi-bien que la figure !
De la Nymphe l'aimable efprit,
Au lieu du cercle qui lui rit,

---

(1) Permeffe, petite rivière confacrée à Apollon & aux Mufes,
parce qu'elle prenoit fa fource dans l'Hélicon.

Z iv

Verroit le berceau d'Afcalaphe (1);
Au lieu que vous l'ornez de fleurs,
Vos yeux s'épuiseroient de pleurs,
Et vos nourriffons d'épitaphe;
La noire Envie enfin feroit
La feule au monde qui riroit.

Piron.

N.º 208.

AMITIÉ (le fecret pour entretenir l'). *V.* la lettre E.
N.º 972.

N.º 209.

AMOUR (le portrait de l').

D'un foible enfant il a le front timide;
Dans fes yeux brille une douceur perfide,
Nouveau Protée (2), à toute heure, en tous lieux,
Sous un faux mafque il abuse les yeux.

---

(1) Afcalaphe étoit fils de l'Acheron & d'Orphné, Nymphe des enfers : il fut méthamorphofé en hibou, pour avoir été indifcret.

(2) Protée étoit fils de l'Océan & de Tethys; c'étoit lui qui prenoit foin de faire paître fous les eaux les Monftres marins qui compofoient les troupeaux des Dieux, & pour le récompenfer ils lui donnèrent le don de deviner.

D'abord voilé d'une crainte ingénue,
Humble, captif, il rampe, il s'infinue;
Puis tout-à-coup, impérieux, vainqueur,
Porte le trouble & l'effroi dans le cœur.
Les trahifons, la noire tyrannie,
Le défefpoir, la peur, l'ignominie,
Et le tumulte au regard éffaré,
Suivent fon char de foupçons entouré.

Rouffeau.

N.º 210.

AMOUR (l') eft le Dieu du bonheur.

SI vous ne voulez pas aimer,
Que vous fervira d'être aimable?
Croyez-vous que, paffé trente ans,
L'on doive déferter Cythère (1)?
Quand on fait aimer, on fait plaire;
Qui fait plaire eft dans fon printemps.
Plus la rapidité du temps

---

(1) Cythère, Ifle de l'Archipel, où Vénus prit naiffance. Le Temple qui y fut élevé paffoit pour être le plus ancien de la Grèce.

Nous entraîne vers l'Élifée (1),
Plus notre ame défabufée
Doit fentir le prix des inftans.
Adoptez ce tendre fyftême :
Que le fentiment foit vainqueur ;
L'Amour eft le Dieu du bonheur ;
Ses plaifirs font le bien fuprême.

Defmahis.

N.º 211.

AMOUR (l')  *partagé & toujours en fon entier.*

Vous vous plaignez injuftement,
Iris, que mon cœur fe partage,
Qu'il eft fujet au changement,
Que je fuis ingrat & volage.
J'offre mon encens & mes vœux
Par-tout où de l'Amour je rencontre l'image,
Je l'adore dans vos beaux yeux ;
Quand je le trouve en d'autre lieux
Je lui rends un pareil hommage.

M. l'Abbé de l'Attaignant.

(1) Élifée, la demeure des ames juftes après leur mort. Là, les neiges, les pluies, les frimats n'y défolent jamais les campagnes. Saturne & Rhéa en font les Souverains.

N.º 212.

'AMOUR (l') du bon vieux temps.

AU bon vieux temps un train d'amour règnoit,
Qui sans grand art & dons se démenoit,
Si qu'un bouquet donné, d'amour profonde,
C'étoit donner toute la terre ronde;
Car seulement au cœur on se prenoit.

Et si par cas à jouir on venoit,
Savez-vous bien comme on s'entretenoit?
Vingt ans, trente ans, cela duroit un monde
Au bon vieux temps.

Or, est perdu ce qu'Amour ordonnoit,
Rien que pleurs feints, rien que changes on n'oyt.
Qui voudra donc *qu'à aimer* je me fonde,
Il faut premier que l'Amour on refonde,
Et qu'on la mène ainsi qu'on la menoit
Au bon vieux temps.

Clément Marot.

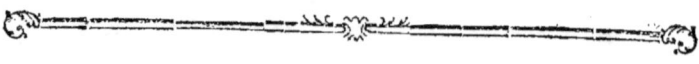

N°. 213.

AMOUR (l') *est plein de génie lorsqu'il s'agit sur-tout*
de tromper.

Pour les Amans, il est un Dieu qui veille ;
Dans un danger, dans un cas imprévu,
Il est près d'eux, il leur souffle à l'oreille
Ce qu'il faut dire, & si bien les conseille
Qu'on ne sauroit les prendre au dépourvu.

Desfontaines.

N.° 214 a.

AMOUR (l') *ne s'arrache ni ne se donne.*

Ce n'est point par effort qu'on empêche d'aimer :
La sévère Raison veut en vain l'alarmer ;
    Le cœur n'écoute que lui - même.
Il se flatte toujours : erreur où vérité,
Mille exemples divers glissent sur un cœur tendre ;
Et lorsqu'on sent le coup que l'Amour a porté,
    Il n'est plus temps de se défendre.

Desmahis.

N.º 215.

AMOUR (le véritable) *est le principe de la félicité de deux époux.*

* LE véritable Amour n'est pas tel qu'on le peint ;
Un cœur est trop heureux s'il peut en être atteint.
Ce n'est pas , comme on croit , un feu prompt & rapide ,
Que le hasard produit , que le caprice guide.
Le véritable Amour anime l'Univers ,
Son esprit en soutient tous les accords divers ;
Et c'est un feu si pur , qui , brûlant dans les ames ,
Du flambeau de l'Hymen doit allumer les flammes.
Deux mortels qu'il unit font heureux , font contens ;
Leurs vœux font confondus , leurs jours font des instans :
Quand deux tendres époux s'estiment , se chérissent ,
On croit voir les Vertus qui s'aiment , qui s'unissent ,
Et qui , formant ensemble une chaîne d'attraits ,
En font naître un bonheur qui ne finit jamais.

M. de Voltaire.

N.º 216.

AMOUR (tableau de la rage d'). *V.* la lettre B.
N.º 549.

M. l'Abbé de Lille.

N.º 217.

AMOUR-PROPRE (l') *condamné & justifié.*

SI l'on croit les dévots, l'Amour-propre est damné,
C'est l'ennemi de l'homme, aux enfers il est né :
Vous vous trompez, ingrats, c'est un don de Dieu même;
Tout Amour vient du Ciel, il nous chérit, il s'aime;
Nous nous aimons dans nous, dans nos biens, dans nos fils,
Dans nos concitoyens, sur-tout dans nos amis.

Voltaire.

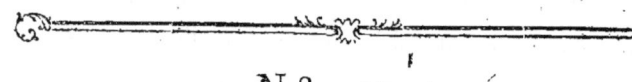

N.º 217 a.

AMOUR (l').

L'AMOUR est un enfant aussi vieux que le monde,
Il est le plus petit & le plus grand des Dieux.
De ses feux il remplit le Ciel, la Terre & l'Onde,
Et toutefois Iris le loge dans ses yeux.

Perrault.

N.º 218.

AMOUR (l') *vainqueur de la fortune.*

Muses, apprenez-moi par quels charmes trompeurs
La Fortune à l'Amour veut enlever les cœurs ;
Confacrez de vos voix la force enchantereffe ,
A vanter les liens d'une heureufe tendreffe :
Si les foibles mortels doivent porter des fers ,
Qu'Amour en puiffe feul donner à l'Univers.

Du Souverain des Dieux , la volonté féconde ,
A peine eut du néant fait éclore le monde ,
Qu'aux premiers des humains , égarés dans les bois ,
L'Amour, le tendre Amour fit entendre fa voix :
Séduits par les attraits de fes plaifirs tranquilles,
Ils vinrent s'enfermer dans l'enceinte des Villes :

Là , ce Dieu bienfaifant leur prodiguoit fes feux ;
Il n'avoit fous fes loix que des fujets heureux ;
On n'y connoiffoit pas de flammes paffagères ,
Point de traîtres amans , point de beautés légères ;
Les cœurs toujours d'accord , par de nouveaux plaifirs,
Sentoient à chaque inftant ranimer leurs défirs.

Vous n'éticz pas alors contrainte, Bienféance !
Vos voiles imposteurs outragent l'innocence ;
On ignoroit vos loix, dont les arrêts cruels,
En condamnant nos goûts, les rendent criminels ;
Sans pénibles combats, fans importun murmure,
La Raifon écoutoit la voix de la Nature,
Et refpectant toujours les doux penchans du cœur,
Lui laiffoit fa vertu, fans nuire à fon bonheur.

O fiècles fortunés de l'heureufe Innocence !
Qui de cet Univers embellîtes l'enfance,
Qu'êtes-vous devenus ? Comment vos jours fereins
Ont-ils ceffé de luire aux malheureux humains ?
Hélas ! tous nos malheurs nous rappellent nos crimes !
Rebelles à l'Amour, nous fommes fes victimes.
A peine eut-il reçu l'hommage des mortels,
Qu'il vit de toute part déferter fes Autels.

La Fortune étala fes brillantes promeffes,
Elle remplit les cœurs de la foif des richeffes,
Et les lâches mortels, par de profanes vœux,
Accrurent à l'envi fon empire odieux :
On ne vit plus alors que des nœuds infidèles ;
L'Amour ne parut plus dans les regards des belles ;

Le

Le fordide Intérêt fit un honteux devoir
D'offrir de la tendreffe , & de n'en point avoir ;
La fauffe Vanité redoublant nos mifères ,
Nous enivra bientôt de pompeufes chimères ;
La folle Ambition creufa mille tombeaux ,
Pour punir elle-même , ou perdre fes rivaux.

✻

La Difcorde , allumant les flambeaux de la Guerre ;
Signala fes fureurs en ravageant la terre :
Enfin l'Impiété défiant tous les Dieux ,
Leva contre leur foudre un front audacieux.
Ah ! fuyons , dit l'Amour , ces lieux où ma rivale
Exerce fur les cœurs fa puiffance fatale ;
Ils font trop criminels pour écouter ma voix :
Eh bien ! pour les punir , laiffons-les à leur choix.
Il dit , & fes beaux yeux fe baignèrent de larmes ;
La Douleur , à fon teint donna de nouveaux charmes.
Ce Dieu fentoit encor pour des mortels ingrats
Des foucis généreux qu'ils ne méritoient pas ;
Il fuit en gémiffant , il cherche des afyles ,
Où les cœurs à fes loix puiffent être dociles.

✻

Epris des mêmes feux , Ifmène & Corilas
De ce Dieu fugitif accompagnent les pas ;
Charmés de fes bienfaits , heureux par leur tendreffe ;
Ils méprifent les dons de l'aveugle Déeffe ;

E e

Uniquement touchés des amoureux plaisirs,
Ils n'ont point de tréfors plus chers que leurs soupirs.

❀

Loin du bruit des Cités eft un lieu folitaire;
Que de fes purs rayons le Dieu du jour éclaire;
Cérès (1), avec Pomone (2) & Flore (3), tour-à-tour,
L'ont orné, de concert, pour y fixer l'Amour.
Jamais les Aquilons (4) n'ont détruit ces bocages;
Zéphyr (5), le feul Zéphyr agite leurs feuillages;
Une jeune Naïade (6) y répandant fes eaux,
Sur des lits émaillés forme mille ruiffeaux,
Et par les longs détours qu'elle fait dans la plaine,
Semble de ce féjour s'éloigner avec peine.
C'eft là que ces Amans, fans craindre de revers,
Fidèles à l'Amour, oublioient l'Univers;
Là, pour eux, le foleil fe levoit fans nuages,
Et terminoit fon cours fans caufer des orages;
Leur fort ne dépendoit que d'eux, que de leur cœur,
Et leur vive conftance en fixoit le bonheur:

---

(1) Cérès. *V.* N.º 33.
(2) Pomone. *V.* N.º 22.
(3) Flore. *V.* N.º 14.
(4) Les Aquilons défignent les quatre vents cardinaux, mais plus communément le vent du Nord.
(5) Zéphyr. *V.* N.º 14.
(6) Naïade, Nymphe qui préfidoit aux fontaines & aux rivières.

Tantôt, du Dieu d'Amour honorant la préſence,
Ils uniſſoient leurs voix pour vanter ſa puiſſance ;
Les oiſeaux étonnés de ces accords touchans,
En ſilence écoutoient leurs ſoupirs & leurs chants ;
Les échos, réveillés par leurs chanſons nouvelles,
Prenoient un doux plaiſir à paroître fidèles.
Tantôt ils déteſtoient l'eſclavage pompeux,
Où la Fortune tient ſes ſujets malheureux :
Non, non, s'écrioient-ils, à nos flammes ſincères
Nous ne mêlerons point de ſoupirs mercenaires ;
A nos cœurs généreux l'Amour donne des loix,
Et notre heureux deſtin paſſe celui des Rois.

Cependant, la Fortune apprend qu'en ces contrées
Ses brillantes faveurs ne ſont point révérées ;
Elle frémit de voir qu'il eſt dans l'Univers
Des cœurs qui ne ſont point enchaînés de ſes fers :
Seule je dois régner, & je crains peu les armes,
Que mon foible rival croit trouver dans ſes charmes ;
Dit-elle, je ſaurai, juſques ſur ſes Autels,
Aller ravir les vœux & l'encens des mortels.
A ces mots, elle part ; elle ordonne une Fête
Digne de conſacrer ſa nouvelle conquête ;
Près de ſon char, traîné par des courſiers vainqueurs,
Des mortels, en rampant, implorent ſes faveurs ;

E e ij

A flots tumultueux, une foule empreſſée,
Paroît, à chaque inſtant, admiſe & repouſſée.
La Déeſſe, qui voit l'ardeur de ſes ſujets,
Entretient par l'eſpoir leurs avides projets,
Et d'un air orgueilleux, jouiſſant de ſa gloire,
S'applaudit; & déjà compte ſur la victoire.
Mais qu'un Amour ſincère a de puiſſans appas !
Rien ne peut ſéparer *Iſmène* & *Corilas* ;
Les efforts redoublés de l'aveugle Déeſſe,
Reſſerrèrent les nœuds de leur vive tendreſſe.
Tu triomphes, Amour ! & tu trouves des cœurs
Qui connoiſſent encor le prix de tes faveurs.
Achève ta victoire, & de tes traits rapides
Frappe ; viens, venge-toi de ces ames perfides ;
Qui vont de la Fortune acquerir les tréſors,
Sous l'appât ſéducteur des plus tendres dehors.
Et toi, brillant fantôme, exerce ta puiſſance,
Pour punir des humains la coupable imprudence :
Qu'ils éprouvent le poids de ton joug rigoureux,
Si, trahiſſant l'Amour, ils t'adreſſent leurs vœux.

Vivamus, atque amemus. Catul. L. 1,

Madame la Comteſſe de la Gorſe.

N.º 219.

AMOUR (l') *ne suffit pas pour déterminer le choix dans le mariage.*

L'AMOUR n'eſt pas toujours un guide bien fidèle,
Il faut bien quelquefois lui devenir rebelle ;
Et ſi la main du Temps l'éteint dans notre cœur,
Alors de notre choix nous découvrons l'erreur.
L'amour-propre eſt honteux d'avoir pu ſe méprendre ;
La froideur, le dégoût, veillent pour nous ſuprendre ;
D'un joug qui nous contraint nous déteſtons les loix,
Et nous ne pouvons plus en adoucir le poids.

Anonyme.

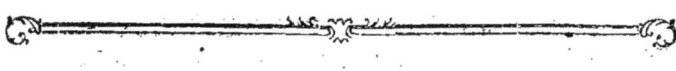

N.º 219 *a.*

AMOUR (l') *avili.* *V.* la lettre T. N.º 1964 *a.*

Colardeau.

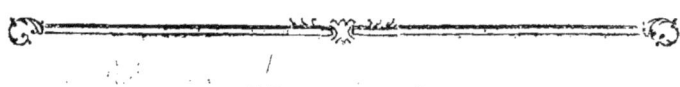

N.º 219 *b.*

AMOUR (l') *conſolateur.* *V.* la lettre A. N.º 82

Anonyme.

Ee iij

N°. 220.

AMOUR (l') *platonique.*

Du faux encens dédaigneufe ennemie,
Qui dans le vrai par le peuple affermie,
Savez fort bien de tout éloge plat
Diftinguer l'art d'un pinceau délicat :
Sage Uranie (1), en qui le don de plaire
Eft joint au don de haïr le vulgaire,
De démêler, libre en vos fentimens,
Les préjugés de fes faux jugemens,
Et d'abhorrer ces louanges guindées,
Qui n'ont d'appui que fes folles idées :
Si quelque Auteur, pour vous faire fa cour,
S'imaginant avoir pris un beau tour,
Vous décrivoit dans fes peintures sèches,
Le Dieu d'Amour, fon carquois & fes flèches,
De la raifon ennemi langoureux,
Et de nos chants enchanteur doucereux,
Vous déployant ces lieux-communs poftiches,
Dont l'Opéra brode fes hémiftiches :

(1) Uranie, ou la Vénus célefte, étoit la fille du Ciel & de la lumière : c'eft elle qui animoit toute la nature.

Sur ce tableau, frivolement conçu,
Probablement il feroit mal reçu,
De vous chanter, en rimes indiscrètes,
Que cet Amour ne se plaît qu'où vous êtes ;
Qu'il règne en vous, qu'il suit par-tout vos pas,
Et qu'il languit où l'on ne vous voit pas.

Mais si quelqu'un plus sage & plus habile,
Vous dépeignoit d'un crayon moins stérile,
Le même Amour, non tel qu'on l'avoit feint,
Mais en effet, tel qu'il doit être peint ;
Tel qu'autrefois l'on vit nos premiers sages,
Lorsqu'au Parnasse (1) attirant leurs hommages,
Le Dieu, par eux de guirlandes orné,
Fut dans la Grèce en triomphe amené :
Si poursuivant cette noble peinture,
Il vous traçoit d'une main libre & sûre,
Ces vifs rayons, ces sublimes ardeurs,
Ce feu divin qu'il répand dans les cœurs,
Dont la splendeur les éclaire & les guide
Dans les sentiers de la vertu solide ;
Vous faisant voir, assis à son côté,
L'Honneur, la Paix, la Vertu, l'Equité ;

----

(1) Parnasse, la plus haute montagne de la Phocide : elle avoit
deux sommets très-fameux autrefois, l'un étoit consacré à Apollon
& aux Muses, & l'autre à Bacchus.

Peut-être alors à le bannir moins prompte,
Vous souffririez, sans rougeur & sans honte,
Que ce Dieu vînt embellir votre cour.
Connoissez donc ce que c'est que l'Amour ;
Et déformais l'ame débarrassée
Des préjugés d'une troupe insensée,
Qui ne la peint que sous des faux portraits,
Gardez-vous bien d'en juger sur leurs traits,
De le confondre avec ce Dieu frivole,
De qui l'erreur nous a fait une idole,
Et qui n'épand que des feux criminels :
Ces deux rivaux, ennemis éternels,
L'un (1) fils du Ciel, l'autre (2) né de la Terre,
Se font entr'eux une immortelle guerre ;
Plus signalés en leur division,
Que les héros de Grèce & d'Ilion. (3).
Quelqu'un peut-être, à ce début mystique,
Va me traiter de cerveau fanatique,
Et me voyant monter sur ce haut ton,
Traiter l'Amour en style de Platon (4),

---

(1) L'un, fils du Ciel, le Feu.
(2) L'autre, né de la Terre, l'Eau.
(3) Ilion, nom de la Citadelle de Troye, pris quelquefois pour Troye même.
(4) Platon. *V.* N.º 155.

M'objectera qu'une jeune héroïne,
Mériteroit un peu moins de doctrine.

❀

Mais sans répondre à ce langage vain,
Laissons-le en paix, son Cyrus (7) à la main,
De nos raisons l'ame peu combattue,
Du Dieu d'Ovide encenser la statue,
Et poursuivons nos propos commencés.

❀

Jadis, sans choix, les humains dispersés,
Troupe féroce & nourrie au carnage,
Du seul instinct suivoient la loi sauvage,
Se renfermoient dans les antres cachés,
Et des forêts par la faim arrachés,
Alloient errans au gré de la nature,
Avec les ours disputer la pâture.
De ce chaos l'Amour réparateur,
Fut de leurs loix le premier fondateur.
Il sut fléchir leurs humeurs indociles,
Les réunit dans l'enceinte des villes,
Leur enseigna le secours des moissons,
Des premiers arts leur donna des leçons;

(1) Cyrus, natif de Pénopolis en Égypte, se fit distinguer par son esprit à la Cour de Théodose le jeune : il faisoit des vers avec une facilité unique. Il devint Consul, & Préfet ensuite par son mérite.

Chez eux logea l'Amitié fecourable,
Avec la Paix fa fœur inféparable,
Et devant tout, dans les terreftres lieux ;
Fit refpecter l'autorité des Dieux.
Tel fut fous lui le fiècle de Cybèle (1);
Mais à ce Dieu la Terre enfin rebelle,
Se rebuta d'une fi douce loi,
Et de fes mains voulut fe faire un Roi.
Tout auffi-tôt, évoqué par la Haine,
Sort de fes flancs un monftre à forme humaine ;
Refte dernier de ces affreux Typhons (2),
Jadis formé dans les gouffres profonds :
D'un foible enfant il a le front timide ;
Dans fes yeux brille une douceur perfide ;
Nouveau Prothée (3), à toute heure, en tous lieux,
Sous un faux mafque il abufe nos yeux.
D'abord voilé d'une crainte ingénue,
Humble, captif, il rampe, s'infinue ;
Puis tout-à-coup, impérieux, vainqueur,
Porte le trouble & l'effroi dans le cœur ;

---

(1) Cybelle, femme de Saturne, étoit apellée la mère des Dieux, comme étant la mère de Jupiter, de Junon, de Neptune & de Pluton : fon nom fignifie quelquefois la terre. Son culte fut très-célèbre dans la Phrygie, & fes fêtes y étoient folemnifées avec grand tumulte.

(2) Typhon. *V.* N.º 138.

(3) Prothée. *V.* N.º 209.

Les Trahifons, la noire Tyrannie,
Le Défefpoir, la Peur, l'Ignominie,
Et le Tumulte au regard effaré,
Suivent fon char de Soupçons entouré.
Ce fut fur lui que la terre, ennemie
De fa révolte, appuya l'infamie :
Bientôt féduits par de trompeurs appas,
Les fols humains marchèrent fur fes pas.
L'Amour par lui dépouillé de puiffance,
Remonte au Ciel, féjour de fa naiffance,
Et las de voir l'homme fourd à fa voix,
Il l'abandonne à fon malheureux choix :
Alors enflé d'une nouvelle audace,
L'ufurpateur prend fon nom & fa place,
Et fous ce nom, l'Erreur de toutes parts
Fait ici-bas voler fes étendards.
C'eft de ce temps que nous vîmes éclore,
Tous les malheurs envoyés par Pandore (1).
La Jaloufie ; allumant fes flambeaux,
Creufa dès-lors mille horribles tombeaux :

---

(1) Pandore, paffe pour être le nom de la première femme qui fut faite & préfentée par Vulcain à l'affemblée des Dieux, qui l'admirèrent, & lui firent chacun un préfent : celui de Jupiter étoit une boëte bien clofe & remplie de tous les maux. Elle devoit la porter à Prométhée, qui la refufa, fe doutant de ce qu'elle contenoit.

Et des forfaits de plus d'une Médée (1),

Plus d'un climat vit fa rive inondée.

On vit régner les défirs effrénés,

Qui, fecondés des plaifirs forcenés,

Mirent au jour monftres & Minotaures (2);

Satyres (3), Sphynx (4), Egipans (5), & Centaures (6).

❀

Un fiècle à l'autre enviant fes fureurs,

Imagina de nouvelles horreurs;

Chaque âge vit augmenter fes misères,

Et nos aïeux plus méchans que leurs pères,

Nous firent naître encor plus méchans qu'eux,

Bientôt fuivis par de pires neveux.

Enfin le Ciel touché de nos difgraces,

Se réfolut d'en effacer les traces,

---

(1) Médée. *V.* N.° 87.

(2) Minotaure, monftre moitié homme & moitié femme, étoit le fruit d'une infame paffion de Pafiphaë pour un torreau blanc.

(3) Satyres, Divinités champêtres, repréfenté comme des petits hommes fort velus, avec des cornes & des oreilles de chèvres, la queue, les cuiffes & les jambes du même animal. Les Nymphes étoient fort expofées à leurs infultes, ils fervoient de garde à Bacchus.

(4) Sphinx, monftre qui avoit ordinairement un vifage de femme avec un corps de Lion couché.

(5) Égipan, ou Pan-Chêvre, furnom des Sylvains.

(6) Centaures, monftres de Theffalie, demi-hommes & demi-chevaux, nés du commerce d'Ixion avec la nue.

Et tous les Dieux convinrent que l'Amour
Fut renvoyé dans ce mortel séjour.
Chacun s'en forme un agréable augure;
Le seul Amour, l'Amour seul en murmure.
Qu'a-t-il commis ? Pourquoi seul immolé ?
D'entre les Dieux sera-t-il exilé ?
Quittera-t-il ces demeures heureuses,
Ces régions pures & lumineuses,
Séjour brillant de gloire & de clarté,
Lieux consacrés à la félicité,
Aux doux plaisirs, enfans de l'innocence,
Plaisirs qu'échauffe & nourrit sa présence,
Vifs sans tumulte, éternels sans ennui,
Et que les Dieux ne tiennent que de lui ?
Quoi ! disoit-il, de la troupe céleste
J'irai descendre en un séjour funeste,
Où l'impudence étale un front serein,
Où les mortels au visage d'airain,
De mon fantôme escortant les bannières,
De l'innocence ont rompu les barrières ?
Et qui d'entr'eux voudra suivre mes pas?...
Amour, Amour, ne vous alarmez pas,
Venez à moi, je connois un asyle,
Dont les vertus ont fait leur domicile :
Un sûr rempart, un lieu de qui jamais
Vos ennemis ne troubleront la paix.

Celui qui règne en ce féjour propice ,
En a banni le coupable artifice ,
La perfidie au coup-d'œil emprunté ,
Et la malice au rire concerté :
Amour du vrai, candeur héréditaire ;
Dès le berceau marqua fon caractère ;
Nourri , formé par les neuf doctes Sœurs ;
Ami des Arts , épris de leurs douceurs ,
Le Dieu du Pinde (1) & la fage Minerve (2) ,
De leurs tréfors l'ont comblé fans réferve.
Dans ce réduit des Mufes habité ,
Préfide encore une Divinité ;
Car la beauté dont les Dieux l'ont ornée ,
D'un moindre nom feroit trop profanée :
Un doux accueil, un modefte enjouement
Prête à fes traits un nouvel agrément ;
D'enfans ailés une troupe fidelle ,
Plaifirs, Amours, voltigent autour d'elle ,
Et fans efforts près d'elle retenus ,
Pour la fervir ont oublié Vénus (3).
Non, non, Amour, ce n'eft point à Cythère (4),
Ni dans les bois qu'Amathonte (5) revère,

---

(1) Pinde. *V.* N.º 99.
(2) Minerve. *V.* N.º 162.
(3) Vénus. *V.* N.º 14.
(4) Cythère. *V.* N.º 210.
(5) Amathonte , ou Amathufe , ville de l'Ifle de Cypre , qui étoit tconfacrée à Vénus.

Qu'il faut chercher & les Jeux & les Ris ?
Si vous voulez de vos frères chéris
Revoir un jour la troupe réunie,
N'héfitez point, volez chez Uranie.
Mais à qui vais-je étaler ces propos ?
Puis-je penfer qu'un Dieu, qui du chaos
Débarraffa cette machine ronde,
Qui voit, qui meut tous les êtres du monde,
De fes refforts & l'ame & l'inftrument,
Puiffe ignorer fon plus bel ornement ?
Déjà porté fur les ailes d'Éole,
Du haut des Cieux je le vois qui s'envole,
Plus glorieux d'obéir en fa cour,
Que de régner au célefte féjour.
Confervez bien, généreufe Uranie,
Ce Dieu puiffant, ce célefte Génie ;
Ame du monde, auteur de tous les biens,
Par qui brifant les terreftres liens,
D'un vol hardi nos ames élancées,
Jufques au Ciel élèvent leurs penfées :
Sans la Beauté, fans fes dons précieux,
La Vertu même eft moins belle à nos yeux.
Il la produit fous d'heureux caractères ;
La dépouillant de ces rides févères,

---

(1) Éole. *V.* N.° 152.

De qui l'aspect effrayant les mortels,
Leur fait souvent déserter ses Autels;
De son flambeau les flammes immortelles
Jettent en nous ces vives étincelles,
Dont autrefois les héros embrasés,
Malgré la mort se font éternisés.
Cette chaleur si prompte & si rapide,
Sut échauffer un Thésée (1), un Alcide (2),
Arma leurs bras pour calmer l'Univers,
Et pour venger l'Équité mise aux fers.

Telle est l'ardeur dont ce Dieu nous enflamme,
Tel est le feu qu'il alluma dans l'ame
De ce héros aux triomphes instruit,
Dont vous tenez la clarté qui vous luit;
C'est cet Amour impatient de gloire,
Qui tant de fois assûra sa mémoire,
Lui fit braver les feux & le trépas,
Lui fit chercher la guerre & les combats;
De Jupiter (5) allumant le tonnerre,
Briser l'orgueil des enfans de la terre,

(1) Thésée, mis au nombre des demi-Dieux, étoit fils d'Égée,
Roi d'Athènes : il donna des marques de courage en diverses occa-
sions; il n'en vouloit qu'à ceux qui troubloient le repos public.
(2) Alcide, surnom d'Hercule, pour exprimer la force.
(3) Jupiter. V. N.° 33.

Contre

Contre leur rage armer nos boulevarts,
Et foudroyer leurs plus fermes remparts.
Puiſſe-t-il voir ſes nombreuſes années
Toujours de gloire & d'honneur couronnées,
Et quand la paix reviendra parmi nous,
Se conſacrer à des travaux plus doux,
Non moins heureux ſous l'empire de Rhée (1),
Que quand la terre à Bellone (2) eſt livrée!

Rouſſeau.

N.° 221.

AMOUR (l'uſage de l') *comparé avec celui du vin.*

* IL en eſt des Amours de diverſes façons,
Ainſi qu'il eſt des vins de différens cantons.
Il en eſt de légers, qui, tels que le Champagne,
Dans leur vivacité plus prompts que les éclairs,
Font voler, comme un trait, le bouchon dans les airs.
L'enjouement, la gaïeté, l'eſprit les accompagne.
Ils ſont bons quelquefois, mais pris modérément.

(1) Rhée, ou Aſtarta, fille du Ciel & de la terre, ou de l'Océan & de Thétis, étoit honorée principalement en Phrygie, quoique ſon culte fût plus ancien dans l'Égypte.
(2) Bellone *V.* N.° 138.

F f

Il faut bien se garder d'en faire trop d'usage :

D'autant plus dangereux, qu'ils flattent davantage,

Ils blasent insensiblement.

Il en est d'autres, au contraire,

Qui, tels qu'un vin de Beaune, agréables & doux ;

Comme pour tous les temps, sont faits pour tous les goûts,

Et dont on use à l'ordinaire.

Desmahis.

N.° 222.

AMOUR (l') *des champs, & l'Amour de la Cour.*

CE n'est qu'aux champs qu'Amour est sans feintise ;

Toujours enfant il n'y paroît que nu :

Mais à la Cour toujours il se déguise,

Changeant sa voix & son air ingénu ;

Ce sont deux Dieux. L'un discret, retenu,

Fidèle ; il craint de se faire connaître :

L'autre, volage & charmé de paraître

Aux yeux de tous, fait briller son flambeau :

Qui le voudra suive ce dernier maître ?

Je veux servir l'autre jusqu'au tombeau.

Ferrand.

N.° 222 a.

AMOUR (l'apologie de l').

IL n'eſt point de forfaits qu'on n'impute à l'Amour ;
    Ses flèches ſont empoiſonnées ;
    Le Caucaſe (1) & les Pyrénées (2),
Dans leurs rochers, dit-on, lui donnèrent le jour ;
Il ſe nourrit de pleurs, c'eſt le tyran du monde ;
Tout y ſeroit ſans lui dans une paix profonde ;
    Lui ſeul en trouble le repos.
Ne prête point, Chloé, l'oreille à ces propos :
Si, pour nous en punir, ce Dieu quittoit la terre ;
On verroit tout languir, tout perdroit ſes appas ;
    L'hiver, les glaçons, les frimats,
    Sans ceſſe nous feroient la guerre.

---

(1) Caucaſe, c'eſt la plus haute montagne de l'Aſie Septentrio-
nale : elle commence au deſſus de la Colchide, & s'avance juſqu'à
la mer Caſpienne.

(2) Pyrénées, montagnes d'Europe aux frontières de la France
& de l'Eſpagne, dont elles font la ſéparation, ainſi que l'exprime
Silien Italicus, dans ces vers.

Pyrená celſà nimboſi verticis arce,
Diviſos Celtis longè proſpectat Iberos,
Atque æterna tenet magis divortia terris.

L'Amour est le Dieu du printemps ;
Le feu de son flambeau ranime la nature ,
Fait croître les moissons , donne aux prés leur verdure ;
C'est lui qui fait bondir les troupeaux dans les champs ;
C'est lui qui peint les fleurs des couleurs les plus belles ;
Ce qu'on nomme Zéphyr , est le vent de ses ailes ;
L'Univers , en un mot , lui doit ses agrémens ;
L'Amour embellit tout , jusqu'à la beauté même ,
    Ou plutôt il fait la beauté.
C'est à lui qu'un beau teint doit sa vivacité ;
    Par lui , par son pouvoir suprême ,
Des boucles de cheveux , ornés de quelques fleurs ,
Sont autant de filets où se prennent les cœurs.
Ce sourire enfantin , ce ton de voix qui touche ,
Et *ce je ne sais quoi* , dont le charme secret
    Dompte l'ame la plus farouche ,
Tu les tiens de l'Amour , c'est un don qu'il t'a fait.
Du Peintre de Philippe (1) imitant l'artifice ,
    Ne pense pas qu'en ce tableau ,
Je te montre l'Amour du côté le plus beau ;
Je ne suis point trompeur , rends-moi plus de justice.
Pour convaincre ton cœur de ma sincérité ,

---

(1) Du Peintre de Philippe. Philippe, frère d'Alexandre , tyran de Phères , avoit un Peintre , qui , chargé de faire le portrait de son fils qui étoit borgne , le peignit du beau côté.

Écoute ce récit, par maint Grecs attefté.

» Les Dieux en corps, & Junon à leur tête,

» Chez Jupiter (1) fe rendirent un jour :

» Tous, de concert, fe plaignoient de l'Amour,

» Et concluoient, dans leur requête,

» Qu'il falloit le bannir du célefte féjour.

» Pour l'accufé, Jupin demande grace ;

» Mais c'eft en vain ; on s'écrie, on menace,

» S'il ne fait droit, de déferter fa Cour :

Vefta (2), Cérès (3), vont chercher le coupable.

Pour qu'il ne leur échappe pas,

Les barbares, de fers chargent fes petits bras ;

Rien ne peut défarmer leur cœur impitoyable.

Lui, croit que c'eft un jeu, tend les mains fans effort :

Mes grands-mamans, dit-il, fi vous ferrez trop fort,

Vous vous en fouviendrez, je vous la garde bonne.

Ah ! fi je puis avoir mon tour,

Vous le favez, des fers que l'Amour donne,

Les marques reftent plus d'un jour.

(1) Jupiter, V. N.° 33.

(2) Vefta étoit une Déefſe très-révérée : elle n'avoit que des Vierges à fon fervice, les hommes ne pouvoient entrer dans l'intérieur du temple. On la prenoit quelquefois pour défigner la terre ou le feu.

(3) Cérès, fille de Saturne & de Rhéa, & fœur de Jupiter, en vouloit beaucoup à l'Amour, qui avoit caufé l'enlèvement de Proferpine fa fille.

Conduit dans le Sénat céleste,

Il y cherche Vénus (1) d'un regard agité ;

Quand , quelque part, se trouve la Beauté ,

L'Amour n'a rien à craindre de funeste.

Vénus étoit absente ; au bord du Simoïs (2),

Dans les bras du Dieu de la guerre ,

La Déesse ne songeoit guère

Qu'on pût se plaindre de son fils.

Ce petit Dieu , ne voyant point sa mère ,

Sent de son cœur la crainte s'emparer :

Hélas ! dit-il , quel crime ai-je pu faire ?

Puis tout-à-coup il se met à pleurer.

Que l'Amour est touchant quand il verse des larmes !

Un mortel se fût adouci ,

Il eût soudain rendu les armes :

Les vieilles Déités ont le cœur endurci.

Chassé du séjour du Tonnère ,

Il fut relégué dans ces lieux :

A cela qu'ont gagné les Dieux ?

Ils font venus le *chercher* sur la terre.

Desmahis.

---

(1) Vénus. *V.* N.° 14.

(2) Simoïs , fleuve de l'Asie mineure dans la petite Phrygie.

N.º 223.

AMOUR (le véritable).

Projet flatteur de féduire une belle,
Soins concertés de lui faire la cour,
Tendres écrits, fermens d'être fidèle,
Airs empreſſés, vous n'êtes point l'Amour :
Mais ſe donner ſans eſpoir de retour ;
Par ſon déſordre annoncer que l'on aime ;
Reſpect timide, avec ardeur extrême ;
Perſévérance au comble du malheur ;
Dans ſa Philis n'aimer que Philis même :
Voilà l'Amour ; il n'eſt que dans mon cœur.

La Faye (1).

(1) Ce morceau ſe trouve imprimé dans deux recueils ſous le nom de *Verrieres* (*Cahagne de*). On lit dans le deuxième volume du ſupplément du Parnaſſe François, un très-grand éloge de ce dernier Poëte ; mais cela ne prouve pas que la Faye, qui étoit auſſi un bon Poëte, n'ait pas fait ce morceau.

N.º 223 a.

AMOUR (l') *volage.*

L'AMOUR volage est semblable au torrent :
Il tombe, il roule, il fuit en murmurant ;
Tari bientôt dans sa source égarée,
Né d'un orage, il en a la durée.

M. Bernard.

N.º 223 *b.*

AMOUR (ce que c'est que l').

J'APPELLE Amour, cette atteinte profonde,
L'entier oubli de soi-même & du monde,
Ce sentiment soumis, tendre, ingénu,
Prompt, mais durable, ardent, mais soutenu,
Qu'émeut la crainte & que l'espoir enflamme,
Ce trait de feu qui des yeux passe à l'ame,
De l'ame au sens ; qui, fécond en désirs,
Dure & s'augmente au comble des plaisirs ;
Qui plus heureux n'en est que plus avide :

Voilà le Dieu de Tibule (1) & d'Ovide (2);
Voilà le mien. Heureux cent fois le cœur
Qui tient du Ciel cet afcendant vainqueur.

Bernard.

N.º 224.

AMOUR (l') *Diable.*

ON met l'Amour au rang des Dieux :
J'avois cru long-temps cette fable.
Églé m'a fait fentir fes feux :
Ce n'eft pas un Dieu, c'eft un Diable.

Borde.

N.º 224 a.

AMOUR (le feul préjugé donne de la force à l').

LE Préjugé, fous des chaînes cruelles,
Affujettit l'ame & l'efprit des belles.
Reines des cœurs, mais efclaves des loix,
L'orgueil de l'homme ufurpa tous leurs droits.

---

(1) Tibulle (Aulus-Albius), Chevalier Romain, Poëte latin, qui vivoit fous le règne d'Augufte : il eut pour amis Horace, Ovide, Macer, & Meffana-Corvinus. Il quitta la profeffion des armes pour compofer des Élégies tendres. On a fait beaucoup de commentaires fur ce Poëte.

(2) Ovide. *V.* N.º 61.

Il affervit l'Idole qu'il encenfe,
Il rend le culte & ravit la puiffance ;
En adorant il règne, & dans ces Dieux
Voile un éclat qui blefferoit fes yeux.
Sexe adoré, quelle feroit ta gloire,
Si, te laiffant difputer la victoire,
Tes humbles vœux n'avoient pas limité
Ton apanage aux dons de la beauté ?
Telle une fource & brillante & féconde
Naît dans l'efpérance de parcourir le monde ;
Roule fes flots, &, d'un cours qu'elle étend,
Promène au loin leur tribut éclatant ;
Mais l'art trompeur l'arrêtant fur la rive,
Par cent canaux l'enchaîne & la captive :
Ainfi borné, fon cours infructueux
N'embellit plus qu'un jardin faftueux.
Dans leurs prifons ces ondes étrangères
N'arrofent plus que des fleurs paffagères.
Rompez la digue, un fleuve naît alors,
S'étend, circule, enrichit tous fes bords ;
Répand l'efpoir, la vie & la fortune,
Et va groffir l'empire de Neptune (1).
De la beauté tel feroit le deftin.
Brifons fes fers, fon triomphe eft certain.

_____

(1) Neptune. *V.* N.° 47.

Une loi jufte attache à fon effence,

Grandeur, courage, activité, fcience.

Mufes, par vous nous font donnés les Arts ;

Diane (1) abat les monftres fous fes dards ;

Aux champs Troyens, près d'Hector (2) & d'Atride (3),

Vénus (4) combat, & Pallas (5) tient l'égide.

M. Bernard.

N.º 224 b.

AMOUR (le pouvoir de l')

AU fond d'un épais bocage

Ma Linotte chantoit ;

Par fon éclatant ramage

Un Pinfon l'étourdiffoit ;

---

(1) Diane. V. N.º 14.

(2) Hector, fils de Priam & d'Hécube, défendit long-temps la ville de Troye contre les Grecs, & tua Patrocle fous les armes d'Achilles : ce dernier vint au combat enfuite pour venger la mort de fon ami. Hector fut bleffé à mort par ce dernier, & fon corps fut fort outragé lorfqu'il fut fans vie.

(3) Atride furnom d'Agamemnon & de Ménélas, comme fils d'Atrée.

(4) Vénus combat : on entend ici le fiége de Troye, caufé par l'enlèvement d'Hélène.

(5) Pallas. V. N.º 14.

Elle fouffroit à l'entendre :
Elle le vit & l'aima ;
Il étoit beau, jeune & tendre,
Son chant même la charma.

Anonyme.

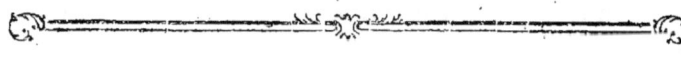

N.º 225.

AMOUR (les promeffes de l').

Aimez, fervez, brûlez avec patience,
Ne murmurez jamais contre votre tourment,
Et ne vous laffez point de fouffrir conftamment :
Il n'eft rien qui ne cède à la perféveérance.

Mautauzier.

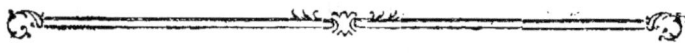

N.º 226.

AMOURS (les) *infortunés.*

Ecoutez l'hiftoire
Du beau Myfis & de Zara :
Jamais leur mémoire
Chez les amans ne périra.
Venez tous m'entendre,
Vous, que l'Amour daigne infpirer ;

Quand on est bien tendre ,
On a du plaisir à pleurer.

L'Amour , dès l'enfance ,
Venoit badiner avec eux ;
Il formoit leur danse ,
Et présidoit à tous leurs jeux :
Mais ce badinage
Ne servoit qu'à les enflammer ;
Au matin de l'âge ,
Tous deux déjà savoient aimer.

L'ardente jeunesse
Est l'âge brillant des Amours ;
La plus douce ivresse
Marqua le printemps de leurs jours ;
Leur ame ravie
Se confondoit à tout moment ,
Et toute leur vie
N'étoit plus qu'un enchantement.

De rians mensonges
Les amusoient dans leur sommeil ;
Toujours quelques songes
Leur faisoient craindre le réveil :

La naiffante Aurore
Voyoit Zara près de Myfis ;
Et la nuit encore
Les trouvoit toujours réunis.

Voilà cette plaine ,
Où le matin Zara chantoit ;
Voilà la fontaine ,
Où, le foir , Myfis l'attendoit.
Ce bocage fombre
Vit naître leurs premiers foupirs ;
Ce bois, fous fon ombre ,
Cacha leurs innocens plaifirs.

Qui pouvoit prédire
Le changement d'un fort fi beau ?
L'Amour qui foupire
Va donc éteindre fon flambeau.
Hélas ! l'Hymenée
Alloit bientôt les couronner :
Heure fortunée ,
Que vous êtes lente à fonner !

C'étoit donc la veille
De ce jour , de cet heureux jour,

Que Myfis s'éveille ;
Avec lui s'éveille l'Amour.
Le Ciel fans nuage ,
Étoit mille fois plus ferein :
Amour , quel préfage
Peut déformais être certain ?

Au fond d'un bocage ,
Zara devoit trouver Myfis :
La belle peu fage ,
L'avoit dit au Berger Tharfis.
Par une impofture ,
Il furprit ce fecret fatal :
Cet ami parjure
De Myfis étoit le rival.

Pour mieux la furprendre ,
Tharfis dans le bois fe cacha :
La belle trop tendre ,
Crut voir Myfis , & s'approcha.
Le foleil à peine
Répandoit un peu de clarté ;
Et l'ombre incertaine ,
Aidoit à la témérité.

  ,, C'eſt donc vous, dit-elle,
Vous, mon amant dès le berceau;
  Ma flamme fidelle
M'animera juſqu'au tombeau.
  Oui, je veux t'y ſuivre,
Rien ne pourra nous ſéparer;
  Pour toi je veux vivre,
Avec toi je veux expirer ".

  Bergère inſenſée,
Myſis t'écoute avec horreur;
  Son ame offenſée
Se livre entière à la fureur:
  Un trait vole & frappe;
Quel cri ſuit ce trait inhumain!
  Dieux! Tharſis s'échappe,
Et Zara ſent percer ſon ſein.

  ,, C'eſt toi qui me tue;
Mais je pardonne à ta fureur.
  Mon ame éperdue
T'aime juſques dans ton erreur.
  Conſerve la vie,
Hélas! je la perds ſans retour;

Tu

Tu me l'as ravie,
Mais c'eft la faute de l'Amour ».

※

D'une voix mourante
Zara fait ainfi fes adieux;
Et fon ame errante
N'anime plus que fes beaux yeux.
O douleur mortelle !
Myfis fe frappe au même inftant,
Et perce auprès d'elle
Un cœur qui fut toujours conftant.

※

Un tombeau s'élève,
Les Graces le couvrent de fleurs;
L'Amour qui l'achève,
En partant l'arrofe de pleurs.
Ils font donc enfemble,
Ces Bergers, ces Amans parfaits;
Une urne raffemble
Leurs cœurs percés des mêmes traits.

※

Bergères fidelles,
Témoins du fort de ces Bergers,
Plus vous êtes belles,
Et plus vous courez de dangers.

G g

Craignez de vous rendre,
Au charme d'un penchant trop doux :
L'amant le plus tendre
Devient bientôt le plus jaloux.

M. le Comte de B***

N.° 227.

AMOUR (l') *injuste, ou la force du penchant.*

Nérine, j'en conviens, Clitandre eft vertueux ;
Je connois la conftance & l'ardeur de fes feux ;
Il eft fage, difcret, honnête homme, fincère :
Je le dois eftimer ; mais Damis fait me plaire,
Je fens trop, au tranfport de mon cœur combattu ;
Que l'Amour n'eft jamais le prix de la vertu ;
C'eft par les agrémens que l'on touche une femme ;
Et pour une de nous que l'Amour prend par l'ame,
Nérine, il en eft cent qu'il féduit par les yeux.

M. de Voltaire.

N.º 228.

AMOUR (l') *masqué.*

QUELQU'UN a le secret d'être aimable à nos yeux ;
C'est celui que jamais on ne croit dangereux :
On se trompe soi-même, on l'écoute, on l'attire,
On ne s'apperçoit pas du poison qu'on respire.
L'Amour offre ses traits sous ceux de l'Amitié.

Anonyme.

N.º 229.

AMOUR (l') *aveugle.*

*L'AMOUR, pour l'ordinaire, ne veut suivre de loix,
Et l'on voit les Amans vanter toujours leur choix.
Jamais leur passion n'y voit rien de blâmable,
Et dans l'objet aimé, tout leur devient aimable ;
Ils comptent les défauts pour des perfections,
Et savent y donner de favorables noms.
La pâle est aux jasmins en blancheur comparable ;
La noire, à faire peur ; une brune, adorable,
La maigre a de la taille & de la liberté ;
La grasse est dans son port pleine de majesté ;

G g ij

La mal-propre fur foi de peu d'attraits chargée,
Eft mife fous le nom de beauté négligée;
La géante paroît une Déeffe aux yeux;
La naine, un abrégé des merveilles des Cieux;
L'orgueilleufe a le cœur digne d'une couronne;
La fourbe a de l'efprit; la fotte eft toute bonne;
La trop grande parleufe eft d'agréable humeur;
Et la muette garde une honnête pudeur.
C'eft ainfi qu'un Amant, dont l'amour eft extrême,
Aime jufqu'aux défauts des perfonnes qu'il aime.

Moliere.

N.º 230.

AMOUR (l') *délicat.*

*Il eft certain Amour, dont les vœux innocens
S'élèvent au deffus du commerce des fens;
Plus la flamme en eft pure, & plus elle eft durable:
Il rend de fon objet le cœur inféparable;
Il a de vrais plaifirs dont le cœur eft charmé,
Et n'afpire qu'au bien d'aimer & d'être aimé.

Fontenelle.

N.º 231.

AMOUR (les misères de l').

Qᴜᴇ l'homme eſt foible & ridicule,
Quand l'Amour vient s'en emparer !
D'abord il craint, il diſſimule ;
On l'entend tout bas ſoupirer.

S'oſe-t-il enfin déclarer ?
On le fuit ; ſa pourſuite eſt vaine.
N'importe ! il veut perſévérer.
Que de ſoins, d'ennuis & de peines !

On l'aime. Tant pis. Double chaîne !
Mille embarras dans ſon bonheur.
L'eſprit ſans ceſſe eſt en haleine ;
Père, mère, eſpions, tout fait peur.

Eſt-ce tout ? Non. Reſte l'honneur.
Il s'effarouche avec méthode.
On croit le vaincre ; il eſt vainqueur ;
On ſe brouille ; on ſe raccommode.

Vient un rival ; autre incommode ;
Loin des yeux le repos s'enfuit :
Jaloux, on veille, on tourne, on rode,
Ce n'est qu'alarmes jour & nuit.

❀

Après bien des maux & du bruit,
L'on jouit enfin de sa belle ;
Le feu s'éteint, le dégoût suit.
Le jeu valoit-il la chandelle ?

Piron.

CHRONOLOGIE
DES POËTES

Qui ont compofé les morceaux contenus dans le premier volume de l'ENCYCLOPÉDIE POÉTIQUE. (1)

BOCCAGE, (Marie-Anne le Page du) des Académies de Lyon, de Padoue, de Boulogne, &c. née à Rouen en 17... *Voyez* le premier volume des trois Siècles Littéraires.

MANGENOT, (Louis) Chanoine du Temple, né à Paris en 1694, mort dans la même ville, en 1768. *V.* le fecond vol, des trois Siècles Littéraires : le fecond vol. du Dictionnaire Poétique d'Éducation, & le Nécrologe des Hommes célebres de la France, année 1768.

RIVRY, (Claude-François-Felix Boulanger de) né à Amiens, en 1724, & de l'Académie de cette même ville. *V.* le troifieme vol. des trois Siècles Littéraires.

MOTTE, (Antoine Houdart de la) né à Paris, le 17 Janvier 1672, mort dans la même ville, le 26 Décembre 1731, reçu à l'Académie en 1710. *V.* le Parnaffe François, la Bibliothèque Poétique, la France illuftre où le Plutarque François, les trois Siècles Littéraires, fecond vol. & le Dictionnaire Poétique d'Éducation.

---

(1) J'ai prévenu dans la Préface de ce Dictionnaire, que je ne ferois aucune critique, & ne porterois aucun jugement. Pour mettre une jufte différence entre les Œuvres de tous les Auteurs qui feront cités dans une Collection auffi confidérable, il faut néceffairement avoir des connoiffances auffi fublimes qu'étendues dans tous les genres de Littérature. Je bornerai donc mon travail à une citation chronologique ; elle fera fuivie de l'indication des Auteurs qui ont fourni des éloges hiftoriques & des critiques fur tous les Poëtes, depuis *Marot* jufqu'à nos jours. Cette tâche, bien exécutée, fera d'une plus grande reffource pour l'homme de Lettres, qu'une critique hafardée témérairement.

BOILEAU, (Nicolas) né à Crône, près de Paris, en 1636, d'un Greffier de la Grand'Chambre du Parlement de Paris, étoit de l'Académie Françoise, de celle des Inscriptions, & Historiographe du Roi. *V.* le Parnasse François, la Bibliothèque Poétique d'Éducation, & le premier vol. des trois Siècles Littéraires.

DESMAHIS, (Joseph-François-Édouard de Corsembleu) né à Sully-sur-Loire, en 1722, mort en 1761. *V.* le premier vol. des trois Siècles Littéraires, & le Dictionnaire Poétique d'Éducation.

PARNY. (M. le Chevalier de)

DORAT, (Claude-Joseph) né à Paris en 173... *V.* le Dictionnaire Poétique d'Éducation, & le premier vol. des trois Siècles Littéraires.

FLIN-DES-OLIVIERS. (M.)

MAYNARD, (François) Président au Présidial d'Aurillac en Auvergne, & Conseiller d'État à brevet, né à Toulouse en 1582, mort dans la même ville en 1546, étoit de l'Académie Françoise. *V.* le Parnasse François, la Bibliothèque Poétique, premier vol. les trois Siècles Littéraires, & la Bibliothèque Poétique d'Éducation.

MONTREUIL, (Mlle) étoit Parisienne, fille d'un Avocat au Parlement : elle mourut Religieuse sur la fin du dernier siecle. *V.* le Parnasse François, & les trois Siècles Littéraires, second vol.

ROUSSEAU, (Jean-Baptiste) né à Paris en 1671, mort à Bruxelles en 1741. *V.* le troisième vol. des trois Siècles Littéraires, & le Dictionnaire Poétique d'Éducation.

PESSELIER, (Charles-Étienne) né à Paris en 1712, mort en 1763, étoit des Académies de Nancy, d'Amiens, d'Angers & de Rome. *V.* le troisième vol. des trois Siècles Littéraires, & le premier vol. du Nécrologe des Hommes célèbres de la France.

CORNEILLE, (Pierre) naquit à Rouen en 1606, de Pierre Corneille, Maître des Eaux & Forêts en la Vicomté de Rouen, & de Marthe Pesant, mort à Paris en 1684. Il étoit Avocat-Général de la Table de Marbre en Normandie, &

avoit été reçu à l'Académie Françoise, le 22 Janvier 1647. *V.* le second vol. de la Bibliothèque Poétique, le Parnasse François, le premier vol. des trois Siècles Littéraires, & le Dictionnaire Poétique d'Éducation.

RACINE, (Jean) né à la Ferté Milon en 1639, mort à Paris en 1699, étoit Tréforier de France, Secrétaire du Roi, & Gentilhomme ordinaire de fa Chambre, fon Historiographe, & de l'Académie Françoise. *V.* le Parnasse François, la Bibliothèque Poétique, le troisième vol. des trois Siècles de Littérature, le Dictionnaire Poétique d'Éducation, & le premier vol. du Nécrologe des Hommes célèbres de la France.

SAINT-ANGE. (M. de)

MARTIN, (N.) neveu du fameux Voiture, né en 1616, mort en 1705. *V.* le troisième vol. de la Bibliothèque Poétique.

CHAMPFORT, (Sébastien Roch-Nicolas de) né à Clermont en Auvergne, en 17 . . Secrétaire des Commandemens de S. A. S. Monseigneur le Prince de Condé. *V.* le Dictionnaire Poétique d'Éducation, & le premier vol. des trois Siècles Littéraires.

NOBLE TÉNÉLIERE, (Eustache le) Procureur-Général du Parlement de Metz, né à Troye en 1643, mort à Paris en 17 . . *V.* le Parnasse François, le troisième vol. des trois Siècles Littéraires, & la Bibliothèque Poétique d'Éducation.

RICHER, (Henri) né à Longueil, dans le pays de Caux, en 1686, mort à Paris en 1748. *V.* le troisième vol. des trois Siècles Littéraires, & le second vol. de Supplément du Parnasse François.

BRUN, (Denis le) né à Paris, de l'Académie de la Rochelle, Secrétaire des Commandemens de S. A. S. Monseigneur le Prince de Conti. *V.* le Parnasse François, le second vol. des trois Siècles Littéraires, & la Bibliothèque Poétique d'Éducation.

ROSSET, (N. de) Conseiller, Maître des Comptes de Montpellier, fa patrie, né en 1710.

ARDENE, (Esprit-Jean de Rome Sieur d') né à Marseille le 3 Mars 1684, mort en 1748, étoit de l'Académie de cette même ville. *V.* le second vol. de Supplément du Parnasse François.

BREBEUF., (-Guillaume de) Gentilhomme Normand , né à Rouen en 1618, mort en 1661. *V.* le Parnasse François, le premier vol. de la Bibliothèque Poétique, le premier vol. des trois Siècles Littéraires , & le Dictionnaire Poétique d'Éducation.

COLARDEAU, (N.) né à Janville, dans l'Orléannois, en 17... fut admis à l'Académie Françoise peu de temps avant sa mort, arrivée en 1775. *V.* le Nécrologe des Hommes célèbres de la France, année 1777 ; le premier vol. des trois Siècles Littéraires , & le Dictionnaire Poétique d'Éducation.

ROY, (Pierre-Charles) Chevalier de l'Ordre de S. Michel , né à Paris en 1683, mort en 1763, étoit de l'Académie des Inscriptions. *V.* le troisième vol. des trois Siècles Littéraires. & le Dictionnaire Poétique d'Éducation.

FONTAINE, (Jean de la) né à Château-Thierry, le 8 Juillet 1621, mort à Paris le 13 Mars 1695. Il fut pourvu pendant quelque temps de la Charge de Maitre des Eaux & Forêts du Duché de Château Thierry. *V.* le Parnasse François, le second vol. des trois Siècles Littéraires , & le Dictionnaire Poétique d'Éducation.

BOISSY, (Louis de) de l'Académie Françoise, né à Vic en Auvergne, en 1694, mort à Paris en 1758. *V.* le premier vol. des trois Siècles Littéraires, le Dictionnaire Poétique d'Éducation, & la France illustre ou le Plutarque François, année 1776.

GRANGE, (Joseph de Chancel de la) né au Château d'Entoniat, près de Périgueux en 1676, où il est mort en 1758. *V.* le second vol. des trois Siècles Littéraires, le Dictionnaire Poétique d'Éducation, & le Nécrologe des Hommes célèbres de la France, année 1768.

SAINT-PAVIN, né à Paris au commencement du dix-septième siecle, mort en 1670. *V.* le Parnasse François, le premier vol. de la Bibliothèque Poétique, le second vol. des trois Siècles Littéraires, & le Dictionnaire Poétique d'Éducation.

FERRAND, (Antoine) né à Paris en 1677, mort dans la même ville en 1719. Son père étoit Président de la Chambre des Requêtes du Palais. *V.* le Parnasse François, le second vol. des trois Siècles Littéraires, & le Dictionnaire Poétique d'Éducation.

MALHERBE, (François de) Gentilhomme Normand de la ville de Caen, né en 1556, mort à Paris en 1628. *V*. le Parnasse François, la Bibliothèque Poétique, le second vol. des trois Siècles Littéraires, & la Bibliothèque Poétique d'Éducation.

FONTENELLE, (Bernard le Bouvier de) né à Rouen en 1657, a vécu cent ans, étoit neveu du grand Corneille par sa mère, il fut de l'Académie Françoise, de celle des Sciences, des Belles-Lettres, & des Académies de Londres, de Nancy, de Berlin & de Rome. *V*. la France illustre ou le Plutarque François, le second vol. des trois Siècles Littéraires, & le Dictionnaire Poétique d'Éducation.

CHAULIEU, (Guillaume Amfrye de) Abbé d'Aumale, Prieur de S. Georges, & Seigneur de Fontenay, naquit dans cette Terre en 1639. Son père étoit Maître des Comptes à Rouen & Conseiller d'État à brevet. *V*. le second vol. des trois Siècles Littéraires, la Bibliothèque Poétique, troisieme vol. & le Parnasse François.

BELLOCQ, (Pierre) né à Paris, étoit Valet-de-chambre du Roi Louis XIV, Porte-manteau de la Reine Marie-Thérèse. *V*. le troisième vol. de la Bibliothèque Poétique, & le Parnasse François.

CHAUSSÉE, (Pierre-Claude Nivelle de la) de l'Académie Françoise, né à Paris en 1691, mort dans la même ville en 1754. *V*. le second vol. de Supplément du Parnasse François, le second vol. des trois Siècles Littéraires, & le Dictionnaire Poétique d'Éducation.

DREUILLET, (Élisabeth Monlaur Touloufain, Présidente de) née à Toulouse en 1656, morte à Sceaux près Paris en 1730. *V*. le Parnasse François.

COTIN, (Charles) Aumônier du Roi, Chanoine de Bayeux, & Abbé de Montfronchel, né à Paris, mort dans la même ville en 1582. Il fut reçu à l'Académie Françoise en 1653. *V*. le premier vol. des trois Siècles Littéraires, & le second vol. de la Bibliothèque Poétique.

PANNARD, (Charles-François) né à Couville près de Chartres, en 1690, selon l'Auteur des trois Siècles Littéraires, & à Nogent-le-Roi, selon l'Auteur du Dictionnaire Poétique d'Éducation, mort en 1765. *V*. le premier vol. du Nécrologe des Hommes célèbres de la France, & le Dictionnaire Poétique d'Éducation.

VOITURE, (Vincent) né à Amiens en 1598, mort à Paris en 1648, étoit de l'Académie Françoise. *V.* le Parnasse François, la Bibliothèque Poétique, premier vol. & le troisième vol. des trois Siècles Littéraires.

SAINT-LAMBERT, (*N.*) Grand-Maître de la Garderobe du feu Roi de Pologne, de l'Académie Françoise, & de celle de Nancy, où il est né. *V.* le troisième vol. des trois Siècles Littéraires, & le Dictionnaire Poétique d'Éducation.

VIN. (*N.*)

BERNARD, (*N.*) Garde des Livres du Cabinet du Roi à Choisy, né en Dauphiné en 17... *V.* le Dictionnaire Poétique d'Éducation de M. de la Croix, le premier vol. des trois Siècles Littéraires, & le Nécrologe des Hommes célèbres de la France, tome second.

DESHOULIERES, (Antoinette du Ligier de la Garde des) naquit à Paris en 1630, mourut dans la même ville en 1694. Elle étoit des Académies d'Arles, des Ricovrati & de Padoue. *V.* le Parnasse François, Bibliothèque Poétique, second vol. & les trois Siècles Littéraires, premier vol.

COCQUARD, (François-Bernard) Avocat en Parlement de Dijon, sa patrie, né en 1700. *V.* le Dictionnaire Poétique d'Éducation, & le premier vol. des trois Siècles Littéraires.

GRAND, (Marc-Antoine le) né à Paris le 17 Mars 1763, mort dans la même ville en 1728, étoit Comédien. *V.* le second vol. des trois Siècles Littéraires, & le Dict. Poét. d'Éducation.

TANNEVOT, (*N.*) naquit à Versailles en 1692. Il fut premier Secrétaire de M. de Boulogne, Contrôleur général des Finances, puis premier Commis des Finances. *V.* le Nécrologe des Hommes célèbres de la France, année 1775.

CLÉMENT, (*N.*) ancien Professeur au College de Dijon, sa patrie. *V.* le premier vol. des trois Siècles Littéraires.

REGNIER, (Mathurin) né à Chartres en 1573, mort à Rouen en 1613. *V.* le troisième vol. des trois Siècles Littéraires, le Parnasse François, la Bibliothèque Poétique, premier vol. & le Dictionnaire Poétique d'Éducation.

MARMONTEL, (Jean-François) Historiographe de France, né à Bort dans le Limousin, de l'Académie Françoise. *V.* le second vol. des trois Siècles Littéraires, & le Dictionnaire Poétique d'Éducation.

PIRON, (Alexis) né à Dijon en 1689. *V.* le troisième vol. des trois Siècles Littéraires, le Dictionnaire Poétique d'Éducation, & le Nécrologe des Hommes célèbres de la France, tome IX.

DUCHÉ, (Joseph-François) de l'Académie des Inscriptions & Belles-Lettres, né à Paris le 29 Octobre 1668, mort le 15 Décembre 1704. *V.* le second vol. des trois Siecles Littéraires, le Parnasse François, le Dictionnaire Poétique d'Éducation, le Nécrologe des Hommes célèbres de la France, & la Bibliothèque Poétique, troisième vol.

DESFORGES-MAILLARD, (Paul) né à Croisie en Bretagne, en 1699, mort en 1772, des Académies d'Angers, de la Rochelle, de Caen & de Nancy. *V.* le 9ᵉ vol. du Nécrologe des Hommes célèbres de la France, le second vol. des trois Siècles Littéraires, & le Dictionnaire Poétique d'Éducation.

ARNAUD, (François-Thomas-Marie de Baculard d') de l'Académie de Berlin, né à Paris. *V.* le Dictionnaire Poétique d'Éducation, & le premier vol. des trois Siècles Littéraires.

LEMIERRE, (Antoine-Marin) né à Paris en 17... *V.* le second vol. des trois Siècles Littéraires, & le Dictionnaire Poétique d'Éducation.

SAURIN, (N.) de l'Académie Françoise. *V.* le troisième vol. des trois Siècles Littéraires, & le Dictionnaire Poétique d'Éducation.

TESTU, (Jacques) né à Paris, mort fort âgé en 1706, étoit Abbé de Notre-Dame de Belval, Prieur de S. Denis de la Chartre, Aumônier & Prédicateur du Roi, & de l'Académie Françoise. *V.* le Parnasse François, & le troisième vol. de la Bibliothèque Poétique.

VILLIERS, (Pierre de) Prieur de S. Taurin, né à Cognac, dans l'Angoumois, sur la Charente, en 1649, mort à Paris en 1728. *V.* le Parnasse François, le quatrième vol. de la Bibliothèque Poétique, & le troisième vol. des trois Siècles Littéraires.

LALANE, (Pierre) né à Paris, descendoit d'une famille ancienne dans la Robe. *V.* le second vol. de la Bibliothèque Poétique, les trois Siècles Littéraires, & le Parnasse François.

PAGÈS. (N. de)

DOIGNY. (N.)

LEGIER, (N.) né en Franche-Comté en 1730. *V.* le second vol. des trois Siècles Littéraires.

PERRAULT, (Charles-François) né à Paris en 1633, mort dans la même ville en 1713, étoit Contrôleur général des Bâtimens; il fut de l'Académie Françoise, de celles des Sciences & des Inscriptions. *V.* le Parnasse François, la Bibliothèque Poétique, troisième vol. & le troisième vol. des trois Siècles Littéraires.

DELILLE, (Jacques) Abbé, Professeur de l'Université au Collège de la Marche, né en 173... de l'Académie Françoise. *V.* le premier vol. des trois Siècles Littéraires.

DESTOUCHES, (Philippe Néricault) né à Tours en 1680, mort à Paris en 1754, étoit de l'Académie Françoise. *V.* le premier vol. des trois Siècles Littéraires, le Dictionnaire Poétique d'Éducation, & le second Supplément du Parnasse François.

SAINT-AULAIRE, (Joseph-François de Beaupoil, Marquis de) né dans le Limousin en 1644, mort à Paris en 1742, étoit de l'Académie Françoise. *V.* le Dictionnaire Poétique d'Éducation, & le troisième vol. des trois Siècles Littéraires.

GUIMONT DE LA TOUCHE, (Claude) né en 1729, mort en 1760.

FRÉDÉRIC II, né le 24 Janvier 1712, Électeur de Brandebourg & Roi de Prusse. *V.* le Dictionnaire Poétique d'Éducation.

BARTHE, (N.) né à Marseille en 173... de l'Académie de cette même ville. *V.* le Dictionnaire Poétique d'Éducation, & le premier vol. des trois Siècles Littéraires.

FAYE, (Jean François Leriguet de la) né à Vienne en Dauphiné en 1674, mort à Paris en 1731. *V.* le second vol. des trois Siècles Littéraires, le Dictionnaire Poétique d'Éducation, & le Parnasse François.

GORSE. (N. Comtesse de la)

BORDE. (N.)

BERNIS, (François-Joachim, Comte de) né en 1715, de l'Académie Françoise. *V.* le premier vol. des trois Siècles Littéraires, & le Dictionnaire Poétique d'Éducation.

MONTAUZIER. (*N.*)

VERRIERE, (Henri Cahagne de) né à Caen en 1672, où il est mort en 1755, étoit Doyen de l'Académie Royale des Belles-Lettres de cette même ville. *V.* le second vol. de Supplément du Parnasse François.

MOLIERE, (Jean-Baptiste Poquelin de) né à Paris en 1620, étoit fils & petit-fils d'un Valet-de-chambre-Tapissier du Roi Louis XIII. Il exerça lui-même cette Charge pendant quelque temps ; il se fit recevoir Avocat, selon que quelques-uns le prétendent, puis il devint un très-fameux Comédien. *V.* le Parnasse François, le Dictionnaire Poétique d'Education, & le troisième vol. des trois Siècles Littéraires.

ANDILLY, (Robert Arnaud d') fils aîné d'Antoine Arnaud, Avocat général de la Reine Catherine de Médicis, né à Paris en 1589, mort en 1674 à Port-Royal. *V.* le Parnasse François, le second vol. de la Bibliothèque Poétique, & le premier vol. des trois Siècles Littéraires.

Outre tous les Auteurs que je viens de citer, & que j'ai parcourus entièrement, on peut encore consulter, pour avoir des critiques plus étendues sur un grand nombre d'anciens Poëtes, tous les Ouvrages que je vais nommer.

Le Catalogue du Président Fauchet, ou *l'Origine de la Langue & de la Poésie Françoises*, vol. *in*-4°. imprimé à Paris en 1581.

Les Vies des Poëtes François & de quelques autres Hommes illustres, par Guillaume Colletet, Avocat en Parlement & au Conseil, & reçu à l'Académie Françoise en 1634, imprimées chez Martin, à Paris.

Bibliothèque historique de la France, par le P. le Long.

Étienne Pasquier, dans son septième Livre des *Recherches de la France*, ch. VI & VII, fait mention de plusieurs anciens Poëtes.

Jugemens des Savans sur les Poëtes modernes, par Baillet.

Dictionnaire de Moreri.

Dictionnaire critique de Bayle.

Eloge des Hommes illuſtres, par Scevole de Sainte-Marthe.

Bibliotheque Françoiſe, par François du Maine.

Le Parnaſſe réformé, par Gueret.

Eloge des Poëtes, par Ronſard.

Les Hommes illuſtres, par Charles Perrault.

Eloge de quelques Hommes illuſtres, par François Gâcon.

Le Dictionnaire de Richelet.

FIN du premier volume.

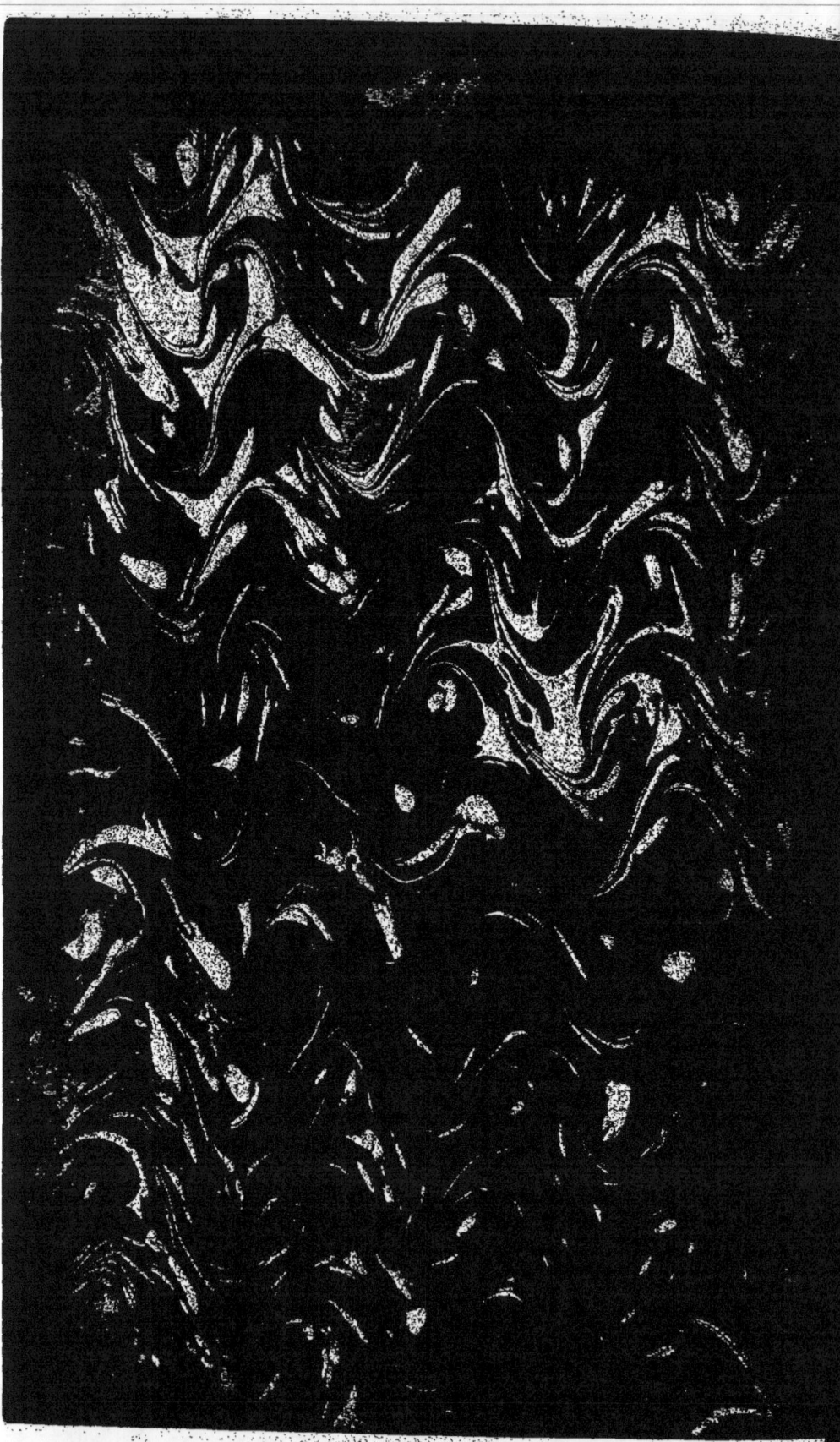